산과 삶과 사람과 1

강원도의 산

산과 삶과 사람과 1

강원도의 산

발　행 | 2022년 02일 22일
저　자 | 장순영
펴낸이 | 한건희
펴낸곳 | 주식회사 부크크
출판사등록 | 2014.07.15.(제2014-16호)
주　소 | 서울특별시 금천구 가산디지털1로 119 SK트윈타워 A동 305호
전　화 | 1670-8316
이메일 | info@bookk.co.kr

ISBN | 979-11-372-7516-4
www.bookk.co.kr

글머리에

산이라는 이름의 공간, 거기서도 가장 높은 곳, 제가 그곳에 오르는 이유는 결코 그보다 높아지기 위해서가 아니었습니다. 그 높고도 웅장함 속에서 저 자신이 얼마나 낮고 하찮은 존재인지를 깨닫기 위함이 맞습니다.

그럼에도 그곳에서 내려와 다시 세상에 들어서는 순간 저는 거기서 얻었던 가르침을 까맣게 잊고 맙니다. 산과 함께 어우러져 세상 시름 다 잊는 행복감이 가물거리다 사라질 즈음이면 또다시 배낭을 꾸리게 됩니다.

시시때때로 자연의 위대함을 되뇌고 교만해지려 할 때 인자요산仁者樂山의 귀한 의미를 새기며 거기로부터 충분한 에너지를 받을 수 있었기에 감사한 마음으로 산에서의 행보를 기록해왔습니다.

얼마 전 갤럽은 우리나라 국민의 취미 생활 중 으뜸이 등산이라는 조사 결과를 발표했습니다. 주말, 도봉산역이나 수락산역에 내리면 그 결과에 공감할 수밖에 없을 것입니다.

그처럼 많은 등산객이 오늘 가는 산에 대하여 그 산의 길뿐 아니라 그 산에 관한 설화, 그 산에서 일어났던 역사적 사실, 그 산과 관련된 다양한 문화와 정보를 알고 산행하면 훨씬 흥미로울 거라는 생각이 들었습니다.

'산과, 삶과 사람과'는 그러한 취지를 반영하고 그 산에서의 느낌을 가감 없이 옮겨놓은 글과 그림들의 묶음입니다.

일부 필자의 사견은 독자 제현의 견해와 다를 수도 있다는 걸 알면서도 굳이 에둘러 표현하지 않았습니다. 다르다는 게 옳고 그름의 가름이 아니기에.

강원도, 경기도, 경상도, 전라도, 충청도의 5도에 소재한 산들을 도 단위로 묶어 감히 다섯 권의 책으로 꾸며 세상에 내어놓는 무지한 용기를 발휘한 것은 우리나라의 수많은 명산을 속속 들여다보고 동시에 이 산들이 주는 행복을 세세하게 묘사해보고 싶었기 때문입니다. 산이 삶의 긍정으로 이어지고 사람과의 인연을 귀하게 해준다는 걸 표현해내고 싶었습니다.

김병소, 김동택, 박노천, 박순희, 송병곤, 유연준, 유호근, 윤선일, 윤창훈, 이만익, 이남영, 임영빈, 장동수, 최동은, 최동익, 최인섭, 황성수, 홍태영, 강계원 님 등 함께 산행해주신 횃불산악회 및 메아리산방 산우들께 진정으로 감사드립니다.

이 미진한 기록이 돌다리처럼 단단한 믿음으로,
햇살처럼 따뜻함으로,
순풍처럼 잔잔함으로,
들꽃처럼 강인함으로,
별빛처럼 반짝이는 찬란한 빛으로……
그런 계기가 된다면 얼마나 기쁜지 모르겠습니다.

장 순 영

4

산과 삶과 사람과 1

강원도의 산

<차 례>

무릉계곡 용 오름길, 두타산과 청옥산

아득히 멀고 높긴 하지만 세상처럼 험하진 않아.
세상에 비해 저 모습을 어찌 험하다 할 수 있을쏜가.
아아! 또 얼마나 푸근한가. 무어든 용서하고 무어든
포용할 것처럼 저 자락은 얼마나 넓고 깊은가.

복숭아 꽃피는 아름다운 곳, 흔히 아름답기로 유명한 명승지를 무릉도원武陵桃源이라고 표현한다. '무릉'은 중국 시인 도연명의 '도화원기'에 등장하는 '무릉도원'에서 유래하였고 조선 선조 때 삼척 부사 김효원이 이곳에 그 명칭을 붙였다고 전해진다.

두타산과 청옥산이 어깨를 나란히 하여 긴 계곡에 기암절벽을 빚고 맑은 물줄기 흘러내리는 무릉계곡, 보통 두타산 입구부터 시작해 용추폭포까지의 무릉계곡 물길을 용이 오르는 것에 견줘 용오름길이라 부르기도 한다.

"이제 나도 용이 되고자 하네, 용이 되어 이제부터 하늘을 오르려 하네."

한낱 속세의 범부에게 그 길을 내어주니 감사하기가 이루 말할 수 없다.

"하늘이여! 무겁고 굴곡진 몸뚱이지만 가볍게 끌어당겨 주소서. 그리고 딛고 오가는 흔적마다 겸허와 긍정의 씨를 뿌려주소서."

강원도 동해시와 삼척시에 접하고 있는 두타산頭陀山은 산 자체가 문화재이다. 명승 제37호이며 예로부터 삼척지방의 영적인 모산母山으로 숭상되었다.

며칠간의 폭우로 설악산, 오대산 등 강원 영서 지역의 산들이 대다수 입산 통제되었다는데 여긴 산행을 막을 정도는 아니었나 보다.

초록이 붉게 물들어도 아쉬움이 남을까마는 이 여름, 너무 더워서였을까. 초록 색바래지기 전에 끌리는 발길 따라 찾아온 무릉계곡 청정 옥수는 흐를 때나 흐르다 멈추었을 때나 온통 진초록이다. 국민 관광지 제1호라는 타이틀을 거저 딴 게 아님을 보여준다.

나를 찾아 떠나는 곳, 거기가 산

계곡에 들어서자 온통 바위와 물이 눈에 들어오는데 오른쪽으로 저만큼 높은 곳에서 눈길을 잡아당긴다. 짙푸른 수림 속에서 관음폭포가 목 밑 가슴을 살짝 열고 실처럼 가늘게 물길을 흘러내린다.

 계곡 초입의 거대한 암반 무릉바위는 1000명은 족히 머물수 있을 정도로 널찍하다. 평평한 바위 바닥에는 무릉선원武陵仙源, 중대천석中臺泉石, 두타동천頭陀洞天이란 글씨가 새겨있는 걸 보게 된다. 각각 도교, 유교, 불교사상을 나타낸 글이라는데 멋들어진 필체로 새겨 무릉반석 암각서嵒刻書란 명함을 지니고 있다.

 두타산 삼화사, 신라 말에 창건된 것으로 추정되는 삼화사는 1905년 삼척지방 의병들의 거점으로 이용되기도 하였다. 1906년 일본은 의병의 거점파괴라는 명목으로 대웅전, 선당 등 200여 칸에 이르는 건물을 모두 불태워 버렸다. 본래 동쪽 약 1.3km의 반릉 부근에 있었는데 1977년 무릉계곡 내 현재의 자리로 복구하여 이전한 것이다.

 오른쪽으로 관음사를 두고 걷다가 학소대에 이르러 다시 한번 물빛을 감상한다. 아직 이른 아침인데도 한여름 뜨거운 열기가 몸을 휘감는지라 물이 가장 친근감을 느끼게 한다. 거무튀튀하게 변색한 바위가 차곡차곡 쌓인 단애와 굴곡 심한 암반 사이의 골짝으로 하얀 포말을 이룬 비단 폭이 미끄러지듯 흘러내린다. 잠깐의 휴식이지만 땀도 식히고 새롭게 에너지를 충전한 기분이다.

 그러나 역시 그때뿐, 다시 땀에 흠뻑 젖고, 충전한 에너지는 줄줄 새어버린다. 오후에 비가 온다는 예보를 들어서였을까, 아니면 용이 되고픈 허욕이 들어차서일까. 여느 때처럼 홀로 산행이긴 하지만 오늘은 유난히 긴장되고 다리가 무겁게 느껴진다.

푹푹 찌는 더위에 얼굴이며 등줄기에 폭포수처럼 흐르는 땀, 잠시라도 설라치면 달려드는 모기떼. 고행길이긴 해도 우거진 녹음마저 거추장스러운 양 드러낸 바위와 단애들이 극복의 틈을 열어준다. 막바지 계곡물에 머리 푹 담그고 웅얼거린다.

"그래, 고행이 곧 수행 아니겠는가. 안락을 위해 여기 온 게 아니잖은가."

잠시 흔들리던 마음을 가다듬자 다소나마 긴장이 풀리고 굳었던 다리근육이 이완된다. 한 뿌리 두 기둥의 금강소나무가 팔 벌려 위안하더니 넌지시 충고까지 건네준다.

"지나고 나면 죄다 일장춘몽, 그런 게 당신네 사람들 사는 일 아니던가. 비단 도포 화려하게 입었다가 흰 상복 걸치는 게 인간사 아니던가. 지금 힘들지만, 이따 내려와서는 듬뿍 희열을 느낄 걸세. 힘내시게나."
"감사하이. 이 좋은 곳에서 만수무강 장수하시게."

감사 인사 전하고 다시 올려다보니 두타산 정상, 청옥산, 고적대, 일컬어 해동 3봉이 아득히 멀다.

"아득히 멀고 높긴 하지만 세상처럼 험하진 않아."

세상에 비해 저 모습을 어찌 험하다 할 수 있을쏜가. 아아! 또 얼마나 푸근한가. 무어든 용서하고 무어든 포용할 것처럼 저 자락은 얼마나 넓고 깊은가.

나를 찾으려 마냥 오르는 곳, 거기가 산

다시 걷는데 붉은 윤기의 금강송 굵은 줄기에 숱한 잡목들이 쓰러질 듯 기대서있는 게 보인다. 허름한 듯 보이긴 해도 세세히 살피면 새록새록 어우러진 모습이다.

"저처럼 살가운 어우러짐이라면 사람보다 나무들이 훨씬 낫지 않은가."

속으로 구시렁거리는 소리를 금강송도 들었나 보다.

"우리네 소나무보다 짧은 그대들 삶일 진데 세상에 돌아가 아는 이들 만났을 땐 손 잡아주고, 함께 할 때 끌어안고 쓸어주며 다정다감 살아가시게."

"쉬운 일은 아니지만 노력하겠네. 그런데 두타산 금강송들은 오지랖이 꽤 넓구먼."

대하면서 상대의 단점이 먼저 보이는 사람의 눈, 가까울수록 그 단점을 자신의 무기 삼는 사람의 행태, 추켜세움보다 깎아내림이 정치원리가 된 세상에 자연은 그 무어든 세상과는 확연히 대비되는 학습의 터전이며 이치 터득의 장이라 아니할 수 없다.

"그렇게 좋은 곳이긴 하지만 아무래도 오늘 청옥산까지 가는 건 힘들겠어."

목이 타들어 가는 갈증으로 숨소리 더욱 거칠어지는데 할 수 있는 거라곤 발을 내딛는 것과 중얼거림을 멈추지 않는 게 고작이었다. 충분할 거라 여겼던 식수는 진작 바닥이 났다. 물 없이 박달령 지나 청옥산까지 갔다가 하산하는 건 무리다. 자신이 없다.

"그래, 이번엔 두타산까지만."

목표치를 줄여 잡으니 한결 마음이 가벼워진다. 얼추 산등성이랑 눈높이가 맞는 걸 보니 정상이 그리 멀지 않은 것 같다. 갈증과 허기 때문에 여전히 힘겹긴 하지만 시행착오 줄줄이 겪는 세상살이와 달리 온 만큼 갈 길이 줄어드는 게 산 아니던가.

정상 오르는 길목에 자리한 참나무 숲길은 짧은 골목처럼 보였는데 들어서고 보니 두타산행의 마지막 고행길이라 할 정도로 길고 버겁다. 남은 에너지를 모두 쏟아내고 입안이 마르는 갈증을 참아내고서야 정상석을 보게 된다.

두타頭陀, 인간사 모든 번뇌를 털어 없애고 물질 탐하지 아니하여 맑고 깨끗한 불도수행을 이르는 말. 이만큼쯤 살아 한두 번 수행하지 않은 이 없으련마는 닦아도, 털어도 끈적끈적하게 다시 들러붙는 티끌로 말미암아 나를 두타로 향하게 했노라. 부끄러움 잊으려고 왔건만 여길 떠나면 아등바등 쫓고 또 쫓기는 삶, 다시 부끄러워지려나.

나를 찾아 떠나는 곳, 거기가 산
나를 찾으려 마냥 오르는 곳, 거기가 산
어렴풋 나를 찾는 곳, 거기가 산
찾은 나를 잊어버려 다시 떠나는 곳, 거기가 또 산

아무튼, 심한 고독을 뚫고 헤쳐 나와 빛을 본 기분이다. 갈증과 허기를 견디고 밟은 정상은 비록 혼자지만 외롭지 않았다. 부서지고 깨지면서도 비워내지 못하고 더욱 채워 넣기만 했던 원망과 한, 끝내 훌훌 털어버리지 못했던 교만 덩어리. 애태우며 부여잡았으나 손가락 틈으로 새어버린 자존감⋯⋯.

그 허풍 같고 속절없던 추상들을 끌어안고 되풀이하며 살았었다. 이런 것들의 부질없음을 깨닫고 풀어내게끔 산은 가르침을 주었었다. 차라리 부러지고자 했건만 산은 휨의 처세를 일러주었다.

여기 말고 세상 어느 곳에 이만한 환희의 장소가 있던가. 여기 아니면 세상 그 어디라서 내 자존감 꼿꼿하게 세워주던가. 깨달음을 반복하지 않으면 다시 바람에 흩어지는 왕겨가 될까 보아 산에서 내려와 또 오르게 되고, 다시 찾으며 그 깨우침을 복습하곤 하는 것이다.

어렴풋이 나를 찾는 곳, 거기가 산

아아, 두타산은 자존감까지 세워주는 것만으로는 부족했나 보다. 두타산엔 식수 보충할 곳이 없다고 듣고 왔는데 30m 아래 샘터가 있단다.

너끈히 100m는 될법한 거리에 두타샘이 있다. 적진에서 군량미를 보급받은 기분이랄까. 복권에 당첨된 기분이 이러할까. 이제까지 물이 이처럼 반가운 적이 또 있었던가. 얼음처럼 찬물을 빈 병마다 채우고 머리까지 감으니 힘이 부쩍 솟기 시작한다.

'동해 해오름 산악회 2007년 10월 14일'

그 후 오랫동안 해오름 산악회란 곳에 감사한 마음이 들었었다. 그분들 덕분에 박달령 지나 청옥산까지 향할 수 있게 됐다.

일기예보에 맞추듯 비까지 부슬부슬 내리는 데다 여기서 내려가야 어둡기 전에 하산할 거란 생각이 들었지만 망설이다가 청옥 씨를 만나기로 했다. 여기까지 왔다가 청옥 씨 손을 못 잡고 가면 두고두고 아쉬울 것만 같았다.

허기를 채우고 백두대간 3.7km 능선을 빠른 걸음으로 걷는다. 후우아, 숨이 찰 땐 이정표가 되레 주눅 들게 할 때가 있다. 인생이 그러하듯 거리가 무어 그리 중요한가, 방향만 제대로 잡으면 되지. 이정표 또한 산이 주는 또 하나의 큰 가르침 아니겠나. 거침없이 박달령을 지난다.

청옥! 이제 조금만 더 가면 그녀의 매력적인 모습이 살포시 드러나겠지. 예로부터 보석에 버금가는 청옥靑玉이 발견되고 많은 약초가 자생하여 청옥산으로 불렸다고 한다. 그래서 청옥이란 여인은 아름답고 섹시한데다 그녀가 있는 공간 분위기도 무릉도원에 버금갈 거란 느낌이 강하다. 그런데, 그렇지 않았다.

실제 만나본 청옥 씨는 매력적이기는커녕 무뚝뚝하고 스산한 기운이 감도는 산골 노파의 이미지라 약간은 맥이 빠지고 말았다. 정상의 공터도 무언가를 지으려는지 건축자재가 어지럽게 널브러져 있다.

강원도 동해시와 삼척시에 걸쳐있는 청옥산(해발 1404m)은 두타산과 연봉을 이뤄 북으로 고적대(해발 1354m), 북서로 중봉산(해발 1284m)과 이어진다.

조선 때 경복궁을 중건할 당시 전국각지에서 대들보가 될만한 목재를 구하였는데, 청옥산 주봉에 있는 소나무가 가장 적합한 재목으로 결정되어 하장천에서 뗏목으로 운반되었다고 한다.

훌륭한 조상을 둔 주변의 소나무들에 눈길을 주었다가 바로 하산을 서두른다. 맞선자리에서 실망하고 일어서는 기분이 들긴 했지만 그런 감성에 빠져있을 때가 아니다. 무릉계곡 날머리까지 6.7km. 빗줄기가 점점 굵어진다. 어두워지기 전에 도착하려면 서둘러야 한다. 혹여 계곡물이라도 불어나면 낭패가 아닐 수 없다.

"청옥 씨, 안녕! 나중에 또 보게 되면 그땐 엷게나마 눈화장이라도 했으면 싶군요."

16

마음은 급했지만 가파른 내리막길은 **빠른** 걸음을 거부한
다. 한참을 내려와 잠시 숨 고르고 바라보는 바위마다 많은
얼굴들이 비췄다가 사라지고 우여곡절 많은 일이 주마등처
럼 떠오르다가는 스러진다.

 깊은 산속, 나무에 앉아 비를 피하는 파랑새 한 마리가 보
인다. 피하려 해도, 나뭇가지를 지붕 삼아 비를 피하려 해
도 파랑새는 날개를 펼칠 수 없을 정도로 흠뻑 젖고 만다.
가슴속으로 처연하게 스며드는 장맛비를 그대로 맞으며 파
랑새는 흐느적거렸었다.

'산행은 명상이다.'

 거리에 지치고 시간에 **쫓기다** 보니 스스로 만든 명분에
어긋났던 산행이다. 비를 피해 잠시 머물렀건만 맑은 명상
이 되지 못하고 모진 과거의 서글픈 회상만 떠올라 파랑새
는 힘을 **뽑아** 날갯짓한다.

 굵어진 빗방울을 그대로 맞으며 계곡 상류에 이르러 시원
한 계류에 빗물과 땀으로 범벅된 육신을 씻으니 눅진했던
피로가 조금은 가시는 듯하다. 역시 여름엔 산에서 내려오
면 머물게 하는 곳이 물이다. 마중 나온 임만큼이나 반가운
게 물이다.

 사람人이 산山에 있으면 신선仙이 되고, 계곡谷에 있으면

속인俗이 된다고 글자가 보여주지 않는가. 선인이든 속인이든 산에 계곡이 있고 그리로 물이 흐른다는 게 얼마나 다행스러운가. 오르려고 떠나려 할 때 물 굽이쳐 배웅하는 곳, 떠나 땀에 젖노라면 바로 그리워질 처소, 수량 풍부한 계곡이 있기에 산의 존재감이 두드러지는 건 분명하다.

찾은 나를 잊어버려 다시 떠나는 곳, 거기가 또 산

변덕이 반복되긴 했지만 별 탈 없이 처음 목표한 대로 산행을 마쳤다. 그런데 내려오자마자 속세로 나가서 얼큰한 취기에 몽롱해지고픈 생각이 들어차는 게 아닌. 두타의 의미를 까마득히 잊어버리고 속인의 본분을 되찾고 만다.

수량 불어난 저녁나절 무릉계곡에 삼복더위도 녹고 안개도 녹아 흐른다. 나 또한 눅진한 피로 그대로 녹아버리고 싶다. 물은 물이고 산은 산이던가, 아님. 물은 산에 속한 것이던가. 결국, 아무것도 깨닫지 못한 공염불 헛수행에 불과한 걸음이었던가. 어디 깨우침이 억지로 되는 일이던가. 깨우치려는 의식조차 떨쳐버리지 못함이 부질없는 욕심 아니겠는가. 그저 땀 젖은 육신 씻어주는 것에 만족스러우면 그 자체가 득도 아니겠나.

옳거니! 화답하듯 폭포는 더욱 쩌렁쩌렁한 소리를 내지르며 수직으로 가르마를 탄다. 아주 오래도록 기억에 남을 산

행이 될 거로 생각하며 아득히 높고 먼 백두대간을 올려다
본다. 뿌듯하다.

　이 산,
　아득히 높고 끝없이 멀어
　숨 죄는 깔딱 고개,
　허리 붙드는 좁은 능선
　걸음걸음 내디딜 때마다
　오래도록 흐르고 아직도 내내 흐르는
　그 세월처럼 여겨지더라.
　그날들,
　고독이 가장 가까운 벗이었고
　일그러진 고통 당연한 삶 아니었던가.
　분노와 미움,
　안쓰러움과 설움
　축축이 젖어 뿌옇던 먹빛 시절
　무심의 희열로 말려가며
　셋이나 되는 백두대간 봉우리 황급히 내딛는데
　지난날 아린 통증
　오로라 화사한 섬광만큼은 아니더라도
　푸근한 빛으로 바꿔
　희열로, 열정으로 되살리려 애썼지 않았는가.
　짓눌린 삶의 무게
　정든 이들과 나눠지고 사랑하는 이들과 이고 지며
　흐르듯 몸 맡겨 숱한 걸음 내딛지 않았던가.

높이 올랐기에 멀리 내다보라 혜안까지 일러주던
능선 곳곳 풀 향 그득하고
미소 온화한 금강소나무 여운 아스라한데
여기 이 산 내리막,
조금 전 새긴 두타의 의미마저 벌써 망각한 것이던가.
칼바위 해넘이 하산 길,
자아 위주의 이기,
쉬이 버려지지 않는 욕구
산등성이 휘감는 운무 속에서 다시금 꿈틀거리는걸
어쩌지 못하누나.
아직도 겨울 숱한 날들,
어쩜 죽을 때까지도 고쳐지지 않을 속된 마음들이
되레 삶의 무게로 오지게 환원될까 보아
어깻죽지부터 무릎 정강이까지
전해지는 찌릿한 통증
여기,
무릉 빠른 계류에 아주 흘려보낼 수는 없는 거였는지.

때 / 여름
곳 / 무릉계곡 관리사무소 – 삼화사 – 학소대 – 옥류동 – 소금강 –
두타산성 – 산성폭포 – 두타산 – 박달령 – 청옥산 – 주목 군락지 –
학등 – 문간재 – 하늘문 – 관음암 – 삼화사 – 원점회귀

설악산, 토왕성폭포에 눈 맞추고 울산바위 더듬노라

설악산의 기상변화는 단풍이 채 지기도 전에,
아니 절정일 때에도 백설이 덮는 것처럼
때때로 갑작스럽고 재빠르기도 하지만
대개 은밀하고 유순하게 진행된다.

설악산국립공원 외설악에 있는 토왕성폭포는 독주폭포, 대승폭포와 함께 설악산 3대 폭포로 명승 제96호이다. 3단 연폭의 폭포수는 상단 150m, 중단 80m, 하단 90m로 총길이 320m에 이르는 국내 최대의 장폭으로 신광폭포라고도 한다. 1970년 설악산을 국립공원으로 지정한 이후 출입을 제한하고 겨울철 단 이틀 국제 클라이밍 대회 때만 개방해 왔었다. 그러다가 2015년 전망대를 개설해 1km 가까이에서 토왕성폭포를 볼 수 있게 하였다.

900계단 올라 토왕성에 더 가까이

설악동 탐방지원센터에서 전망대까지 2.8km. 소공원에서 육담폭포에 이를 때까지 초가을 비 흩뿌리며 산안개 자욱하게 뒤따르는가 싶더니 이내 앞서가며 동해의 비릿함까지 풍긴다.

　설악산 운무는 바다와 산을 잇는 가교이다. 또한 뭍과 바다를 하나로 버무려 지평선 혹은 수평선의 경계를 깡그리 지워버린다. 그런 안개가 너울너울 춤추며 출렁다리 아래까지 청량한 미풍을 동반하니 싱그럽기가 이만저만이 아니다.

　토왕성폭포의 폭포수는 칠성봉(해발 1077m) 북쪽 계곡에서 발원한 물이 토왕골을 이루어 비룡폭포와 육담폭포가 합류하고 속초시 상수원인 쌍천으로 흘러 동해로 유입된다. 이제는 만지면 무척 차가울 것만 같은 맑고 푸른 담과 소를 눈에 담으며 올라가게 된다.

　침식작용에 따른 여섯 개의 포트홀 porthole로 형성된 육담폭포를 눈여겨보고 폭포 위 출렁다리를 지나 16m 높이의 비룡폭포를 마주 본다. 여기서 410m 거리의 전망대까지는 고도차가 심한 경사 구간이다.

　데크 계단에서 나무숲 사이로 비룡폭포를 보노라면 과연 용이 살만한 곳이란 생각이 든다. 폭포수 속의 용에게 처녀를 바쳐 하늘로 올려보냄으로써 가뭄을 면했단다. 폭포 밑에서 청승맞게 혼자 살다가 어여쁜 처녀까지 데리고 승천했으니 금상첨화가 아닐 수 없다.

　비룡폭포에서 숨 몰아쉬며 900개의 계단을 올라 전망대에 이르자 표현 그대로 선녀가 흰 비단을 바위 위에 널어놓은 듯 아름답다.

해발고도 790m의 토왕성폭포를 가까이에서 보고 싶어 재작년 겨울 빙벽 등반대회 때 개방일에 맞춰 왔다가 허탕을 쳤었다. 기온이 올라 등반대회가 취소되는 바람에 비룡폭포에서 아쉬움만 가득 안고 발길을 돌려야 했다.

천상의 비원祕苑이란 표현이 조금도 무색하지 않은 곳, 신광神光이라는 이름으로도 불리는 걸 보면 토왕성폭포는 신이 허락한 이에게만 그 길이 열리는가 보다. 여러 바위 봉우리들 사이로 살짝 상체 일부만 드러낸 토왕폭을 보며 상사병만 더더욱 도진 채 돌아서고 말았었다. 계절을 달리해 보아도 참으로 우아하고 신비롭기는 마찬가지다.

석가봉, 문주봉, 보현봉, 문필봉, 노적봉 등 병풍처럼 둘러싼 바위 봉우리들이 첨예하게 급경사를 이루면서 폭포를 더욱 돋보이게 한다. 언젠가 토왕성폭포로 올라 칠성봉을 찍고 화채능선 따라 대청봉까지 갈 수 있기를 소망하며 소공원으로 복귀한다. 입구의 반달곰이 빗물에 축축하게 젖어 있다. 오늘 하루, 외설악 탐방 예정에 맞춰 바로 울산바위로 향한다.

울산바위여! 금강산이 아닌 게 얼마나 다행인지

설악산은 크게 네 구역으로 구분된다. 먼저 마등령에서 대청봉으로 이어지는 공룡능선을 경계로 서쪽의 인제군 방면에서 한계령까지의 내륙 쪽을 내설악이라고 하며, 공룡능선에서 동해안 방향을 외설악이라고 한다. 한계령에서 오색 방향이 남설악이고, 마등령에서 황철봉으로 이어져 미시령과 신선봉으로 이어지는 구역을 북설악으로 구분한다.

동해에 인접한 외설악, 설악산 북동 방면의 명물 울산바위, 발밑에서 올려다보니 과연 그 덩치가 주는 위압감은 속을 울렁이게 하고도 남음이 있다. 30여 암봉이 어깨동무를 한 것처럼 오밀조밀 모여 그 길이가 2.8km에 달한다. 역시 금강산 일만 이천 봉에 섞이기엔 너무 크고 무거울 것만 같더라.

'한국의 발견(뿌리 깊은 나무, 1983.)' 강원도 속초시 편에는 울산바위와 속초의 지명에 대한 유래가 적혀있는데, 그 묘사가 미소를 짓게 한다.

"금강파를 결성하여 누구도 넘볼 수 없는 막강 전국구 조직으로 우뚝 서려 하니 뜻을 같이하고자 하는 이들은 강원도로 모이기를 바란다."

조물주가 금강산을 빚으려고 전국의 내로라하는 바위들에 통보하여 강원도로 집결시켰다.

"울산의 오야붕인 내가 빠질 수 없지."

경상도 울산에서 한 가닥 위세를 떨치던 덩치도 그 즉시 강원도 고성으로 길을 떠났다. 그런데 워낙 몸집이 크고 걸음이 느리다 보니 고성까지 이르지도 못하고 속초에 겨우 다다랐을 때는 이미 금강파 조직이 결성을 마친 후였다.

"나와바리를 벗어나고 보니 세상이 넓은 걸 알겠구나. 순발력이 떨어져 덩치만으로는 제대로 조직 생활을 할 수 없겠어. 여기서 독자적으로 세력을 키울 수밖에."

전국구 막강 조직 금강파에 끼지도 못하고 그렇다고 울산으로 되돌아가지도 못한 채 지금 이 자리에 주저앉고 만 것이다.

그 둘레가 4km에 이르고 30여 개의 거대한 화강암 덩어리로 이루어진 데다 바위 바로 밑에서 꼭대기까지 200여 m에 달한다니 그 몸집으로 여기까지 온 것만도 대단한 일이다. 경이로운 눈빛으로 울산바위를 올려다보는데 화강암 표피가 아직도 땀을 흘리는 것처럼 피로에 지친 기색이다.

"울산바위여! 너무나 큰 몸집이라 금강산 일만 이천 봉에 끼지 못하고 설악의 한 귀퉁이를 차지한 게 우리한테는 얼마나 다행인지 모르겠구나."

"속 뒤집지 말고 자네 갈 길이나 가게."

"30분 이내에 자네 등짝에 올라탈 걸세."

신흥사의 부속 암자인 계조암繼祖庵에는 오늘도 많은 사람이 모여 있다. 울산바위 아래 자연 석굴의 사원으로 원효, 의상대사를 비롯한 많은 고승이 수도해왔다. 경내에 있는 석간수와 흔들바위, 석굴 뒤쪽에 백여 명이 함께 앉아 식사할 수 있다는 식당암 반석이 있어 많은 관광객이 방문하는 곳이다.

"외국인 관광객들이 흔들바위를 밀어 떨어뜨렸다."

계조암 앞의 큼직한 흔들바위는 힘주어 밀면 흔들리지만, 절대 떨어지지는 않았었다.

"결국, 떨어지고 말았군."

"외국인들이 힘이 세긴 센가 보네. 그렇게 밀어도 안 떨어졌었는데."

이런 말이 퍼졌는데 사실은 만우절에 퍼진 헛소문이었다.

가짜 뉴스는 예나 지금이나 퍼뜨린 사람에게 엔도르핀으로 작용하나 보다. 여전히 그 자리에 건재한 흔들바위를 쓰다 듬고 계조암을 지나면서 떠올리는 울산바위의 후속 설화는 해학적이고 자못 감탄스럽기까지 하다.

"울산바위는 울산의 것인데 신흥사가 차지했으니 그 대가로 세를 내시요."

설악산 유람에 나선 울산 고을 사또가 울산바위를 내세워 방문객들한테 관람료를 받아 치부하는 신흥사에 배알이 꼬여 내용증명을 발송한 것이다. 신흥사에서는 변변하게 이의를 제기하지도 못하고 울산에 세를 바쳤다.

"이젠 세를 줄 수 없으니 울산바위를 도로 가져가세요."

한참의 시간이 지나 신흥사의 동자승이 울산바위의 소유권을 주장한 울산 사또에게 이렇게 통보했다. 잘 들어오던 수입이 끊기는 게 달가울 리 만무했다.

"택배로 보내든지 아니면 바위를 새끼로 꼬아 묶어주면 가져가겠다."

울산 사또가 응수했다.

"그딴 식으로 나오겠다 이거지?"

울산 사또의 억지 대응에 동자승은 청초호와 영랑호 사이에 자라는 풀로 새끼를 꼬아 울산바위를 동여매었다.

"원하시는 대로 해놨으니 용달차를 부르든 끌고 가든 이젠 가지고 가세요."
"……."

울산 사또는 이 바위를 가져가지도 못하고 다시는 세를 내라 떼쓸 수도 없게 되었다.

그 후 청초호와 영랑호의 풀草로 묶은束 곳이라 하여 인근 마을을 속초로 명명했다고 하니 옛 조상들의 해학과 묘사력은 그야말로 아카데미 각본상을 받기에 부족함이 없을 것 같다.

허름한 철 계단을 새로 보수하기 전, 습한 안개에 물기까지 진득한 울산바위를 조심조심 올랐을 때가 생각난다. 총 808개라는 철 계단은 난간을 잡고 오르면서도 아찔했다. 어지간한 산 하나의 규모이자 동양에서 가장 몸집이 큰 바위산임을 실감할 수 있었다.

2012년에 보다 안전한 우회 탐방로를 만들었고 그 이듬해에 그 당시의 낡은 계단을 철거하였다. 그때 거대한 바위 살집을 더듬다가 돌아섰을 때나 지금 보수된 등산로를 오르다가 눈길 머물 때나 곳곳 설악산이 얼마나 위대한 장소인지 탄성을 자아내게 된다.

"금강파에서 졸병 노릇을 하는 것보다 여기서 대우받고 존재감 지니는 게 훨씬 낫지 않으신가."

"그렇긴 해. 용 꼬리보다 닭대가리가 낫긴 하네. 허허!"

"한국 전쟁 막바지 정전협정 때 이북 땅으로 넘어가지 않은 게 우리한테나 울산바위 자네한테 얼마나 다행스러운 일인가."

울산바위는 위도상 38선 이북에 위치하고 있다. 한국 전쟁 전에는 이북 땅이었다가 전쟁이 끝나면서 휴전선 이남의 땅이 된 것이다.

"그렇군. 설악파 본진하고도 동떨어져 있어 간섭받지 않으니 그럭저럭 지낼 만하다네."

울산바위가 힐끗 대청봉 눈치를 보며 말소리를 낮춘다.

금세라도 찢겨 날아갈 듯 태극기 펄럭이는 정상에서 두루 돌아보는 서북 능선과 화채능선, 마등령 너머 황철봉과 운무에 가린 백두대간의 북단 신선봉과 향로봉까지 더듬다가 저 아래 동해로 눈길 돌리다 보면 보는 이에게 설악산은 이미 푸근한 요람이다.

　　가을 재촉하는 빗물 다시 구름 되어
　　종으로 횡으로 첩첩 가라앉는데
　　아차 싶어 놓칠세라 곳곳 설악 둘러보니
　　온기 가득한 운해에 단풍 들 때 요원해도
　　무릉도원인 양 착각 들게 하는 곳,
　　오로지 산뿐일세.

발밑에서 꾸물거리던 안개가 어느새 머리 위 구름 되어 흐르더니 올라온 길도, 내려갈 길도 시야를 가리면서 금세 빗방울이 떨어진다. 올 때마다 설악은 늘 그랬던 것 같다. 다 보여주거나 아니면 충분히 가리거나.

설악에서라면 다 볼 수 없어 안달이 나지 않는다. 눈감아 바람 가르는 소리에 귀만 기울여도 그 어질한 아름다움이 눈앞에서 형상을 뚜렷이 한다.

비록 안개가 가렸다 하여 그 속 나신의 매끄러운 곡선미를 느끼지 못할쏜가. 고운 건 안개 속이건 어둠 속이건 매양 고운 법. 한참이 지나 다시 와도 설악산의 빼어난 자태는 기억의 우물에 그대로 생생히 떠오르고 말더라.

외설악 변방에 자리한 울산바위, 푸르거나 화창하지 못한 날씨에도 탄성을 자아내게 하니 과연 설악에 대한 칭송은 아무리 과한 들 과장되거나 호들갑스럽지 않다. 그래서 설악산에 오면 쓸쓸하다는 생각이 들곤 한다. 함께 좋아하고 함께 웃는 곳이라 공감하는 이, 함께 오고 싶은 곳이거늘 공감하는 이, 함께 오지 못했기 때문이다.

"이젠 그만 내려가게나. 안개가 습해 길이 미끄러울 거야. 내 갈빗대에 달린 손잡이 잘 잡고 조심해서 내려가게."

"자주 오지는 못해도 늘 지켜보겠네. 자네야 워낙 크고 자리를 잘 잡아서 공룡능선에서도 보이고 북설악 성인봉에서도 훤히 보이지 않던가."

"그래. 대청봉 형님 만나거든 몸이 무거워 찾아뵙지 못해 죄송하다고 전해주시게. 자네가 잘 알다시피 난, 누가 뭐래도 설악파… 아니 설악산의 한 식구잖은가."

울산바위에서 내려올 즈음엔 올라갈 때처럼 언제 그랬냐는 듯 흩뿌리던 비마저도 그쳤다. 설악산의 기상변화는 단풍이 채 지기도 전에, 아니 절정일 때에도 백설이 덮는 것처럼 때때로 갑작스럽고 재빠르기도 하지만 대개 은밀하고 유순하게 진행된다. 등산과 하산, 오름과 내려섬은 절대 같은 것임을 자각시키려 함일지도 모르겠다.

비가 멎자 대청봉 아래 설악동에서, 천불동에서 구름처럼 안개가 솟아오른다. 마등령을 휘감은 운무는 층층이, 겹겹이, 횡으로 굽이굽이 늘어선 등성이를 타고 올라 그예 황철봉마저 가리고 만다.

긴 오르막의 바윗길, 미로의 난간마다 튼튼하게 설치한 철계단이 없었으면 그저 울산바위의 육중함을 목 꺾어 올려보는 게 고작이었겠지.

내려와 생각하니 사람의 토목 기술이 자연훼손에 대단하게 일조했음에도 그러하지 않았다면 설악 조망의 상쾌함을 어떻게 맛볼 수 있었을까 하는 생각이 든다. 인간의 행위와 행위 후의 변덕 또한 따지고 보면 절대 다르지 않음을 자각하게 된다.

어쨌거나 울산바위를 내려와서도 설악산은 멀리 올려다보는 능선마다 구름안개 가득 채워 그러잖아도 귀티 풀풀 풍기는 설악의 봉우리들을 하늘 높이 추켜세우고 있다. 능선 곳곳, 등성이 사이마다 마치 뜨끈한 온천처럼 느껴진다.

저어기 주전골 청정 옥수에 설 물든 단풍잎 띄워놓고 여름, 봄, 겨울…, 시계 역방향으로 하염없이 회전하다 그리워 멈춰지면 풍덩, 그 시간 그곳에 몸 던져 온천욕 하듯 한없이 머물고픈 마음인지라 이곳을 쉬이 빠져나가지 못하고 다시 남설악으로 발길 돌리고 만다.

"다시 한번 인사하네만 울산바위가 남한 땅에 머물러주어 참으로 감사드리네."

때 / 초가을
곳 / 설악동 소공원 매표소 – 비룡폭포 – 토왕성폭포 전망대 – 신흥사 – 안양암 – 계조암 – 울산바위 전망대 – 원점회귀

등선대에서의 공중 부양, 남설악 흘림골과 주전골

친구라 여겼던 그들 모두가 침묵으로 일관하자
남설악 큰 뜨락에 혼자라는 사실이 갑자기 고독해진다.
숱한 실체가 이리저리 존재하거늘
아무 소리 들리지 않는다는 건 어둠보다 큰 고독이다.

남설악 흘림골은 산이 높고 계곡이 깊어 언제나 안개가 끼고 흐린 것 같다고 하여 지어진 명칭이다.

아침 일찍 토왕성폭포와 대면하고 울산바위에 올랐다가 남설악 오색으로 왔다. 오색에서 한계령 휴게소를 향해 한계령 도로를 걷는다.

오색령이라 부르던 양양군 사람들이 설악산을 넘어 인제나 서울로 갈 때 이용되던 험한 산길은 1971년 44번 국도로 개통되면서 옥녀탕, 대승폭포, 장수대, 소승폭포, 십이폭포, 오색온천, 선녀탕 등 설악산 명승지를 줄줄이 이어갈 수 있게 되었다. 짧지 않은 오르막 도로. 한계령 휴게소 내리막에 있는 흘림골은 오후가 되면서 잔재처럼 남은 안개마저 싹 걷히는 중이다.

고름처럼 뭉친 고독 잘게 으깨러 온 곳이 산이잖은가

34

흘림 5교를 지나 흘림골 분소를 들머리로 정해 곧바로 남설악의 품에 안긴다. 두어 주 후면 이곳은 절정의 만산홍엽을 즐기려는 인파로 제대로 걷기조차 힘들 것이다. 그래서 때 이른 가을 정취에 홀로 빠져보고자 온 거였는데 의외로 유난히 한적하다.

눈을 돌려 오른쪽, 설악산 서북 능선의 한계령을 올려다보면 그곳으로도 가고 싶어진다. 설악은 그렇다. 울산바위에서 다소 엉뚱하게 흘림골로 온 것처럼 한계령에 닿으면 서북릉의 귀때기청봉을 가고 싶고 그 반대편 끝청을 지나 대청봉까지 오르고도 싶어진다. 어디로 가든 거기가 설악이라면 발길이 향하게 된다.

"저 산은 내게 우지 마라 우지 마라 하고, 발아래 젖은 계곡 첩첩산중, 저 산은 내게 잊으라 잊어버리라 하고, 내 가슴을 쓸어내리네."

여신폭포 지나 양희은의 '한계령'을 흥얼거리며 등선대로 향한다.

내 가족 내 형제와 살고자 혹은 살리고자 고군분투하며 살아온 삶의 언저리, 그 허망함에 직면하여 눈물이나 미련이 무어 의미가 될 거며 어떤 위로가 될까. 그래서 산은 우지 마라 하고, 그래서 잊어버리라 한다.

"아, 그러나 한 줄기 바람처럼 살다 가고파. 이산 저산 눈물 구름 몰고 다니는 떠도는 바람처럼 저 산은 내게 내려가라 내려가라 하네. 지친 내 어깨를 떠미네."

 무거운 등짐 지고 가파른 한계령에 올라서서 발아래 깔린 첩첩 골골 내려다보니 그저 쓸쓸하고 막막하기만 하다. 삶의 무게에 짓눌린 어깨, 현실의 고통을 운명으로 받아들이고 그 지친 삶마저 훌훌 내려놓은 채 나머지 삶을 바람처럼 자유로이 보내라 한다.
 양귀자 씨의 소설 '한계령'은 글 속에 삽입된 노래 한계령의 가사처럼 고된 삶의 여정 뒤에 남은 여백의 삶이 결코 허망한 상실감으로 마치지 않기를 바라는 작가의 절실함이 여실히 묻어난다.
 고되지만 힘겹게 버티고 살아온 삶, 아픔으로 점철된 삶에 위안이 될 일이 있다면 그게 무얼까. 과연 그런 게 있기는 한 걸까. 그래서 한계령은 한이 서린 듯 슬프다. 그 노랫말은 멜로디에 얹혀 더욱 숙연하게 한다.

"우리한테도 눈길 좀 주고 가시게나."

 대청봉과 그 남쪽의 점봉산을 잇는 설악산 주 능선의 안부이자 영동과 영서지방의 분수령을 이루는 해발 950m 고지의 한계령에서 눈을 돌려 고도를 높여가는데 여럿이 목소리 맞춰 불러 세운다.

오밀조밀 혹은 아무렇게나 늘어선 칠형제봉이다. 그 너머로 서북 능선 마루금이 뚜렷하다. 칠형제봉이 부르는 소리에 뒤돌아 그들과 마주했지만, 그들은 언제 불렀느냐는 듯 이리저리 삐딱하게 고개를 돌려버린다.

저들을 향하고 있지만, 눈길이 한계령에 가 있음을 그들 형제가 알아차리고 말았다. 비단 칠형제봉이 아니더라도 수많은 바위와 나무들이 아우성 거릴 법도 한데 고요하기가 을씨년스러울 정도다. 불던 바람마저 멈춘 산자락에 다시 정적이 인다.

친구라 여겼던 그들 모두가 침묵으로 일관하자 남설악 큰 뜨락에 혼자라는 사실이 갑자기 고독해진다. 숱한 실체가 이리저리 존재하거늘 아무 소리 들리지 않는다는 건 어둠보다 큰 고독이다.

내려다보이는 구불구불 계단길이 가도 가도 그 자리 벗어나지 못하는 판박이 고된 삶처럼 인식되는가 싶더니 부처님 손바닥을 헤매다 지치는 처량한 인생역정처럼 느껴지기도 한다.

고독해서 왔지 않은가. 고름처럼 뭉친 고독 잘게 으깨러 온 곳이 산이잖은가. 올라가 보세, 더 올라가 알록달록 물들기 시작하는 가을 설악 걷다 보면 거기서 잊어버리기도 하고, 거기서 털어낼 수도 있지 않겠는가.

아니나 다를까. 만물상의 중심이자 최고봉 등선대 꼭대기 (해발 1054m)에 오르니 고독이란 기분이 야릇하게 변한다. 온 사방 밑으로 펼쳐진 요철의 기암괴석들을 내려 보노라면 신선이 아니더라도 공중 부양하듯 하늘로 치솟을 것만 같다. 얼굴에 부딪히는 바람이 전혀 차지 않다. 칠 형제들도 만면에 웃음 띠고 어깨 들썩이는 것만 같다.

구불구불 굴곡진 길 오르는 수고로움, 내려오며 풀어지고 송송 맺힌 땀방울일랑 내려서서 씻어내니 오름과 내림이 함께 산행인 것처럼 인생사 새옹지마 아니겠나. 눈 오면 눈 밟고 비 내리면 물 밟으며 이고 지고 바람에 실려 둥둥, 훨훨 떠가는 게 삶 아니겠나. 한계령의 멜로디, 그윽한 저음이 끊이지 않고 귓전을 맴돈다.

내설악과 남설악을 구분 짓는 약 20km의 험준한 경계 능선인 서북주능은 우리나라 최장의 능선길이다. 십이선녀탕, 안산, 귀때기청봉, 끝청, 중청, 대청봉으로 이어지는 서북주능에 묵연히 눈길 던지다가 긴 계단 길로 내려선다.

점봉산, 한계령을 경계로 설악산과 마주한 점봉산은 설악산국립공원에 속하면서 남설악이라 불리기도 하지만 설악산의 더부살이 일가가 아닌 엄연한 독립 가문이다.

그 속함의 여부가 무어 중요하겠느냐마는 굳이 설악산과

분리해서 점봉산을 존중하고 싶은 건 설악산과 달리 호사스럽지 않아 자연생태의 훼손이 거의 없고 설악산을 마주 볼 수 있다는 점이 또 그러하다.

단목령, 점봉산, 망대암산을 거쳐 한계령을 지나는 백두대간 종주의 주릉은 아직도 많은 등산로를 통제하는 데다 특히 곰배령은 사전 허가를 얻어야 입산할 수 있을 정도로 그 보존에 신경을 쓰고 있다. 범접하기 쉽지 않다는 점이 아쉽기는 하지만 그래서 더욱 점봉산의 내공에 매료되는 것 같다.

등선대에서 주전골 가는 길도 넋을 잃을 만큼 연이은 비경이다. 아침나절 희뿌옇게 덮었을 안개와 흩뿌린 가랑비, 소소하게 일던 바람이 버무려져 골짝마다 신선한 에너지를 뿜어낸다. 그 기운이 가히 하늘을 찌르고도 남는다.

아니 그러한가, 나 언제 고독했던가 싶으니 산은 쥐락펴락 허름한 범부 하나쯤은 쉬이 변덕쟁이로 만들어 버린다. 신선이 되기 위해 여기서 몸을 깨끗이 씻고 하늘로 올랐다 하여 등선登仙폭포라 칭했다지. 30m 낙차의 등선폭포는 사람의 발길이 전혀 닿지 않는 곳에서 발원된다고 하는데 비 온 후에는 마치 하늘을 오르는 신선의 백발이 휘날리는 것처럼 보인다고 적혀 있다.

"어르신! 요즘 수염 다듬는 걸 잊으셨나 봅니다. 명불허전이라고들 합니다만."

오늘 등선폭포는 오랫동안 흰 수염을 다듬지 않아 턱밑이 너저분한 노인네의 모습처럼 보인다. 곧 단풍 손님들이 몰려들 텐데 한바탕 소나기라도 뿌려 신선의 안면을 씻어주었으면 하는 생각이 든다.

일만 개의 불상 늘어선 주전골 유람

용소龍沼란 용이 승천하다 임신한 여인에게 목격되어 승천하지 못하고 떨어져 소를 이루었다는 설에서 유래된다. 흔히 용소라 일컫는 폭포의 물줄기는 석룡산, 도마치령, 신로령과 국망봉 등 해발 1000m 안팎의 험산을 타고 흘러내린 도마천의 근원이다.

이들 용소폭포와 달리 주전골의 용소는 높은 곳에서 떨어지는 물줄기가 아니라 바위들 사이로 흘러 떨어진 물이 암벽으로 둘러싸인 곳에 고인다. 오늘도 여전히 맑고 푸르지만, 수량이 더 많아지면 그야말로 명경지수를 이룬다.

저 위 등선대
오를 때도 잠잠하다가
주전골 내려오니

횡으로 몸통 늘린 구름안개
오수에 푹 빠진듯한데
용소에 비친 갈색 물빛
독주암 이르러 한 줄 햇살과 함께
살갗에 닿는 실바람은
아아, 가을!
아직 멀었다 싶은 가을이구나.

용소폭포에서 오색약수터까지를 주전골이라 부르는데 용소
폭포 입구의 시루떡 바위가 마치 엽전을 쌓아 놓은 것 같
다고 해서 붙여진 이름이다. 또 다른 설화는 옛날 이 계곡
에서 도둑들이 승려로 가장해 위조 엽전을 만들었다는 게
그 유래라고도 전해진다.

조각하고 다듬어 빚은 듯한 바위들, 여름엔 너무나 투명하
여 햇빛조차 꺾어버리는 계류, 가을이면 현란하기 그지없어
눈을 좁혀야 할 단풍들. 이런 곳이 주전골인데 돈, 도둑,
위조 등의 허접스러운 용어들로 유래를 꾸민 들 이곳의 품
위가 격하되겠는가.

오밀조밀 밀착하여 전체를 아름답게 승화시키는 주전골이
야말로 이해타산과 부귀영화에 집착하여 이합집산, 합종연
횡 등 배신을 타당하게 명분 삼는 정치인들에게 정치윤리
의 교육장으로 추천하고픈 생각이 든다.

유착癒着, 어떠한 관계 또는 사물이 아주 밀접하게 결합하

는 것. 그러나 '서로 떨어져 있어야 할 피부나 막 등이 염증으로 말미암아 들러붙는 일'이라고 사전은 또 다른 정의를 내리고 있다.

물욕과 탐닉의 결합, 서로가 다른 욕심을 품고 고름에 의해 끈적끈적하게 들러붙는 몹쓸 정치판의 행태와 주전골의 풍치는 너무나 대조적인지라 사족까지 덧붙이는 오지랖을 보이고 말았다.

계곡에 들어서면 불상 1만 개가 늘어서 있는 것처럼 보인다고 하여 만불동 계곡이라고도 칭하는 주전골이다. 예로부터 불교에서는 잡귀가 미치지 못하는 강한 것을 가장 아름다운 것으로 여겼다.

십이폭포, 용소폭포 등 주전골의 아름다움을 즐길 수 있어서 금강문이라 부르는데, 아마도 여기부터 잡귀의 출몰이 없다고 여겼었나 보다. 금강산에는 이러한 금강문이 다섯 개가 있다고 한다. 그 아름다움의 척도가 이곳의 다섯 배나 된다.

기실 금강문이 있건 없건 금강산에야 어찌 잡귀가 접근하랴. 붉은 궁서체로 마구 휘갈긴 '위대한 수령 동지 만세'니 '주체사상'이니 하는 바위 부적이 무서워 잡귀인들 얼씬거리기나 하겠는가 말이다.

주전골 입구 오색천 아래 너럭바위의 암반 세 군데 구멍에서 철분 함량이 많은 알칼리성 약수가 솟는데 거기 옹기

종기 모여선 몇몇 관광객들이 몸을 낮춰 찔끔찔끔 고이는 물을 뜨는 게 보인다. 이곳 오색약수터에서 남설악 유람이 마무리된다.

산행을 마치고 나니 동선을 넓혀가며 바쁘게 움직인 설악산에서의 한나절이 예쁘게 포장된 꾸러미처럼 느껴진다. 꾸러미 안에는 초가을 새콤한 젤리와 다양한 맛의 초콜릿이 고루 들어있고 설악 특유의 향을 지닌 에스프레소까지 담겨있다. 그 꾸러미에서 하나씩 둘씩 꺼내먹다 보면 어느새 다시 설악산 큰 자락 어딘가에서 추억을 담고 있게 된다.

때 / 초가을
곳 / 흘림골 탐방안내소 – 여심폭포 – 등선대 – 등선폭포 – 주전폭포 – 십이폭포 – 금강문 – 선녀탕 – 성국사 – 오색분소

가리왕산, 영서의 험산 준령들로부터 조공을 받다

중봉을 채우다시피 한 주목들과 자작나무 숲은 온통
상고대로 덮였고 얼음꽃이 만개하였는데
이 정도의 풍설쯤은 숱하게 겪고 그때마다 슬기롭게
삭여왔다는 듯 움츠림 없이 곧게 가지를 뻗고 있다.

옛적 맥국貊國의 갈왕葛王이 난을 피해 몸을 숨겼다 하여
갈왕산이라고 불리다가 다시 가리왕산加里王山으로 명명했
다는 이 산, 강원도 정선군 정선읍 회동리와 북평면 숙암리
마을을 산 아래로 두고 평창과도 접해있다.

태백산맥의 중심부인 정선은 군 전체가 높고 가파른 산으
로 겹겹이 둘러싸였다. 인근 최고봉인 함백산(해발 1573m)
을 비롯하여 가리왕산, 백운산, 노추산, 석병산, 박지산, 중
봉산과 청옥산 등 해발고도 1000m 이상의 높은 산들이 연
이어 솟아 있어 평야는 거의 없는 지역이다. 강원도에서 가
장 외진 지역 중 한 곳으로 무연탄, 철, 금 등이 많아 지하
자원의 보고를 이룬다.

1976년부터 매년 9월에 개최되는 정선아리랑제는 강원도
의 커다란 문화행사 중 하나로 '정선아리랑' 경창 대회를
비롯하여 각종 민속행사가 열려 군민화합과 지역발전에 이
바지한다.

역시 태백산맥의 지붕답도다

3월 초, 봄 냄새라도 풍기겠거니 가리왕산을 찾았는데 숙암리는 겨울 한복판에 있다. 숙암분교에서 오르는 이 길은 비교적 완만한 육산 코스라지만 러셀 산행에 가까울 정도로 눈이 덮여 흙길이건, 돌길이건 큰 의미가 없다. 중봉을 거쳐 정상으로 가고자 택한 등산로이다.

청정마을 숙암리에서 얼마 지나지 않아 청청한 낙엽송들이 마치 큰 키 자랑하듯 하늘 향해 쭉쭉 솟구쳐있다. 중봉에서 숙암리로 뻗어 내린 지능선은 전혀 작위적이지 않은 자연 그대로의 생태, 지난가을 떨어져 쌓인 눈 그대로의 설엽, 쌓인 채 얼어 은꽃으로 환생한 빙화의 모습이 방문한 산객의 마음을 순수하게 정화해준다.

어디서 시작해 어디까지 이어지는지 지도를 보지 않고는 도통 가늠키 어려운 임도가 백두대간 가리왕산의 허리 부분을 폭넓게 가르고 있다. 시야에 들어오는 것마다 크고 길고 높아 듬직하기로는 그만이다.

거의 봄이 올 무렵, 이처럼 상고대와 눈꽃의 환영을 받으며 그 샛길을 걷는다는 게 꿈길 걷는 것처럼 아스라하다. 가파른 눈길 숨 고르며 간신히 오른 산정, 하늘인 줄 알았는데 설원이다. 거기 즐비하게 늘어선 눈꽃 터널이 경이로

45

움을 넘어 신비스럽기까지 하다.

앞서간 이 없어 흐트러짐 없는 수북한 눈길이다. 먼저 지나친 이 없어 길마다 아련한 능선들이다. 이르러서 보니 봉우리 같지 않게 펑퍼짐한 중봉에는 세 개의 작은 돌탑이 쌓여 있다. 산 아래 숙암리에는 느릿하게나마 봄 기지개 켜는 듯한데 발자국 깊이 누르며 산자락 오르니 아직도 주목 군락지 중봉은 한겨울의 중심에 있다.

중봉을 채우다시피 한 주목들과 자작나무 숲은 온통 상고대로 덮였고 얼음꽃이 만개하였는데 이 정도의 눈바람쯤은 숱하게 겪고 그때마다 슬기롭게 삭여왔다는 듯 움츠림 없이 곧게 가지를 뻗고 있다. 투명한 빙화, 만개한 자작나무 숲, 잿빛 구름 간신히 벗어난 햇살은 여전히 주춤거려 숲길은 냉랭하게 시린 기운만 가득하다.

이때라 지나치는 산바람에 후드득, 은색 상고대 한 자루 처참하게 부서진다. 진달래랑 철쭉 피려면 아직 요원하다며 햇살은 굳은 낯빛을 짓다가 그예 구름 뒤로 숨어버리니 가리왕산 가는 길, 봄은 아직도 멀기만 하다.

지루할 정도로 긴 능선, 거듭 가파른 오르막을 오르고 또 올라 닿은 상봉 망운대(해발 1561m)는 그 첫인상이 그저 밋밋한 언덕배기 혹은 한가로이 편안한 정원 같았는데 다시 보니 그게 아니다. 다른 산들과 달리 무척 평탄하고 너른 최고봉 망운대를 여유롭게 둘러보는데 순간 신성한 성전에 들어온 기분도 들었다가 강대국 제왕의 대궐터였을 법한 느낌도 받게 된다.

영서嶺西에 굽이굽이 내로라 뽐낼만한 고산준령들이 야트막하게 늘어서 있다. 첩첩이 얹힌 산봉우리들이 판화처럼 펼쳐져 있다. 멀리 내다보면 더더욱 가슴을 여미게 하는 곳, 거기가 산이다.

설악산에서 내륙 곳곳에 솟은 봉우리들을 볼 때 그렇고 덕유산에서 지리산과 적상산을 바라보며 애잔해지기도 한다. 봉우리들이 한눈에 들어오지만, 원근이 불명확한 거리감 때문이 아닐까 싶다. 그립도록 가까웠던 이의 사는 곳이 어딘지 모르는 것처럼.

산그리메, 산봉우리들이 겹겹 중첩된 능선의 아름다움을 어느 시인은 산그리메라고 표현했었다. 산 아래에서는 산 너머를 내다볼 수 없으므로 산이 뿜어내는 공력을 느끼지 못한다. 저 산그리메의 사이사이, 혹은 그 너머에서 속세의 삶에 익숙해지고 기댈 뿐이다.

언젠가 덕유산에서 광활하게 펼쳐진 웅장함과 아름다움에 혼을 빼앗겼었다. 앞산 그림자는 어둠처럼 짙고, 그 뒤로 감청색에서 남색으로 차차 옅어지다가 종내에는 하늘과 합해진다. 겹겹 포개어진 산릉들은 풍만하고 자극적이지만 결코 지성미 부족하지 않은 미인의 자태를 떠오르게 했었다.

여기 가리왕산에서 보는 산그리메가 덕유산 못지않다. 파

도처럼 펼쳐지는 마루금들, 능선의 어느 지점에서인가 삼각
파三角波처럼 격하게 치솟는 봉우리, 설악산을 포함한 저
산군들의 영롱한 아름다움에 영하의 추위지만 후끈 몸이
달아오르는 중이다.

손가락 내밀며 가늠하고 줄줄 살펴보면 흐릿하나마 설악산
부터 오대산, 두타산, 태백산, 소백산, 치악산 등 강원도의
명산들이 파노라마처럼 펼쳐져 있다.

"아리랑 아리랑 아라리요 아리랑 고개고개로 나를 넘겨주
게. 눈이 올라나 비가 올라나. 억수장마 질라나. 만수산 검
은 구름이 막 모여든다. 아우라지 뱃사공아 배 좀 건네주
게. 싸리골 올동박이 다 떨어진다."

벽파령, 성마령, 마전령으로 이어지는 긴 능선에서는 구성
진 가락의 정선아리랑이 울려 퍼진다. 높이로 치면 서열 아
홉 번째의 존재이지만 정상에서 둘러볼 땐 그보다 앞 서열
의 존재들마저 무릎을 꿇고 있다.

마치 가리 왕을 상왕으로 모시는 속국의 사신들이 사방팔
방 낮은 자세로 늘어서 조공식을 거행하는 분위기를 연상
하게 한다. 과연 태백산맥의 지붕이라 칭할만하다. 망운대
주변 언저리에서 보게 되는 겹겹 험준 단애는 가리 왕이
온몸에 승리의 문신 새긴 무장 출신의 제왕일 거란 상상에
빠지게 한다.

산은 그 스스로 경전經典이자 은덕과 축복의 소산이다

기둥 상체와 잔가지 모두 떨어져 나가 몸체 작아진 고사목 한 그루가 눈길을 잡아당긴다. 모진 전투에 수도 없이 참전해 육신은 비록 사나운 몰골로 변했으나 일등 공신이 되어 가리 왕의 총애를 받았던 노송 한그루가 고사목 되어서도 이 거대한 궁궐의 수문장으로 존재하는 것처럼 느껴진다.

군신의 대의를 신앙처럼 지켰을 때 그 신하의 죽음은 임금을 애달프게 하고 고독하게 만든다. 오로지 최고봉을 수호하는 게 대대손손 본분인 양 온갖 풍상 시름조차 없이 겪다 죽은 고목이기에 고사 되어서도 꼿꼿하기가 장수의 체통을 잃지 않으려는 듯 보인다.

아무리 위풍당당한 백전노장이라도 모질고 지독스러운 세월은 칼과 창으로 대적할 수 없으므로 그저 순응하는 게 병법인 양 바람 부는 쪽으로 가지 틀어가며 제 둥치를 단단한 근육처럼 단련시켰기 때문이리라.

바람 비껴가는 계곡 중턱에서 곱게 자라다 죽은 고사목들이 빨리 썩어 살갗이 부서지는 것과 다른 점이다. 역시 세월을 풍미할만한 경험을 지닌 연륜을 세월 흘러 나이만 채운 노쇠함과 동일시할 수는 없는 일이다.

동강東江에 흘러드는 오대천과 소양강의 발원지가 이곳에 있다고 했던가. 이 겨울처럼 억겁의 세월을 거듭 희고 투명하게 얼어붙었다가 녹았다가 다시 씻겨 바루어진 암벽들 사이로 우렁찬 구호 내질러가며 휘감아 흘렀을 청계 옥수는 승전국의 포획물처럼 백설에 덮여있어 흉년 들면 제 나라 백성들에게 나눠 줄 가리 왕의 잉여재산처럼 여겨진다.

보이는 것마다, 느끼는 것마다 거대한 고봉으로서 가리왕산의 풍모는 당대를 풍미한 진정한 영웅들의 그것에 견주게 한다.

가리왕산의 기풍에 압도되어 환각처럼 우열이 가미된 상상에 빠지기는 했지만 내려와 돌아보니 가리왕산이건 다른 산들이건 산들은 높거나 낮거나, 크거나 작거나, 오르거나 혹은 내려서거나 그 말들이 결코 상대되는 표현이 아님을 되새기게 된다.

높은 산이 낮은 산을 향해 손가락질하는 무경우가 절대 있지 않다. 결국, 산이며 자연이며 또 하나의 존재일 뿐이다. 남녀와 노소, 능력의 우열과 직급의 서열이 분명하게 가늠된 세상의 위계질서를 벗어났기에 산은 그 스스로 경전經典이자 은덕과 축복의 소산이 아닐 수 없다.

수북한 눈길과 질퍽한 흙탕을 반복하고 여름이었으면 시원한 물줄기를 흘러내렸을 이끼 계곡을 지나 날머리 장구목이에 내려서자 종아리가 뻣뻣하고 무릎이 시큰하다.

가리 왕으로부터 산꾼으로 책봉 받고자 무릎 꿇고 있던
시간이 너무 길었나 보다.

가리왕산 아래 장구목이골에는
잔설 녹이는 산들바람 이는 듯하다.
오후 햇살 타고 흐르는 힘찬 기운들이
양지쪽 암벽 감아쥐고
성큼성큼 오르는 듯하다.
가리왕산 내려와 다시 올려다보니
거기, 그사이 봄이 도착하여
뻐꾸기, 진달래, 아지랑이……
제 식구들 불러 모은다.
삶이 아름답단 걸 알려주는 멜로디
생기 넘치는 색감
활기찬 율동
묻어나는 것마다 봄
뿌려지는 것마다 봄
혹독하기 이를 데 없던 추위
인고의 계절 보낸 헐거운 나목마다
연분홍 탄생의 모습
그 계절 긴 동면은 비록 혹독했을지언정
생생한 잉태의 시간이었다.

때 / 늦겨울

51

곳 / 정선 북평면 숙암리 – 숙암분교 – 오장동 임도 – 주목 군락지 –
중봉 – 장구목이 삼거리 – 상봉 – 이끼 계곡 – 장구목이 삼거리 – 장
구목이골

승천하는 용의 기운으로, 용화산, 오봉산, 부용산

순백純白이란 다 용서하여 다 덮어줄 수 있는 것,
드러내어 시빗거리 삼을 게 아니라 품어주고
감싸주어 속으로 녹여지게 만드는 것.

산은 책이다.

찬찬하게 사람들의 웃음 가득한 걸음 뒤쫓다가 바위의 실체를 꿰뚫으려 걸음 멈추고, 손 뻗으면 닿을 것 같은 파란 하늘을 올려보며 다다른 정상에서 가끔은 산을 오른 것인지 한 권의 책에 푹 빠졌었는지 혼동하게 될 때가 있다.

읽으면서 쏠쏠한 재미, 다 읽은 후의 개운한 여운, 페이지 다시 열어 가슴 문지르는 잔잔한 감동을 되새기노라면 얼른 다음 권을 펼치게 된다. 산과 산을 잇는 연계 산행은 그래서 두 권 이상의 장편 소설을 읽는 것과 비유하곤 한다.

교통상황이 불편해 마음에 담아두고도 쉬이 접근하지 못했던 용화산, 오봉산, 부용산의 종주 기회가 생겼다.

모 산악회에서 세 산을 잇는 산행 계획을 잡았는데 거기 편승하기로 한 것이다. 용화산과 오봉산은 각각 다녀온 적이 있었는데 이번에 부용산까지 약 17km의 중장거리 산행에 합류했다.

승자 승천勝者昇天의 용화산

아침 8시 조금 지나 화천 큰 고개에 도착한다. 바로 용화산 들머리로 정상까지 오르는 최단거리 진입로이다.

수십 족의 다리가 마구 뜯긴 지네 한 마리가 낮은 몸뚱이를 더욱 낮게 낮추어 상대를 노려본다. 상대는 비늘이 뜯기고 등짝 곳곳이 찔려 흉측해졌지만, 이빨에 독을 품고 공격 자세를 가다듬으며 꼬리를 움직인다. 절지동물과 파충류의 자존심 걸린 2라운드 격전이 펼쳐질 조짐이다. 이 싸움의 승자는 하늘로 올라간다.

"누가 이겼을까."

승자 승천勝者昇天, 지네와 뱀이 싸워 이긴 쪽이 용이 되어 하늘로 올라갔다 하여 용화산龍華山이라고 이름을 지었다고 한다. 누가 이겼는지는 통 언급이 없어 궁금해하며 오르는데 주로 화강암으로 이뤄진 바위산답게 나무 사이로 기묘하게 생긴 바위 봉우리들이 눈길을 사로잡는다.

용화산에는 처서에 즈음해 전국각지의 심마니들이 몰려들 정도로 산삼이 많이 나는 데다 소나무 군락지에서 자생하는 송이버섯은 그 향과 맛이 일품이라고 한다.

상어바위를 지나 전망대에 이르도록 산삼은 고사하고 송이 향조차 냄새 맡지 못했지만, 시야가 확 트인 신록의 조망이 더할 나위 없이 쾌적하다. 견고하기 이를 데 없는 바위를 뚫고 솟은 건지 아니면 바위에 뿌리를 내린 건지 알 수 없을 만큼 암목 일체가 된 소나무들이 기둥이며 가지를 크게 비틀어 마치 춤을 추는 모양새를 하고 있다

그리 멀지 않은 거리에 주봉인 만장봉의 수직 단애가 단단한 위엄을 풍기고 그 뒤로 촛대바위가 오뚝하게 하늘을 찌른다. 왼쪽 측면에서 본 촛대바위는 도봉산의 우이암처럼도 보이고 무소의 뿔을 연상하게도 한다.

날카로운 칼날을 세워놓은 형상이라 칼바위라고도 불리는데 용화산 암릉의 강인함을 돋보이게 하는 위풍당당한 바위임에 이의를 달 수 없다.

굵은 밧줄 길게 이어진 이 칼바위를 지나 삼거리에서 정상까지 남은 거리는 100m, 수풀 사이 나무계단을 오르니 만장봉(해발 878m)이다. 춘천 일대의 산야가 쭉쭉 시원스레 펼쳐져 있고 삼악산, 금병산, 대룡산의 산군과 의암호, 춘천호, 소양호와 파로호까지 시야를 꽉 채운다. 저만치 경기 최고봉 화악산까지 조망된다.

지네와 뱀, 누가 용이 되었을까.

급히 올라오느라 흘린 땀을 훔치는데 다시 궁금증이 생긴다. 누가 용이 되었든 비늘 찢어지고 다리 뜯어져 하늘인들 제대로 올랐을까. 여기 화천, 한국전쟁 당시 격전지 중 격전지였던 곳. 저 아래 파로호는 그 당시 생포한 포로가 부지기수라 인공호수를 만들어 그렇게 명명했다고 한다.

화천댐이 건설되기 전 이 지역 마을 주민들은 큰 봉황을 숭배했는데, 봉황이 날개를 펴면 구만리를 날았다고 하여 인근 마을 이름이 구만리였다. 주민들은 이 호수를 큰 봉황을 뜻하는 대붕호大鵬湖라 불렀다.

한참이 지나 6·25 한국전쟁 중이던 1951년 5월 말, 이곳 대붕호 근방에서 국군과 미군은 중공군에 대한 대규모 공격을 펼쳐 2만 4천여 명을 사살하고 7천9백여 명을 생포하는 전과를 올린다.

이때 사살된 수많은 중공군이 수장되면서 대붕호는 치열한 전장 혹은 전쟁의 비극을 상징하는 장소가 되었다. 후일 이승만 대통령이 이곳 현장을 방문하여 깨뜨릴 파破, 오랑캐로虜의 휘호를 적어 파로호破虜湖라고 불리게 된 것이다.

남한이든 북한이든, 국군이든 인민군이든, 미국이든 중국이든 과연 승자가 있던가. 이 산 오기 바로 전, 작금의 세상은 또 어떻던가. 용으로 화하려 물고 뜯고 죽이는 게 어디 지네와 뱀뿐이겠나. 제 배 채우려, 제 욕구 채우려 필요의 한계를 넘는 이들이 얼마나 많은가.

바위 뚫고도 곧게 뻗은 노송처럼 작금에 와서도 산에서든 세상에서든 그저 감사하고 또 감사하며 살기는 어려운 걸까. 겨울이면 백설로 다 덮어 하얘지고 여름이면 초록 물 뚝뚝 떨어지도록 녹음 무성한데 우리네 삶 무어 그리 대단한 허물이라고 저만큼도 덮어두지 못할쏜가.

순백純白이란 다 용서하여 다 덮어줄 수 있는 것, 드러내어 시빗거리 삼을 게 아니라 품어주고 감싸주어 속으로 녹여지게 만드는 것. 지네와 뱀이 상대를 이기려 싸운다는 게 얼마나 기막힌 발상인가. 세상사의 황당한 억지 이기심을 빗댄 풍자 아니겠는가.

나잇살깨나 먹으니 이젠 계산하여 선별할 때가 아니라, 보내고 돌아설 때가 아니라 서로 합유 하며 감사하고 흡입해야 할 때란 생각이 자꾸 든다. 무르팍 튼실하고 에너지 소진되기 전에 하염없이 올랐다가 내려와서 생각만큼 못 따라주는 처세까지 긍정하며 또 오르면 되지 않을까 싶다.

산에 오르면
헤아리고 또 헤아려 차곡차곡 쌓아두게 된다.
가파른 등성이 호흡마저 거칠어지면
없어져도 그만일 흘린 부스러기
줍고 쓸어 담아 여미고 포개 놓게 된다.
눈에 가득 아름답던 날들
마음에 가득 아스라한 날들

속으로 또 속으로 까맣게 타들어 가던 날들까지

소나무의 질긴 생명력과 바위의 유연한 포용력

만장봉에서 내려와 7.5km 거리의 배후령으로 향한다. 숲길과 바윗길이 반복되고 발밑으로 한가롭게 조팝나무, 금마타리 등의 야생초가 피어있다. 고탄령을 지나 사여령 가는 길로 접어들면서는 기암 바위들과 바위 구간은 자취를 감추고 흙산으로 접어든다.

수불무산 갈림길을 지나고 우측 1.2km 내리막의 휴양림으로 가는 사여령에 이르렀다가 다시 배후령을 향해 직진한다. 춘천 시내와 화악산에 눈길을 주면서 잠깐씩 오르고 내려서다 보니 임도 지나 해발 600m라는 표지판과 이곳이 38선이라는 바위 표지도 보인다.

춘천시 신북읍과 화천군 간동면을 잇는 46번 국도상의 배후령은 용화산과 오봉산을 연결하는 날머리이자 들머리이다. 배후령 터널이 개통되어 교통은 편리하고 안전해졌으나 고갯길 옛 정취는 그만큼 반감된 듯하다.

경운산, 경수산, 청평산이라고도 불려 왔던 오봉산은 비로봉, 보현봉, 문수봉, 관음봉, 나한봉의 다섯 봉우리가 연이어 있어 오봉산으로 부르게 되었는데 막상 올라가서는 그 구분이 쉽지 않다. 정상 일대에는 일곱 혹은 여덟 개까지 봉우리가 있는 것처럼 여겨지기도 한다.

같은 이름의 오봉산은 함양, 보성, 완도에도 있다. 완도 오봉산에서 아득하게나마 한라산을 조망한 적이 있었고 다른 오봉산은 아직 가보지 못했다.

배후령에서는 처음부터 가파르게 오르막길이 시작된다. 땀 방울이 송송 맺힐 즈음 배후령 너머로 지나온 용화산과 시선이 마주친다.

"다시는 이전투구의 싸움 장소가 아니길 바랍니다."

"그래야지. 싸움의 상처 아물거든 한 번 더 오시게. 지네랑 뱀이랑 푹 고아서 보양식 준비하겠네."

"산삼이랑 송이도 같이 넣어 끓여주신다면."

양옆으로 손잡이 난간이 있는 바위 오르막을 넘어서면 몇 조각의 큰 바위틈에서 사선으로 기울어진 소나무가 그래도 강건하게 가지를 뻗치고 있다. 솔잎도 무성한데 더욱 경이로운 건 바위를 헤집고 뻗어 내린 뿌리가 다시 땅을 파고 들어갔다는 것이다.

소나무의 질긴 생명력과 바위의 유연한 포용력이 짠한 감동을 불러일으키는가 싶더니 참한 교훈을 새기게도 한다. 청솔 바위라고 새겨져 있다. 오봉산의 경계표 중 하나이다.

오봉산의 손꼽는 칭찬거리 중 하나가 소나무라 생각한다.

배치고개라고도 부르는 백치 고개에서 올라오는 오봉산 등 산로에도 조경수처럼 멋진 소나무들이 즐비하다.

많은 소나무가 바위와 어우러지고 기둥이 붉은빛을 띠었는데 여기서도 유독 눈에 띄는 한그루 소나무를 보게 된다. 하늘 높은 건 모르고 땅 넓다는 것만 아는지 바위틈으로 뿌리를 내린 소나무가 기둥과 가지를 높이 뻗지 못하고 납작하게 거의 수평으로 펼치고 있다.

중국 한나라의 한신은 저잣거리에서 한낱 건달의 가랑이 밑을 기어 사소한 다툼을 피한다. 때가 되자 자신의 존재를 드러내며 한나라 대장군으로서 초나라 항우를 사면초가에 빠뜨려 결국 기나긴 전쟁에 종지부를 찍는다.

중국 통일의 일등 공신 한신은 얼마든지 누릴 수 있는 부귀영화를 모두 마다하고 주저 없이 시골로 내려가 촌부의 삶을 택한다.

세상은 무한하게 넓기에 몸 낮춰서도 얼마든지 뻗어나갈 공간이 있음을 웅변하는 소나무에서 문득 한신의 처세가 떠오르는 것이다. 수평으로 누워 제 가지들을 늘어뜨리는 고귀한 응집력, 진정 제 할 바가 무언지 아는 무한, 무조건의 책임감을 보는 듯하다.

짙푸른 우거짐 아래로 소양호가 잔잔하다. 소양호 우측으로 볼록 솟은 가리산도 보인다. 구름이 흘러가면서 가평,

양평, 화천과 홍천 일대의 일면식 있는 산들이 고개를 내민다. 산화한 산객을 추모하기 위해 세운 진혼 비를 지나고 거듭되는 밧줄 구간을 또 지나 암봉 꼭대기에 다다르자 아래로 배후령이 재단 선처럼 길게 가로금을 긋고 있다.

약간의 가파름이 있기는 하지만 배후령에서 오르는 오봉산 정상은 청평사로 오르는 길에 비해 무척 수월한 편이다. 화천 쪽으로 넓게 트인 풍광과 명품 소나무들의 강인한 생명력을 음미하다 보면 능선에 닿게 된다.

첫 번째 봉우리에서 비교적 완만한 능선을 지나면서 용화산의 정상석보다 아담한 정상석을 만나게 된다. 3년여의 세월이 지나 다시 오봉산 정상(해발 779m)에 서니 반갑고도 감회가 새롭다. 소양호 선착장에서 청평 나루까지 운항하는 배편을 통해 왔었다.

"그땐 만산홍엽 붉게 물든 가을이었지요."
"지금도 청평사 쪽의 가을 단풍이 죽여주거든."
"다시 찾기로 하고 오늘은 이만 내려가겠습니다."
"안전 산행하게나."

잠시 해후의 인사를 나누다가 길을 재촉한다. 부용산과 청평사로 갈라서는 오봉산 3지점에 이르자 3년 전 초겨울 급경사 구간인 소요대와 천단으로 올라와 홈통 바위에 이르면서 땀으로 범벅이 되었을 때가 떠오른다.

느닷없이 나타난 암벽 구간에서 초긴장했던 그때를 회상하다가 2.1km 이정표의 부용산이 있는 길로 걸음을 옮긴다. 얼마 지나지 않아 자동차 도로 백치 고개가 나온다. 여기서 부용산 정상까지는 어수룩하다. 제대로 다듬어지지 않은 깔딱 고개를 오르면서 땀깨나 뽑는다.

춘천시 북산면과 화천군 간동면 경계에 있는 부용산芙蓉山(해발 882m)은 오늘 걸어온 것처럼 백치 고개를 가운데 두고 오봉산과 마주하고 있어 소양호 선착장을 이용하거나 배후령에서 진입할 수 있다. 길게 머물지 않고 호반으로 내려간다.

선녀봉이라 일컫는 871m 고지를 지나자 내리막길 숲 사이로 소양호가 모습을 드러내고 호반 도로도 보인다. 하늘소 민박이 있는 날머리에 도착하면서 지네와 뱀의 혈투, 연합군과 중공군의 격전으로 시작된 액션은 소나무와 바위가 창출하는 휴머니즘으로 마무리를 짓는다. 다소 모호한 장르의 책을 덮고 아침에 타고 왔던 산악회 버스에 오르자 눈이 침침해지면서 눅진하게 피로가 몰려온다.

때 / 초여름
곳 / 큰 고개 - 칼바위 - 용화산 만장봉 - 고탄령 - 수불무산 갈림길 - 사여령 - 배후령 - 청솔 바위 - 오봉산 - 삼거리 - 백치 고개 - 부용산 - 선녀봉 - 하늘소 민박

오지에 숨어 지낸 백락일고의 천리마, 응봉산

흰 거품을 일으키면서 쏟아지는 폭포수의 굉음은
물 밖으로 치솟은 용이 하늘을 오르며 내지르는 소리처럼
우렁차서 곁에 있는 사람들을 압도한다.
용이 사는 못이라는 용소의 명패가 무색하지 않다.

덕구온천이 알려지기 전의 응봉산은 강원도 삼척과 경북 울진이 접하는 오지에 있는 무명의 산이었다가 지금은 산림청이 지정한 100대 명산에 어엿이 그 이름을 올리고 있다. 산 주변으로 전인미답의 여러 계곡을 끼고 있어 계곡 트레킹에도 적합한 산이다.

오늘 산행도 거기 맞춰 덕풍계곡부터 이어지는 용소골의 물길을 트레킹 하여 응봉산을 오를 요량으로 이른 새벽부터 서둘러 왔다.

용소골, 보리골, 문지골 등 명품 계곡이 몰려있어 풍곡리 豊谷里라 칭했고 지도상에도 풍곡 계곡이라 표기되었으나 마을 주민들은 덕풍계곡으로 부르고 있다.

신라 진덕왕 때 의상대사가 나무로 비둘기 세 마리를 만들어 날렸는데 하나는 울진 불영사에 떨어지고 또 하나는 안동 흥제암으로 날아갔다. 나머지 하나가 이곳 덕풍 용소에 떨어졌는데, 그로 인해 용소골 일대에 천지 변혁이 일어

지금과 같은 명경 산수를 이루었다고 전해진다.

그런 설화가 있고 난 뒤로도 용소골은 물 흐르는 소리마저 죽여 가며 오지 원시림에 꼭꼭 숨어있던 국내 최후의 심산유곡이다. 물이 찼을 때는 자일을 이용해 절벽을 타고 넘어야 하고, 더구나 물살이 빠를 때는 아예 접근이 허용되지 않는 급준 계곡이다.

흔히 국내의 3대 계곡으로 설악산 천불동계곡, 지리산 칠선계곡, 한라산 탐라계곡을 꼽기도 하지만 응봉산 용소골이 빠진 것에 동의하기 어렵다.

안개마저 쓸어내리는 빠른 물살을 헤치고

4년 전 친구들과 왔다가 기상악화로 2용소까지만 갔다 되돌아온 적이 있어 내내 아쉬움이 남았던지라 위험요인은 뇌리에서 걸러내고 기대감만 채워 다시 찾았다. 용소골로 들어서며 다소 들뜬 마음을 보듬는다. 어둠이 깃들기 전에 벗어나야 하는 곳이다. 빗물이라도 떨어진다 싶으면 얼른 빠져나와야 한다. 그래서 지역 기상예보에 따라 산행 일자를 맞췄고 유비무환으로 20m짜리 자일 두 개와 슬링을 준비했다.

"나만 믿고 잘 따라오면 돼."

64

무엇보다 마음을 든든하게 하는 것은 물길 트레킹 경험이 출중한 선배와 동반한다는 점이다. 평소에 돈독하게 쌓은 친분은 그 상대가 필요로 할 때 진가를 발휘한다더니 선배의 친구까지 나서서 가려운 데를 긁어준다.

"내려오면 뒤풀이하기 좋은 데 알아뒀으니 안전 산행해."

기사 역할을 자청한 선배의 친구는 하산 무렵 날머리인 덕구온천 주차장에서 기다리겠다고 한다. 한나절을 족히 보낼 산행이지만 이래저래 무결한 출정 준비를 한 셈이다. 소나기만 뿌리지 않는다면.

경운기가 겨우 다닐 수 있는 완만한 소로를 걸으면 덕풍산장과 몇 채의 시골집이 모여 있는 덕풍마을이 나온다. 삼척시 가곡면 풍곡리가 행정 주소인 용소골의 관문, 계곡 트레킹의 시작점이다.

언제 비가 왔더라. 넘칠 정도는 아니지만 꽤나 풍부한 수량에 유속도 제법 빠른 편이다. 예전에 없던 초록 철 난간이 계곡을 끼고 왼편으로, 다시 오른편으로 길게 늘어섰다. 자연미를 떨어뜨리는 과잉보호 설비에 약간 실망감이 들기도 했으나 이내 첨벙거리며 물을 밟고 걷다 보면 물은 길이 된다. 다시 굽이도는 협곡마다 힘찬 물 흐름은 골과 하나가 되어 찾은 이를 꼭 품는다.

채 30분이 지나지 않아 1용소에 닿았다. 역시 많이 변화된 모습이다. 1용소는 세 개의 용소 중 가장 크다. 마을 사람들이 신성시하여 기우제를 지냈고 풍년과 안녕을 기원하며 제사를 지낸 곳이다.

무려 40m 깊이나 된다는 짙푸른 용소를 수직 절벽이 에워싸고 있다. 지난번에는 용소 위로 오르는 길 찾기가 어려웠었는데 지금은 절벽 하단부에 계단이 설치되어 당시의 소름 돋던 경외감은 반감되었다.

그래도 1용소의 마력은 여전하다. 간혹 몸을 던져 뛰어들고 싶을 만큼 유혹적이기도 하다. 흰 거품을 일으키면서 쏟아지는 폭포수의 굉음은 물 밖으로 치솟은 용이 하늘을 오르며 내지르는 소리처럼 우렁차서 곁에 있는 사람들을 압도한다. 용이 사는 못이라는 용소의 명패가 무색하지 않다. 용소 상부에는 급한 물살에 물길 홈이 깊이 패어 있다. 얼마나 빠르고 센 물살인지를 추측하게 한다.

철 난간은 1용소를 지나면서 사라졌다. 등산화를 신은 채몇 차례 건너길 반복하자 가야 할 골에 하얗게 안개가 고여 있는 걸 보게 된다. 수북하게 안개가 고인 계곡, 계류에 닿은 안개마저 일일이 쓸어내리는 빠른 물살은 가히 환상적이다. 그렇게 2용소에 도착한다. 20m 높이는 족히 되어 보이는데 낙차 이상의 굉음을 내며 맹렬하게 폭포수를 쏟아내고 있다.

"여긴 더욱 조심해야 할 거야."

용소를 낀 우측 절벽에 바짝 설치된 밧줄을 잡고 아주 조심스럽게 올라선다. 안전을 당부하는 선배의 걸음과 동작을 그대로 따라 하게 된다. 아래에 이는 물보라를 보자 어지럽고 아찔하다. 움켜진 밧줄을 놓치면 그대로 추락한다고 생각하니 오금이 저린다.

비까지 뿌리는 데다 이만큼의 안전시설도 없어 통로 찾을 엄두도 못 내고 돌아내려 갔었다. 이제부터는 미답지 탐방이다. 살짝 마음이 설레 온다. 상단에 올라 계곡을 건너는데 물이 허리까지 차오른다. 물살도 제법 세다. 진한 갈색과 물거품 이는 연미색 물길이 계속 이어진다.

저 물속에 버들치, 산천어, 꾸구리, 퉁사리, 연준모치와 민물 참게 등이 서식하고 있단다. 계곡에는 산양과 산삼이 자생하고 수많은 노송은 그 품질이 우수해 경복궁 대들보로 쓰이기도 했었다.

다리에 묵직하게 힘이 들어갈 즈음 옅은 안개마저 걷히고 코발트 빛 하늘이 활짝 드러났다. 한바탕 격전을 치르는 링에서 또 한 라운드를 마친 기분이다.

"쉬었다 가자."

물 밖으로 나와 아무렇게나 바위에 걸터앉자 머리에서 김이 오른다. 축축하게 젖어 웃는 선배의 모습에서 강한 동지애를 느낀다. 그의 상큼한 웃음이 무척 젊다는 생각이 들어 떨어진 에너지가 충전된다.

"가자. 다시 용궁 속으로."

사전에 코스를 검색했을 때 가장 난도 높은 구간이라는 매바위 앞에 이른다. 절경이다. 협소한 물길로 내리뻗은 높고 가파른 절벽이 가히 위협적이면서도 도발적이다.

강한 매력이 발산하는 유혹은 위험을 동반할 수밖에 없는 걸까. 조심스럽게 우측 절벽을 끼고 돌아서자 곧바로 급속한 물살 지점이 나온다.

"야가 가가?"

부러 경상도 사투리를 쓰며 맘을 안정시키려는 선배의 농을 듣는 둥 마는 둥 하고 물속으로 처진 밧줄의 견고성 상태를 점검한다.

앞장서서 밧줄을 끌어당긴 선배가 엄지를 치켜세워 이상 없음을 알린다. 어지럽다. 빠른 유속에 몸을 담그자 롤러코스터나 번지점프를 하는 것만큼 어지럽다. 물살에 흔들리는 몸을 밧줄에 의존하고 힘겹게 반대편으로 건넌다.

어렵사리 난코스를 통과하고 숨을 몰아쉰다. 그다음부터는 비교적 수월하다. 얕은 소와 담을 여러 차례 건너면서 여기저기 눈을 돌려 풍광을 담게 된다. 채 걷히지 않은 안개를 하늘로 솎아내는 이곳 깊은 골을 화가가 눈에 담는다면 멋진 산수화를 남길 거란 생각이 든다.

작은 폭포와 암반이 산재한 작은 당귀골 가까이 닿으면 물소리가 아기 옹알이처럼 참하고 조용하다. 워낙 큰 울음소리에 익숙해진 탓이다.

"3용소도 보고 가야지?"

여기가 응봉산 정상으로 향하는 갈림길이지만 5분여 거리에 있다는 3용소를 보고 다시 돌아와 용소골을 빠져나가기로 했다.

용소골에서 가장 넓다는 마당소는 주변 나무와 하늘을 담은 넓고 큰 거울이다. 그 위로 30여 m 지점에 마지막 3용소가 모습을 드러낸다. 깊은 수심의 짙은 물 빛깔이긴 해도 1, 2용소가 주는 위압감은 전혀 없이 고요한 평화를 느끼게 한다. 소리도 요란스럽지 않고 물살도 잔잔하다. 물길은 더 위로도 이어지지만, 실질적 계곡 트레킹의 종점이라 할 수 있는 곳이다.

12km의 긴 계곡, 오대산 청학동 지구 소금강 계곡이 분소에서 낙영폭포까지 물길 7.9km이니 여기는 얼마나 길고 물 많은 곳인지 짐작할 수 있을 것이다. 다시 돌아와 용소골과 작은 당귀골이 접하는 갈림길에서 물 길을 벗어난다. 훌훌 벗어던진 여름을 다시 꿰차는 느낌, 해군으로 파견 나갔다가 다시 육군 보병으로 복귀하는 기분이다.

이곳, 앞으로도 비경을 찾아 더 많은 사람의 발길이 이어지겠지만 두고두고 오염되지 않는 청정 용소골로 남기를 원하는 진정한 바람이 생긴다.

2km 거리의 응봉산 정상과 금강송 숲의 소광리를 가르는 삼거리를 지나고 해발 925m 위치에 경상북도와 강원도가 접하는 도계삼거리 이정표가 세워있다. 하산로 구수곡 자연휴양림까지 9.9km라고 표시되어 있다. 체력이 많이 소진되었는데도 600m 거리의 정상으로 향하며 보폭이 넓어진다.

아무리 길고 멀어도 산은 늘 가고자 하는 거기까지 닿게 한다. 힘들어 숨이 가빠지는 산일수록 뒤돌아보면 인생역정의 파노라마처럼 회고에 젖게 한다.

누군가 인간의 커다란 불행 세 가지에 대해 그렇게 말했다. 하나는 젊어서 성공하는 것, 둘은 중년에 혼자되는 것. 그 셋은 말년에 빈한한 것.

이제는 진중한 삶을 그려 말년에 뒤돌아본 삶이 그 불행

들에 섞이지 않기를 기대해보지만 그게 쉽지만은 않은 일
이라 정상을 앞두고 걸음이 무거워지려 한다.

　사라질 뻔 버려질 뻔 휘청거리다가도
　다시 지탱하고 있잖아.
　세상에 단 한 번, 절실한 쓸모 거리 되지 못하고
　스러질 뻔했다가도
　지금 두 발 디디고 서 있잖아.
　뒤뚱거려 무어 더 바라며
　무어 더 지니려 하겠나.
　살아가며 감사하는 게 행복인 줄 알며 살았잖아.
　그러면 됐지, 뭐!

　무명의 오랜 설움을 떨쳐내고 싶었을까. 정상석이 엄청 크
다. 해발 998.5m의 응봉산 정상, 2m가 넘는 정상석을 감
안하면 응봉산은 세 자리 숫자 높이의 산인 셈이다. 덕구온
천에서 처음 올라온 이후 두 번째 방문이다. 안내판에 울진
쪽에서 보면 비상하는 매의 형상이라 매를 일컫는 응鷹자
를 표기해 응봉산이라 명명했다고 적혀 있다.

　세계 각국 열세 개의 교량을 건너다

　"동해도 봤으니 내려가자."

하늘과 수평선이 붙은 동해를 보고 하산을 서두른다. 온정리 원탕 쪽 덕구계곡 방면으로 걸음을 옮긴다. 두 곳의 헬기장을 지나고 금강송에 둘러싸인 전망대부터는 경사가 급하다.

응봉산에는 우람한 소나무들이 많은데 특히 기둥 줄기 붉은 소나무들을 많이 보게 된다. 황장목이라고도 불리는 금강송인데 8만여 그루가 자생한다고 한다. 송이버섯 채취 시기인 4년 전 가을에는 등산로 곳곳에 불법 채취를 막는 팻말이 붙었었다.

가파른 너덜 길을 지나 계곡과의 합수점인 포스교에 이르자 콸콸 물 흐르는 소리가 들린다. 응봉산 원탕 하산로에는 열세 개의 다리가 있다. 세계 각국의 다리 모양을 본떠 만들었고 그 명칭을 인용하였다. 제13 교량인 영국의 포스교를 막 건너왔다.

크고 작은 암반에 철철 옥수가 흐르는 온정골 덕구계곡에 이르자 몸이 무거워지는 걸 느낀다. 발 모양 형태로 커다랗게 만든 노천탕에서 마냥 달려오느라 누적된 피로를 풀어보려 등산화와 양말을 벗는다.

노천탕 팻말에 적힌 안내문 그대로 따르기로 하며 선배와 한바탕 웃는다. 계곡물에 발을 씻고 자연 용출 온천수에 20여 분간 발을 담그자 종일 쌓인 피로가 일시에 풀어지는 것 같다.

72

"이제 좀 살만하네."

다시 계곡 찬물에 3분가량 발을 담갔다가 신발 끈을 조이며 마주 보고 웃는다. 발 마사지를 한 것만큼이나 시원한 선배의 웃음이 신진대사를 더욱 활발하게 해주는 듯하다.

바로 아래 3단 돌탑으로 세운 덕구온천 원탕은 분수처럼 온천수가 뿜어 오르고 있다.

약 600여 년 전 고려 말기에 큰 멧돼지를 발견한 사냥꾼들이 활과 창으로 큰 상처를 입혔는데도 도망가던 멧돼지가 어느 계곡으로 들어갔다가 나오더니 쏜살같이 사라지더란다. 사냥꾼들이 그 계곡을 살펴보니 온천수가 용출되는 것을 발견하여 덕구온천이라 명명했다고 팻말에 적혀 있다. 온천수는 칼슘, 칼륨을 포함하여 열두 가지 성분이 함유된 섭씨 42.4도의 자연 용출 온천수이며 신경통, 당뇨병 등 각종 질환에 탁월한 효과가 있다고도 설명한다. 안내문을 읽고 나자 부쩍 힘이 솟는다.

내려오며 두 번째로 건너는 12교량은 중국 최대 협곡에 설치된 연장 330m의 트러스트교인 귀주성 장제이교이다. 응봉산 장제이교는 15m쯤 길이의 스테인리스 난간을 설치했다.

계곡을 한참 내려서서 효자 샘을 만난다. 특별할 만큼 건강에 좋다는 영험한 일화가 적힌 팻말을 읽으며 물맛을 음미한다.

"이 산에서 살면 불로장생하겠군."

곧이어 건너는 11교량 일본의 도모에가와교는 원래의 다리 모양처럼 아치교 형태로 만들어졌다. 금강송과 잡목이 어우러진 나무숲 지대를 지나 연리지를 보게 된다. 2m 이상 자란 소나무 줄기가 옆 소나무와 들러붙더니 한줄기 기둥으로 솟아올랐다.

울진 혹은 덕구 마을은 효성을 무척 중시했던 것 같다. 지나온 효자 샘의 일화도 아들의 극진한 효심에 의해 생긴 샘이라고 했는데, 연리지에 대해서도 후한서後漢書를 인용하여 채옹이 어머니 무덤 곁에서 시묘살이하자 그 자리에 연리지가 생겼다고 표기하고 있다.

"지극한 효성은 샘도 만들고 나무도 접목하게 만드는가 보다."

맑은 계류의 흐름소리가 다시 용소골의 폭포 낙수 소리와 섞이면서 귀가 멍해진다.

"당분간 물소리만 들어도 용소골이 떠오를 것 같아."

10교량 영국 맨체스터의 트리니티교를 건너 또 만나는 다리는 9교량, 경주 불국사의 청운교와 백운교이다. 계단을 다리 형식으로 만든 특이한 구조물이다. 8교량도 경복궁의 연못 향원지에 지어 향원정을 연결하는 목조 다리 취향교이다.

7교량 스페인의 알라밀로교, 6교량 스위스 모토웨이교에 이어 5교량 독일 크네이교를 지나자 용이 되어 승천하기 전에 이무기가 살던 곳이라는 용소폭포와 마당소가 나온다. 미끈하게 기울어진 바위벽을 흐르는 용소폭포가 넓게 고여 마당소를 이루었다.

다시 다리들을 지나게 된다. 4교량 호주 시드니의 하버교를 건너면서 선녀탕을 보게 되고, 그 주변 계곡에는 줄무늬가 있는 흰 바위들이 있는데 19억 년 전에 생성된 화강편마암이란다. 많은 것을 보여주고 많은 것을 익히게 하는 응봉산이다.

이어 3교량, 프랑스 노르망디 만에 세워진 노르망디교를 건넌다. 그리고 2교량, 우리나라 한강의 서강대교를 지나 1교량인 미국 샌프란시스코의 금문교를 건너 덕구계곡 초입이자 응봉산 등산로 입구에 이른다.

기나긴 여정의 종점에서 기다려준 선배의 친구와 만난다. 아침에 보고 늦은 오후에 다시 만나는 건데 마치 며칠을 건너뛴 기분이다.

"건배!"
"산을 위하여!"
"건강을 위하여!"

죽변항으로 가서 세 사람이 잔을 부딪친다. 싱싱한 회를
안주 삼아 마시는 소주 맛이 매바위를 건널 때처럼 짜릿하
더니 가슴을 훈훈하게 데워준다.

때 / 여름
곳 / 덕풍계곡 – 제1용소 – 제2용소 – 흰 바위 – 매바위 – 심마니 터
– 작은 당귀골 – 제3용소 – 작은 당귀골 – 응봉산 – 온정골 – 원탕
– 효자 샘 – 용소폭포 – 선녀탕 – 덕구온천 주차장

은빛 오름길 적색 내리막, 만산홍엽 치악산

눈물은 흔히 사람들의 감성을 자극해 동정심을 유발하기도 한다.
그러나 그 사람의 눈물이 참회의 눈물이 아닌 거짓의 눈물,
즉 악어의 눈물인 걸 알았을 때 사람들은
처음보다 더 큰 배신감을 느낀다.

신라 문무왕 때 의상대사가 이곳에 절을 창건하려는데 절
터 연못에 아홉 마리의 용이 살고 있었다. 의상대사가 이
용들을 쫓아내려 부적 한 장을 그려 연못에 던졌더니 이
중 여덟 마리는 뛰쳐나와 동해로 달아나고 한 마리가 눈이
먼 채 연못에서 이무기로 살다가 한참을 지나 승천하였다.
그지없이 무더웠던 지난여름 무한 에너지를 그대로 인수한
치악산 계류가 더욱 생동감 있는 진초록 흐름을 보여준다.
하늘 가신 어머니와 승천한 용의 모습이 겹쳤던 걸까. 멈춘
듯 생장의 흐름 이어가는 청정 맑은 연못 구룡소는 아릿한
젖내까지 풍겨 하나같이 그 발원이 어머니 품일 거라 느끼
게 한다.

은혜를 갚은 꿩, 약속을 지킨 구렁이

치악산도 명산답게 그 유래로 전해지는 설화가 있다.

옛날 경북 의성 땅의 한 나그네가 이곳을 지나다 꿩을 잡아먹으려는 구렁이를 보고, 활을 당겨 구렁이를 쏘아 죽였다.

날이 저물어 인가에 도착하여 하룻밤 재워줄 것을 청했는데 소복을 입은 여인이 저녁밥까지 지어주고 숙소도 내주었다. 그런데 나그네는 잠을 자다 숨이 막히는 걸 느껴 눈을 부릅떴다.

"네가 내 남편을 죽였어."
"당신 남편이 누구란 말이요."
"겨우 꿩을 살리려고 나를 과부로 만들었다 이거지."

여인네는 낮에 죽였던 구렁이의 아내로 원수를 갚기 위해 선비의 몸을 휘감고 위협하는 것이었다.

"저 멀리 절에서 종이 세 번 울리면 살려주마."
"이 시각에 종이 왜 울리겠느냐. 그냥 죽여라."

나그네는 그저 죽을 각오를 하고 있었는데 "땡! 땡! 땡!"하고 세 번 종소리가 들리는 것이었다.

"명줄이 긴 놈이구나. 가거라. 살려 주마."

 다음날 종이 울린 곳을 가보니 꿩 세 마리가 상원사의 종 밑에 죽어있었다.

 나그네에게 은혜를 입은 꿩 세 마리가 각각 머리로 종을 치고 죽음으로써 나그네를 구해낸 것이다. 가엾게 여긴 나그네는 죽은 꿩들을 땅에 묻어주었다.

 그때까지 단풍이 아름다워 적악산赤岳山이라고 불렸었는데 꿩을 의미하는 치稚자를 써서 그 명칭을 바꾸었다고 한다. 지금도 남대봉 상원사에 은혜를 갚은 보은의 종이 복원되어 있다.

 선거공약 혹은 이해타산이 따르는 조건부 약속을 해놓고도 쉽사리 뒤집어버리는 정치판이나 시장경제의 행태를 자주 접하며 살아서일까. 은혜를 갚는 꿩도 대단하지만, 약속을 지킨 구렁이도 달리 느껴진다.

 '악어의 눈물'. 위선의 상징, 가증스러운 행동을 이르는 서양 격언이다.

"내 아이를 돌려주십시오."

 나일강, 어린아이의 아버지가 악어에게 호소한다.

"내가 묻는 말에 제대로 답을 하면 네 아이를 돌려주지."

아이를 잡은 악어가 그렇게 말하고는 아이의 아버지에게
묻는다.

"내가 네 아이를 돌려줄 것인가, 아니면 잡아먹겠는가?"
"돌려주실 것으로 믿습니다."
"아니, 틀렸어. 난 돌려줄 생각이 전혀 없거든."

악어는 아이의 아버지가 반대로 대답했더라도 "나는 돌려
보내려 했었는데 네 대답이 틀렸으니 이 아이는 내가 잡아
먹겠어."라고 말했을 것이다. 어느 쪽이든 갖다 붙여 자기
행동을 합리화시키는 궤변, 코에 걸었던 걸 빼서 귀에 걸면
귀걸이가 되는 억지 논리.

악어는 먹이를 물속으로 끌고 들어가 먹는 습성 때문에
먹이와 함께 들어오는 염류를 몸 밖으로 배출하기 위해 먹
으면서도 눈물을 흘린다는 설이 있고, 또 다른 설은 먹이를
잘 삼키도록 눈물샘이 침샘과 연결되어 있기 때문이라고도
한다.

어쨌거나 악어의 눈이 습하게 젖는 건 슬픈 감정이나 참
회의 뜻이 있어서가 아닌 것만은 분명하다. 앞뒤가 맞지 않
는 가증스러운 행동을 이르는 말로 악어의 눈물이란 표현

을 쓰곤 한다.

눈물은 흔히 사람들의 감성을 자극해 동정심을 유발하기도 한다. 그러나 그 사람의 눈물이 참회의 눈물이 아닌 거짓의 눈물, 즉 악어의 눈물인 걸 알았을 때 사람들은 처음보다 더 큰 배신감을 느낀다.

사기나 강도로 한 사람의 인생을 밑바닥까지 몰아넣거나 살인을 저지르고 그런 후에 잡혀서 흘리는 눈물을 과연 참회의 눈물이라고 볼 수 있을까. 참으로 정겨워서, 진정한 속죄로 흘리는 눈물의 빛깔과 같다고 해서 동정심이 동할 수는 없다. 그래서는 안 된다.

구룡사로 가는 금강소나무 꽃길에 있는 한 그루(혹은 두 그루) 사랑 나무 연리지를 바라보면서 잠시 감성에 젖다 보니 약속을 지킨 구렁이 다리(사족蛇足)를 너무 길게 미화시켰나 보다.

비로봉, 돌탑과 그 사람의 불가사의한 경이로움

앞서 언급한 설화로 말미암아 1400여 년 전 창건 당시 아홉 마리 용을 의미하여 구룡사九龍寺로 칭했던 절 이름은 절 입구 거북바위의 끊어진 혈을 잇고자 거북 구龜자를 써서 구룡사龜龍寺로 개칭하게 된다.

노랑은 서두름을 다독거려 걸음을 멈춰 세우게 한다. 경기도 양평 용문산 아래 용문사의 은행나무가 수령 1200여 년에 이르며 높이 60m, 둘레 14m로 동양에서 가장 큰 은행나무이다. 또 남양주 운길산 수종사의 은행나무도 550년 수령에 기둥 둘레가 7m나 된다.

200년 남짓한 구룡사 은행나무는 이들 은행나무보다 살아온 세월은 짧지만 샛노란 은행잎이 풍성하고 가을답기로는 으뜸이란 생각이다. 오늘도 가을을 한껏 풍미하는 은행나무를 찬찬히 살펴보다가 등산로로 접어들었다.

세렴안전센터에서 사다리병창으로 오르는 길과 계곡을 거쳐 오르는 길로 갈라진다. 계곡 길이 힘이 덜 들긴 하지만 사다리병창 쪽으로 방향을 잡는다.

2단으로 휘어져 내리 뿜는 세렴폭포를 지나 수많은 계단을 치고 오르며 숨을 몰아쉰다. 계단이 설치되었어도 그 이전과 다름없이 가파르다. 암벽과 숲이 잘 어우러진 풍광에 젖을 수 있어 택한 길답게 그 보답을 한다.

사다리병창에 이르자 이마에 맺힌 땀방울이 뺨을 타고 흐른다. 병창은 벼랑, 절벽을 뜻하는 영서지방의 방언이다. 거대한 암벽이 사다리처럼 길게 이어져 붙여진 명칭답다. 사다리병창 지나 땀을 훔치며 곳곳 둘러보니 울긋불긋 산자락마다 시절이 가을이요, 여기가 가을 명소 치악이라는 걸 각인시킨다.

그런 후에도 한동안 허리 굽혀 비로봉(해발 1288m)에 올라선다. 허리 쭉 펴고 오르는 정상이 어디라서 있겠냐만 치악산은 특히 숙이고 굽혀서 올라 정상에 이르러서야 허리 펴 숨 고를 수 있는 5악五岳 중 한 곳이다. 지금은 등산로를 다듬어 꽤 나아졌으나 예전의 여긴 올라서도 한참 후에야 돌탑이 눈에 들어올 정도로 가파르기가 심했었다.

원주시와 횡성군을 경계로 하는 치악산은 주봉인 이곳 비로봉을 정점으로 남대봉, 향로봉, 삼봉, 매화산 등 해발고도 1000m를 넘는 준봉들이 남북으로 뻗어 있다. 남쪽 남대봉부터 여기 비로봉까지 능선의 길이가 24km에 달한다.

예로부터 험준한 산세로 천연의 군사요충지였고 임진왜란의 격전지였던 영원산성을 비롯하여 금두산성, 해미산성 등이 있다. 큰 산답게 입석대, 세존대, 신선대, 구룡폭포, 세렴폭포, 영원폭포 등 자락 곳곳마다 볼만한 명소가 산재해 있다.

1973년 도립공원으로 지정된 바 있고 1984년에 치악산 국립공원으로 승격되었다. 조선시대에는 오악 신앙의 하나로 동악단을 쌓고 해마다 봄과 가을에 원주, 횡성, 영월, 평창, 정선의 다섯 고을에서 제를 올렸다.

치악산에 올랐을 때마다 느끼는 거지만 이곳의 돌탑은 경이로움 그 자체로 시선을 머물게 한다.

비로봉에 돌탑이 생긴 내력을 들으면 앞서 연못에 부적을 던져 떼거리 용들을 물리친 의상대사와는 비교할 수도 없을 정도의 대단한 내공을 실감하게 된다. 강원도 원주에서 제과점을 운영하던 용진수라는 사람의 얘기다.

어느 날 그가 꿈을 꾼다. 3년 안에 비로봉에 3기의 돌탑을 쌓으라는 신의 계시, 그는 그 계시를 받들어 1962년 9월부터 1964년까지 혼자서 5층 돌탑을 모두 쌓았다.

그 후 1967년과 1972년에 알 수 없는 이유로 무너졌으나 그는 각각 그해에 돌탑을 복원해냈다. 치악산 비로봉에 올라 본 사람이라면, 거기 세워진 돌탑을 본 사람이라면 그런 말을 곧이곧대로 믿지 않을 것이다.

그처럼 불가사의한 일을 추진했던 용진수 씨가 1974년에 유명을 달리하게 된다. 거의 수직에 가까운 오름길 1288m. 거기까지 올린 저 돌들, 그리고 쌓은 세 개의 탑. 다시 복구. 그 어떤 설화가 이보다 극적이고 위대할까.

1994년 이후 두 번이나 벼락을 맞아 돌탑이 무너지고 말았다. 2004년 치악산 국립공원에서는 치악산 일대에 산재해 있던 40톤 분량의 돌들을 헬기로 수송해서 복원하였다. 다시 벼락 맞는 일이 생겨서는 안 되겠기에 돌탑 주변에 광역 피뢰침을 설치하였다.

복원이 완료된 후 원주시는 2005년 새해 첫날 '치악산 비로봉 돌탑 복원기념 새해맞이 등산대회'를 개최하기도 했다. 미륵불탑이라고 명명된 이 탑들의 남쪽 탑은 용왕탑이

라 하고 가운데 세워진 탑은 산신탑, 북쪽의 탑을 칠성탑이
라 한다.

돌탑의 시원이기도 했던 그 사람, 용진수. 그 사람이야말
로 구룡소에 남아있던 마지막 용은 아니었을까. 좀처럼 뇌
리에서 떠나지 않는 용진수라는 인물을 곱씹으며 내딛는
입석사 방면의 하산길에도 자꾸만 뒤돌아 돌탑을 바라보게
된다.

신의 계시든, 본인의 의지이든 그러한 일은 할 수 있는 사
람만 하는 거라고 치부하며 스스로 나약한 의지를 합리화
시킨다.

오늘은 마애불과 입석대를 둘러보기로 한다. 예전에 황골
에서 오르며 올라가기에 바빠 입석사도 눈길만 스쳤을 뿐
그냥 지나쳤던 곳이다. 연꽃 대좌 위에 가부좌를 틀고 앉아
있는 마애불이 오후 햇살을 받아 그 새김이 도드라지게 보
인다.

'元祐五年庚午三月日원우오년경오삼월일'

마애불이 조성된 연대 원우 5년은 고려 선종 7년 때인
1090년이라고 하니 오랜 세월 비바람에 닳아 흐릿하게 마
모되었지만, 여전히 마애불은 의연하게 상체를 세워 세상을

내려다보고 있다.

치악산에는 한때 76개의 크고 작은 사찰들이 있었다. 지금은 구룡사와 이곳 입석사, 상원사, 석경사, 국형사, 보문사가 남아 여전히 치악산에 그윽한 풍경 소리를 메아리치게 하고 있다.

입석사 대웅전 뒤로 설치된 철 계단을 오르면 높이 50m의 절벽 위에 10m 높이로 우뚝 서 있는 네모꼴 바위를 볼수 있는데 바로 입석대다. 입석대에서 바라보는 비로봉과그 아래쪽 풍광 모두 생기 넘치는 가을이다. 속세로 되돌아가기 전에 눈과 마음을 맑게 정화하려 자연이 연출한 비경에 한참 동안 빠져든다.

석양 녘 해거름 음울하게 깔리거든
나 내려온 저 봉우리 그윽하게 바라보다
느긋한 술잔 주거니 권커니
얼큰하게 기울이며
그리 빈한하지 않은 척
괜한 허세 부리지만
허기진 상처 살로 굳어질까 노을은
뼛속으로 번진다오

입석사를 나와 날머리 황골에 이르자 주황빛 해거름이 산아래 단풍들을 더욱 짙게 물들인다.

한나절 머물렀던 가을 산에서 마치 홀로 남겨두는 그리움의 실체를 느끼는 것일까. 석양 녘 가을 산에서 내려오면 한낮의 생기 넘치던 풍광은 어디론가 사라지고 쓸쓸한 여운이 남는다.

때 / 가을
곳 / 구룡사 매표소 – 구룡사 – 세렴폭포 – 사다리병창 – 비로봉 – 입석사 – 황골

눈꽃 만발한 설원, 함백산에서 태백산으로

오르다가 뒤돌아보면 역시 백두대간 매봉산으로 잇는
금대봉과 비단봉도 하얗게 덮여있다.
보이는 곳마다 온통 설국이다. 간간이 물감을 뿌려
물체를 표현한 것처럼 세상은 대다수 흰 여백이다.

"이번 주말에 함백산 어때?"

"거긴 작년에 다녀왔는데."

"태백산은?"

"태백산은 많이 가봤지."

"그래? 그럼 함백산이랑 태백산을 연계해서 가는 건?"

"그거 괜찮은데."

함백산과 태백산은 각각 산행한 바 있지만 두 산을 연계
해서 갈 기회를 산 좋아하는 친구 성수와 동택이가 마련했
다. S 산악회의 신년 기획 산행을 예약한 것이다. 정초에
강원도 겨울 산의 경계표, 그 하얀 품에 안기고자 주말 이
른 아침에 산악회 버스에 오른다.

기온이 뚝 떨어져 들어서면 무심하게 외면할 것처럼 시린
설산이지만 보면 볼수록 그 비탈에 야박함이라곤 전혀 없

이 널찍한 풍모를 지닌 산이 태백이다. 백두대간의 중앙부에 솟은 민족의 영산이며 한강과 낙동강, 삼척의 오십천이 발원한다. 즉 한반도 이남의 젖줄이 되는 근원인 곳이다.

서울에서 출발한 지 세 시간 정도 지난 10시경 함백산 두문동재에 도착하자 날 선 칼바람에 쌓였던 눈들이 휘날려 몸을 움츠리게 한다.

보이는 곳마다 설국이요, 세상은 온통 흰 여백이다

크고 밝은 뫼라는 의미로 대박산大朴山이라고도 불린 함백산은 국내 여섯 번째로 높은 산이지만 두문동재, 적조암 입구, 만항재의 세 곳 중 어디를 들머리로 하든지 해발고도가 높으므로 산행에는 큰 무리가 없다.

함백산을 태백산의 한 봉우리쯤으로 여긴 적이 있었다. 태백산의 변방으로 취급받던 함백산에 만항재와 두문동재를 잇는 장쾌한 능선이 백두대간 종주 붐을 타면서 독립된 산행지로 탄탄하게 자리 잡은 것이다.

오늘은 남한강으로 흐르는 지장천 상류의 두문동재(해발 1268m)를 산행기점으로 잡았다. 태백시 삼수동과 정선군 고한읍의 경계인 큰 고갯길에 백두대간 두문동재라고 새겨진 돌비석이 세워져 있다. 백두대간의 이음이자 상함백, 은대봉으로 가는 등산로 입구다.

"무어라? 폐하께서 돌아가셨다고?"

조선 건국 후 벼슬을 마다하고 경기도 두문동에 기거하던 고려 유신 몇몇이 고려 마지막 왕 공양왕을 만나기 위해 유배지 삼척에 왔다가 공양왕이 타살되었다는 소식을 듣게 된다. 분노에 떨다가 실의에 잠긴 이들은 태백 건의령 아래 정선에 터를 잡아 두문동杜門洞이라고 칭한다. 두 임금을 섬길 수 없어 세상과 등지고 살겠다는 두문분출杜門不出의 사자성어가 여기서 유래되었다.

함백산이 품고 있는 정선 정암사의 적멸보궁은 국내 5대 적멸보궁의 하나이다. 적멸보궁 주변의 주목을 선장단이라 일컫는데 자장율사가 꽂아둔 지팡이가 살아났다고 해서 그렇게 부른다고 한다. 지팡이로 바다를 가른 모세, 그리고 자장율사는 그런 신비한 지팡이를 어디서 구했을까, 의구심에 고개를 갸우뚱하게 된다.

"그때나 지금이나 돈이면 안 되는 게 없어."

동택이 특유의 조크에 튀어나온 웃음이 하얗게 김이 서려 흩날리는 눈발에 섞인다. 오늘 가는 길은 시점부터 태백산 부소봉까지 대부분의 산행로가 백두대간으로 이어진다. 산길 들어서면서부터 깊은 곳은 무릎까지 빠지는 눈밭이다.

오르다가 뒤돌아보면 역시 백두대간 매봉산으로 잇는 금대
봉과 비단봉도 하얗게 덮여있다. 보이는 곳마다 온통 설국
이다. 간간이 물감을 뿌려 물체를 표현한 것처럼 세상은 대
다수 흰 여백이다.

1.3km 거리의 은대봉(해발 1442.3m)은 헬기장이 있는 평
평하고 널찍한 고원이다. 함백산 정상까지 4.3km, 두툼하
게 쌓인 눈길이라 실제 거리 이상의 체력이 소모될 것이다.
적조암 갈림길을 지나 중함백으로 살짝 고도가 높아진다.
고사 되기 직전의 고목과 고사목들은 적설의 공간조차 없
어 처량 맞아 보인다.

왼편부터 시계방향으로 매봉산, 백운산, 백덕산, 민둥산,
가리왕산 등 강원도의 내로라하는 고산들이 굽이굽이 늘어
섰다. 매봉산 왼편으로는 더 멀리 두타산과 청옥산, 고적대
를 연결하는 백두대간의 이어짐을 확인한다. 그리고 다시
눈길 지르밟으면서 중함백(해발 1505m)에 도착한다.

중함백을 조금 지난 전망대에서는 거의 수평으로 함백산
정상을 볼 수 있고 그 뒤로 태백산의 살짝 드러난 옆구리
도 보인다. 숱한 비바람과 눈보라를 견뎌온 주목 몇 그루가
아직 살아 천년을 이어가는 중이라는 양 기운찬 모습으로
시린 눈밭을 밟고 올라서서 설분을 뿌려댄다.

함백산 정상(해발 1572.9m)에 이르자 작년 봄에 보았던
돌탑이 여전히 건장하게 버텨서 있고 KBS 중계소, 함백산

표지석 아래로 태백선수촌도 그대로다.

 태백시와 정선군 고한읍 경계에 있는 함백산咸白山 일대는 우리나라의 주요 탄전 지대라 석탄의 원활한 수송을 위해 산업철도와 도로가 잘 정비되어 있다.

 특히 북사면에는 철도 터널 길이 4505m로 국내에서 가장 긴 태백선의 정암터널이 뚫려 있으며, 해발고도가 가장 높은 곳에 있는 철도역으로 알려진 추전역이 인근에 있다. 또 서쪽 사면으로는 해발 1200m 부근으로 지방도로가 지나고 있다.

 "함백 어르신, 오늘은 바빠서 이만. 훗날 기회 되면 또 뵙기로 하고 물러가겠습니다."
 "동상 걸리지 않게 다들 조심하게. 다음엔 여름에 오게나. 보여줄 게 많다네."

 추워서 오래 머물 수가 없다. 그렇게 하겠다고 건성으로 대답하고는 창옥봉 방향으로 내려선다. 옛날 백성들이 하늘에 제를 올리며 소원을 빌던 민간신앙의 성지였다는 함백산 기원단이 사각으로 돌을 쌓아 민간 자연유산임을 표시하고 있다.

 과거 석탄을 채굴하는 광부 가족들이 함백산 주변으로 이주했는데 지하 막장에서 석탄을 생산하던 광부들이 잦은

지반 붕괴사고로 목숨을 잃자 가족들이 이곳에 찾아와 무사 안전을 위해 기도했던 곳이라고 한다.

함백산과 만항재 사이의 창옥봉이라고 불리는 야트막한 봉우리를 내려서자 자동차로 오를 수 있는 가장 높은 고갯길인 만항재(해발 1330m)에 도착한다.

만항재는 늦은목이재라고 불리던 한자 지명이다. 지금은 그저 하얀 눈밭이지만 만항재 산상의 화원 표지판에 국내 최대 규모의 야생화 군락지(300여 종)라고 적혀 있다. 여름에 오라고 했던 이유가 있었다. 화원을 둘러보면서 수많은 야생화가 만개했을 여름철에 한 번 더 오고 싶다는 생각이 든다.

"여기서 간단히 요기하고 가자."

만항재에서 따끈한 고깃국물을 마시니 한결 추위가 덜하다. 짧은 시간에 요기하고 수리봉으로 향한다. 군부대가 보이고 그 왼쪽으로 백두대간이 이어진다.

우람한 낙엽송들에 얹혔다가 바람에 흩어지는 눈가루가 햇빛을 받아 은색으로 나부낀다. 이 구간부터는 좁은 등산로에 길도 보이지 않는다. 그저 하얀 포장길을 발자국 만들어가며 걷다 보니 수리봉 정상(해발 1214m)이다. 여기서도 지체하지 않고 화방재로 간다.

태백산의 겨울은 철철 창의가 넘쳐 난다

화방재, 함백산 날머리이자 태백산 들머리인 셈이다. 화방재로 내려서자 많은 등산객과 그들을 태우고 온 산행 버스들이 주차되어 있다. 휴게소에서 잠시 쉬다가 막 내려온 함백산을 휙 둘러보고 태백산 자락에 있는 유일사로 걸음을 옮긴다.

1989년부터 강원도 도립공원이었다가 2016년 8월, 22번째 국립공원으로 지정되면서 도립공원일 때보다 4배가량이나 넓어진 공원면적을 지니게 되었다. 한강발원지인 검룡소와 국내 최대의 야생화 군락지인 금대봉 지역이 태백산국립공원에 속하게 되었다.

강원도청 자료에 따르면 여우와 담비 등 22종의 멸종 위기 동물과 열목어, 붉은 배 새매 등 10종의 천연기념물을 포함하여 총 2637종의 야생생물이 서식하고 있다고 한다.

태백산이 국립공원이 되면서 또 달라진 점은 입장료 징수가 없어졌다는 것이다. 그래서 사길령을 들머리로 했던 태백산행을 화방재에서 시작하는 이들이 많아졌다.

"권력을 쥐면 돈 욕심이 줄어드나 봐."

94

"그것도 산과 사람이 다른 점 아니겠어? 사람은 권력이 생기면 돈 욕심이 더 커지지."

"우리나라 국회의원들이 대표적이잖아."

국립공원 제도가 생기면서 국립공원의 입장료 징수가 사라졌다. 입장료를 재징수하여 국립공원의 시설관리나 생태계 보전에 사용하자는 의견이 분분하기는 하다. 어쨌거나 오늘은 지갑을 열지 않고 사길령까지 왔다.

경상도에서 강원도로 들어오는 주요 통로 중 하나인 사길령은 수많은 보부상이 길게 대열을 이루며 넘나들던 고개로 맹수와 산적들로부터 보호받기 위해 태백산 신령에게 제사를 지냈다는 산령각이 세워져 있다.

사길령을 거쳐 유일사 쉼터를 지나면서 겨울 태백을 즐기려는 산객들이 붐빌 정도로 많아졌다. 단풍철 설악산 흘림골만큼이나 많은 등산객으로 인해 길이 막히는 곳이다.

"남녀노소가 모두 모였네."

"이 초등학생 꼬마는 많이 힘들 텐데."

"저, 잘 걸어요. 곧 중학교 들어가요."

동택이가 걱정스러워 한 마디 던졌다가 앞서 걷던 예비

중학생한테 한 방 먹고 말았다.

"이 상황에서 갑자기 태백산 설화가 떠오르는군."

신라 때 자장율사가 태백산 자락에서 문수보살을 만나기로 하고 기다리던 중 누더기 차림의 노인이 칡 삼태기에 죽은 개를 담아 들고 와서는 자장을 찾는 것이었다. 자장은 미친 사람으로 취급하여 내쫓았다.

"자장이 해탈의 경지에 든 사람인 줄 알고 찾아왔는데 아직 멀었구나. 그냥 가련다."

삼태기를 땅에 내려놓자 죽은 개가 살아나 사자로 변하는 것이었다. 사자 등에 올라탄 노인은 빛을 뿜으며 빠른 속도로 날아가 버렸다.

"그래서 어떻게 됐어?"
"자장이 빛을 좇아 남령까지 올라갔지만 사라진 문수보살을 만나지 못했지."
"겉만 보고 판단해서 반성하는 중이야."
"신라 10성聖의 한 사람인 자장율사도 그랬는데 뭘."

96

예비 중학생은 더 빠른 걸음으로 저만치 앞서 걷고 있었다. 태백산은 예로부터 삼한의 명산, 전국 12대 명산으로 꼽으며 민족의 영산이라 칭해왔다. 세종실록 지리지에는 태백산, 토함산, 계룡산, 지리산, 팔공산의 신라 오악 중 태백산을 북악北岳으로 받들어 가을 제사를 지냈다는 기록이 있다.

고도에 비해 완만한 육산이라 산행 초보자도 어렵지 않게 다녀갈 수 있다. 태백산 일대는 산림자원이 풍부하였다. 특히 춘양목 등 양질의 소나무가 많았는데 이 지역이 석탄 산지로 개발되면서 광산 갱목용으로 벌채하고 대신 낙엽송을 심어 이 일대에 낙엽송 군락이 많아졌다.

정상 부근에는 고산식물이 자생하고 봄철이면 만개한 산철쭉을, 여름에 울창한 수목과 차고 투명한 명경 옥수를 접할 수 있으며 가을 단풍도 무척 곱고 아름답다.

뭐니 뭐니 해도 태백산은 겨울 정경을 백미로 꼽는다. 하얀 눈과 조화를 이루는 주목 군락을 비롯해 그 눈을 덮고 평화로이 누운 산등성이 마루금들의 설경이 사람들을 끌어 모은다.

최대한 높이 올라 멀리 내다볼수록 겨울 태백산에서는 겨울이 얼마나 창의적 계절인지를 느끼게 한다. 아름다움을 창출하는 소재로서의 눈이 진가를 발휘할 수 있는 곳이 태백산이다.

역시 주목이다. 속살을 비워내고도 창창하고 풍성한 이파리를 생성해낸다. 풍파의 세월을 겪은 삶이 풍미할만한 연륜으로 다져졌음을 느끼게 한다. 그 연륜에 의해 후덕하게 드러난 거목을 보고 있노라니 결코 나이 드는 게 노쇠해진다는 것과는 절대 다르다는 걸 실감하게 된다.

눈꽃 가지 주렁주렁한 주목 군락지를 통과해 장군봉에 닿으니 여기도 인산인해다. 표지석 앞에서 사진을 찍으려는 이들이 줄을 늘어서 있다. 태백산은 일곱 번째로 높은 고도(해발 1567m)지만 겨울 산행에 어려움이 있다면 붐비는 등산객들 틈을 빠져나오는 정도이다.

곧이어서 천제단. 둘레 27m, 폭 8m, 높이 3m의 자연석으로 쌓은 20평가량의 원형 돌 제단인데 태고 때부터 하늘에 제사를 지내왔다. 삼국사기에 왕이 친히 천제를 올렸다고 하니 성산이자 영산으로 자존감이 강할 법하다.

1991년 국가 중요 민속자료 제228호로 지정된 천제단은 고려와 조선 시대를 거치는 동안 수령과 백성들이 천제를 지냈고, 조선 후기에는 쇠약해지는 나라를 걱정하는 우국지사들이, 일제강점기에는 조국을 되찾기 위한 독립군들이 천제를 올렸던 성스러운 곳이다. 이곳 정상 일대를 망경대라 부르기도 한다.

지금처럼 신년 초에는 일출을 보며 새해 소망을 기원하고 자 전국각지의 산객들이 모여든다. 비석에 붉은 글씨로 한 배검이라고 새겨놓았는데 단군을 높여 부르는 말이다. 단군 제를 올리는 석단에서 많은 산악모임이 시산제를 지내기도 한다.

"전하! 어디로 가시나이까?"

조선 세조 3년 가을 저녁나절, 태백산 자락인 봉화군 석포 면 대현리에 사는 주민들은 영월의 관아에 일이 있어 가던 길에 흰 말을 타고 오는 단종을 만났다.

"태백산에 놀러 가느니라."

단종이 말을 탄 채 대답하고 홀연히 앞서갔다. 영월에 도 착한 석포마을 주민들은 그날 낮에 이미 단종이 죽임을 당 하였다는 사실을 듣게 된다. 수양대군에게 왕위를 찬탈당한 단종을 무척 동정했던 석포마을 주민들은 조금 전 길에서 만난 단종이 그의 영혼이며, 죽은 단종이 태백산에 입산한 것이라고 믿었다.

지금까지도 무속신앙을 믿는 이들은 태백산 꼭대기와 산 아래 춘양면 석벽리 등지에 단종의 비각 또는 화폭을 걸어

놓고 단종의 신령을 섬긴다. 망경사 부근의 단종비각端宗碑閣을 보면서 백마를 타고 태백산 산신이 된 단종의 모습을 그려보게 된다.

"이래저래 제사 지낼 일이 많은 산임은 분명해."
"태백산에서 자연인 생활하면 밥해 먹는 수고는 덜겠군."

망경사는 대한불교 조계종 제4교구 본사인 월정사의 말사로, 전설에 의하면 태백산 정암사에서 말년을 보내던 자장율사가 이곳에 문수보살의 석상이 나타났다는 말을 듣고 찾아와 절을 지어 석상을 봉안하였다고 한다.
경내에 멋지게 용의 형상을 조각한 석조 아래 둥그런 돌샘 두 개가 있고 파란색 플라스틱 바가지가 놓여있다. 동해에서 떠오르는 아침 햇살을 제일 먼저 받아 우리나라 명수백선名水百選 가운데 으뜸으로 친다는 용정龍井으로 낙동강의 원천이 된다고 한다.

"크아, 이렇게 시원할 수가."

마시는 이마다 이구동성으로 그 시원함에 감탄한다. 태백산 정기를 마시는 기분이랄까. 그 정기가 짜릿하게 식도를 타고 장까지 스미는 걸 느끼게 된다. 천제를 지낼 때 제수로 썼다는 해발 1467m의 샘물을 마시고 부쇠봉으로 힘찬 걸음을 내디딘다.

부쇠봉으로 향하면서는 인파가 눈에 띄게 줄었다. 대다수 반재 하산로를 택해 내려가기 때문이다. 천제단 아래쪽 또 다른 제단인 하단을 지나 부쇠봉 가는 좁은 길은 더 많은 눈이 단단하게 굳어있다.

부쇠봉(해발 1547m)에 올랐다가 오른쪽 백두대간이 이어지는 길 반대편의 문수봉으로 향한다. 바위 봉우리들이 하나의 산세를 이루는 북한산 문수봉과 달리 이곳의 문수봉(해발 1517m)은 바윗덩어리들이 마당을 이룬 곳곳에 세 개의 커다란 돌탑이 세워져 있다.

가까이 다가가 보면 크기가 다른 각각의 돌들이 섬세하게 채워져 탑을 형성하고 있다는 걸 인식하게 된다. 봉우리 주변에 깔린 퇴적암들을 보니 아주 옛날엔 여기까지 바닷물이 차올랐거나 바다였을 거란 생각이 스친다. 천제단과 그 밑으로 망경사를 내려다보고 문수봉과 작별한다.

소문수봉은 조망 면에서 문수봉보다 낫다. 백두대간을 타고 경상북도와 경계를 이루는 산 등이 길고 넓게 펼쳐있다. 비닐포대를 깔고 미끄럼 타면서 내려갔던 때를 떠올리면서 내리막으로 접어든다.

당골로 하산하는 중 다리 밑으로 이어지는 계곡은 눈과 함께 꽁꽁 얼어붙었다. 조금 지나면 차디찬 옥수가 청아한 흐름소리를 낼 것이다. 숲길을 지나 단골 광장에 닿으면서 함백산부터의 산행을 마치게 된다.

산은 도심 속 공원이 아니다. 산은 자연의 비중이 문명에 밀리는 순간부터 속세가 된다. 광장에 설치된 무수한 인위적 시설들을 보노라니 혹여 국립공원으로서의 자존감이나 명예로움에 묻은 티끌이 큰 자국의 생채기로 이어질까 봐 노파심이 생긴다.

"태백이시여! 국립공원의 명함을 하나 더 지녔지만, 부디 더는 사람들 손길 닿는 군더더기 치장만큼은 마다했으면 좋겠군요."

때 / 겨울
곳 / 두문동재 – 금대봉 – 은대봉 – 중함백산 – 함백산 – 만항재 – 수리봉 – 화방재 – 유일사 – 태백산 장군봉 – 천제단 – 부쇠봉 – 문수봉 – 소문수봉 – 당골 석탄박물관

넓고 깊은 설국 방태산, 그 하얀 세상에 점이 되어

더 가까이, 더 넓게 그 산들을 보려 한다.
당나라 시인 왕지환이 관작루에
오르려는 것처럼 결국 하얀 눈밭에
깊은 발자국을 내고야 만다.

강원도 인제와 홍천에 걸쳐 국내 최대 면적의 자연휴양림 지대라는 방태산은 비록 겨울에 찾긴 했지만, 그 수림의 깊이가 즉각 피부로 느껴진다.

1200m가 족히 넘는 가칠봉, 구룡덕봉, 주억봉 등의 고산 준봉에서 널찍하게 뻗은 산자락을 보면 정감록에 왜 여기가 난亂을 피해 숨기 적합한 곳이라 기록했는지 짐작하고도 남음이 있다.

강원도 인제군 기린면 방동리에 위치하여 홍천군의 경계를 이루는 방태산芳台山은 북쪽으로 설악산과 점봉산으로 접해 있다. 산 아래 남쪽으로는 개인 약수와 북쪽의 방동약수를 품고 있다.

방태산의 방대함을 화두로 삼으면서 삼둔 사가리를 그냥 지나치기에는 서운한 감이 없지 않다. 둔屯이란 농사짓기에 적당한 펑퍼짐한 산기슭이고 가리 또한 밭을 일굴 만한 땅을 뜻한다. 방태산 남쪽을 흐르는 미산계곡 주변의 마을인 살둔, 월둔, 달둔을 3둔이라 하며, 4가리는 방태산 북쪽을 흐르는 방태천 진동계곡의 주변 마을인 적가리, 아침가리, 명지가리, 연가리를 일컫는다.

정감록에서는 삼둔 사가리를 삼재 불입지처三災不入之處, 즉 물, 바람, 불의 세 가지 재난이 들지 않는 곳이라 하여 전국 각지에서 이 지역으로 많은 사람이 모여들었다고 한다. 조선 단종의 복위를 꾀하려다 실패한 이들이 삼둔 지역에 숨어들어 터전을 만들었다고도 전해오는 걸 보면 이곳은 정녕 삶을 위한, 살기 위해 마땅한 곳이 틀림없나 보다.

"아! 여긴 만년설이었구나."

산림문화휴양관을 지나 이단 폭포를 곁눈질하고 부지런히 걷지만 이후 속도가 붙지 않는다. 뒤를 돌아보니 함께 온 일행들도 스틱에 의존해 근근이 걸음을 내디디고 있다. 깊숙한 눈밭에 박힌 발을 **빼내고** 또 **빼내다** 보니 걷는 속도보다 눈에서 종아리를 끄집어 올리는 게 더 큰 일이다.

첫 고지 매봉령을 앞둔 삼거리에 이르자 허벅지가 묵직하다. 오를수록 깊어지는 눈밭이 하체에 힘을 실리게 한다. 무릎을 넘어 때론 허벅지까지 **빠지는** 폭설 러셀 산행 중에 불현듯 그런 생각이 든다. 이곳에 내리고 쌓인 눈은 봄이 온다 한들 녹기나 할까.

식물 섭생이 가장 좋은 산이 방태산이라고? 누가 여기를 노란 복수초로 시작한 꽃 피우기 향연이 철쭉으로 절정을 이루는 봄의 방태산이라 했는가. 구름 걷어내고 슬그머니 나타난 태양이 하얀 융단을 반짝이건만 적설에 눌린 식물들은 다시는 동면에서 깨어날 것 같지 않다.

하얀 설국에 들어서니 여긴 겨울 뿐인 세상처럼 느껴지는 것이다. 그래서인지 저기 구룡덕봉과 주억봉에서 발원한 계류가 산 아래 휴양림을 관통해 흐르면서 한여름에도 한기를 느낄 정도로 시원하다는 말이 실감 나게 와닿는다.

큼지막하게 펼쳐진 하얀 신작로
아무것 없이 오직 백설만 널브러진 길
집착일까,
스스로에 얽힌 빗장일까

너무나 멀리 와서 온 걸음
되돌릴 수 없을 만큼인데
걷고 또 걸어 저울질할 것 없이
마냥 걷는 이 길에서
무얼 뿌리고
무얼 주워야 할까

깊은 바느질 자국처럼 길게 이어진 발자국도 뒷사람 진행에 별 도움이 되지 않는다. 내딛는 걸음보다 더 힘들고 더

딘 것은 눈에 빠진 발을 빼내기가 힘들기 때문이다.

"이쯤에서 그만 내려가는 게 어떨까요."

휴양림 들머리에서 2km 거리의 매봉령을 지나고 거기서
1.5km 떨어진 구룡덕봉으로 오르던 중 앞서 걷던 K 산악
회 박 대장이 뒤돌아 제안한다.
한겨울 혹한임에도 박 대장의 얼굴에 땀이 맺혔다. 일행들
다수가 불안감을 감추지 못하며 이러지도 저러지도 못하고
멈칫거린다.

"얼마 안 남았어요. 남자분들이 앞에서 교대로 러셀 하시
면 되잖아요."
"맞아요. 조금만 더 힘내서 올라가요."

과연 대한민국 아주머니들이다. 대한민국 아주머니들은 산
에서도 여지없이 용감하다.
쭈뼛하던 남자들이 앞으로 나선다. 길을 내며 간신히 올라
구룡덕봉이 보이자 마치 매몰되었던 탄광에서 구조된 기분
이다. 탄광 밖으로 나오니 안도의 한숨과 함께 탄성이 새
나온다.

"포기하지 않길 잘했네."

일행 중 한 사람이 해맑은 표정으로 그렇게 말하자 다른 사람들이 고개를 끄덕인다. 뚜렷이 긴 마루금, 설악산 중청과 대청봉이 손에 잡힐 듯 가깝게 펼쳐있다. 서북릉 귀떼기청봉까지 보게 되니 감개무량하다.

구룡덕봉에 올라 까마득하게 무한한 공간을 둘러보며 시간 이동을 해 본다.

맑은 계곡물 흐르는 늦은 봄이나 여름에 왔더라면 원추리꽃, 함박꽃 등 온갖 야생화 만발한 자연 휴양림답게 신선한 신록을 무진장 만끽할 수 있었겠다.

쌓인 눈이 얼지도 녹지도 않아 걸음걸이 두 배, 세 배 힘들게 한 설산에도 싱그러운 햇빛과 하늘을 찌를 듯 정갈하게 뻗은 고목들로 펄펄 충만한 생명력을 느끼는데 하물며 분홍 봄, 초록 여름에야 더 말해 무엇하랴.

정상 주억봉이 바로 지척이지만 거기까지 쌓인 눈만큼이나 많이 망설이게 된다.

"천 리 머나먼 곳을 보고자 누각을 한층 더 올라간다."

구룡덕봉에서 정상인 주억봉까지도 새로 눈길을 내며 가야 하건만 여기서 가지 않을 수가 없더라.

더 가까이, 더 넓게 그 산들을 보려 한다. 당나라 시인 왕 지환이 관작루에 오르려는 것처럼 결국 하얀 눈밭에 깊은 발자국을 내고야 만다.

구룡덕봉에서 정상에 이르기까지의 하늘 맞닿은 능선은 지리산 장터목에서 천왕봉으로 향하는 지리산 스카이라인을 떠오르게 하더니 무룡산에서 동엽령, 중봉 지나 향적봉으로 가는 덕유산의 막바지 능선을 연상하게도 한다. 버겁기로 치면 가히 손꼽을 정도의 정상 접근 길이었다.

그 형상이 주걱과 비슷하다고 하여 이름 붙여진 정상 모퉁이에 달랑 '방태산 주억봉 1444m 인제군'이라는 목판이 세워져 있다.

이미 장대한 방태산의 위용을 실감했던 터라 그 표지판에서조차 카리스마를 느끼고 만다. 넋 나간 듯 눈 덮인 설산들이 다양하게 층층 쌓인 겨울 산그리메를 감상하다가 하산을 서두른다.

아이젠에 스틱을 의지하고도 엉덩이를 눈밭에 밀착시켜 내려가길 여러 차례, 난도 높은 활강스키장을 휘청거리며 겨우 내려섰더니 온몸에 없던 근육이 박힌 듯하다.

역시 이번에도 변함없다. 클수록, 드넓을수록, 수고로울수록 산은 저마다 하나의 공통된 느낌을 준다.

자애로운 어머니의 품, 사랑하는 내 여인의 자궁. 그렇게 비교해야 직성이 풀릴 만큼 세상 가장 편안한 공간에 들어선 느낌. 벗어나서도 가슴 울렁이는 넉넉한 풍성함을 지니게 하는 곳.

다시 오마, 신록 우거지고 맑은 물 철철 넘치는 초여름 기약하니 세차게 내리뻗는 이단 폭포 물줄기, 잘게 쪼개져 흩어지는 물방울이 뺨에 부딪히는 것 같다.

때 / 겨울
곳 / 방태산 매표소 – 산림문화휴양관 – 이단 폭포 – 삼거리 – 매봉령 – 구룡덕봉 – 주억봉 – 삼거리 – 주차장

네 개의 재물과 백 가지 덕을 지닌 백덕산

푸릇한 생동과 환희의 빛은 저만큼 멀리
눈길 던져도 튕기듯 반사되어 돌아온다.
그 되돌림 속에 화마로 인한 시름과 한숨이 사라지고
하루라도 빨리 미소와 긍정이 소담스럽게 담겼으면 좋겠다.

산은 그 자체로 재물이다

강원도 영월군과 횡성군의 경계점인 문재터널 위로 주차장
이 있고 정자와 물레방아 등이 예쁘장하게 조성된 문재 쉼
터가 있다.

해발 800m의 높은 고개인 이곳에서 1350m 고지인 백덕
산 정상까지의 표고 차이는 550m에 불과하다. 그런데 도상
거리 5.8km라면 상당히 긴 거리에 속한다.

해발 500m의 오색에서 1708m 높이의 설악산 대청봉까지
5km의 거리인데 갈 때마다 힘들었다. 거기와 비교하며 상
당히 완만한 산이겠거니 하고 들어섰는데 진입로부터 심한
오르막이다.

진초록 청량 이온 듬뿍 발산하는 활엽수림 좁은 길 200m
를 오르자 임도가 나온다. 50여 m 임도를 따라 걷다가 나
무계단을 올라 다시 등산로로 접어든다.

침엽수와 활엽수가 마구 뒤섞여 **빼곡한** 숲길이다. 철탑을 지나면서 다시 가파른 오르막이 길어진다.

헬기장에서 가리왕산과 반갑게 눈인사를 나눈다. 등도 오른쪽 아래로 상안 저수지를 보게 되고 다시 시야를 가리는 수림으로 접어들었다가 사자산獅子山으로 꺾어지는 갈림길을 지난다. 사자산은 하나의 독립된 산이라기보다 백덕산의 한 봉우리라는 게 맞을성싶다. 큰 골이 있는 게 아니고 안부 정도의 짧은 내리막에서 바로 사자산 정상에 다다를 수 있기 때문이다.

백덕산을 사자산 혹은 사재산四財山이라고도 일컫는 연유를 백덕산 소개 안내판에 적힌 대로 옮겨본다.

예로부터 네 가지 재물, 즉 동봉(東蜂 : 동쪽의 석청), 서칠(西漆 : 서쪽의 옻나무), 그리고 남토(南土: 남쪽의 전단토)와 북삼(北蔘 : 북쪽의 산삼)이 각각 있다고 해서 사재산이라고도 불렀다.

"산에서 그런 것들을 과연 재물이라고 할 수 있는 걸까."

얼마 전 인제와 고성, 강릉에서 동시다발적으로 발생한 화재, 오늘 여기 오면서 그 화마의 상처들을 곳곳에서 보았고 그 트라우마가 허망하고도 우울하게 삐져나오는 걸 느낄 수 있었다.

111

"산은 그 자체로 재물이야."

한 그루의 나무로 셀 수 없을 정도의 많은 성냥을 만들수 있지만 수십만 그루의 나무를 태우는 건 단 한 개의 성냥개비로도 충분하다.

자연과 전혀 교감을 하지 못하는 생태맹生態盲은 자연의 아름다움과 중요성에 대해 무감각하여서 불붙은 성냥개비에도 둔감할 수 있고 자연에서는 그저 관광 수입이나 개발이익을 챙기는 게 전부라고 생각하는 게 고작이다.

"어떤 이유로든 그 자연 가치가 훼손될 때 재물은 파괴되는 거야."

아무튼, 사재산은 4km 길이의 능선에 함께 있는 사자산과 합쳐 백덕산이라 부르기도 하며 불가에서는 남서쪽 기슭에 있는 법흥사가 신라불교 구문선산九門禪山의 하나인 사자산파의 본산이라고 보기 때문에 사자산이라고 부른다.

사자산을 오른쪽으로 두고 백덕산 정상 3.4km라고 표시된 이정표대로 왼쪽 능선을 걷다가 전망 좋은 작은 바위에 올라 우리나라 5대 적멸보궁 중 한 곳인 법흥사가 있는 계곡을 내려다본다.

아래쪽 마루금을 양옆으로 가르고 자리 잡은 법흥계곡은

물이끼 하나 없이 속이 훤히 들여다보이는 맑은 물속에 우거진 초록 숲이 담겨있었다. 3년 전 여름, 가족들과 캠핑을 즐겼던 곳을 내려다보니 감회가 새롭다.

다시 독특한 봉우리의 배거리산과 삼태산 뒤 첩첩 산마루 너머 길게 횡으로 누운 소백산 주 능선에 눈길을 머물다가 백덕산 정상이 2km 남았음을 표시한 이정목이 세워진 곳에 당도하니 여기가 당재이다.

산에서는 종종 계절을 잊거나 착각하곤 한다. 한창 단풍 물오르는가 싶은데 펑펑 눈이 쏟아지던 설악산에서, 산수유 축제 중에 눈발 날리는 양평 추읍산에서, 추위가 채 가시지 않았는데 붉게 홍매화와 동백을 보게 되는 섬진강 변 쫓비산에서 그랬다.

여기 백덕산에 와서도 역시 마찬가지 느낌을 받는다. 써늘했던 오지 외떨어진 산에 초록 짙어가는 걸 보니 이 산 계절 바뀜을 자축하는 느낌이다.

울창한 활엽수림과 어우러져 우람한 근육을 드러내는 소나무의 활기 넘치는 기세를 보자 그 기운이 내면 깊이 한 움큼 부어지는 기분이다. 저 아래 관음사 풍경 소리 청아하게 들리는 듯하여 나그네 잔칫집 찾아 풍성히 차린 주안상 받은 기분이 든다.

가보았던 산을 되짚는 건 옛사랑을 추억하듯 감미롭다 양옆으로 길게 늘어선 산죽 군락을 지나 정상과 관음사 방향으로 갈라지는 삼거리인 작은 당재에 닿는다. 그리고 양지바른 숲길을 걸어 먹골과 당치로 갈라지는 백덕산 삼거리에 도달한다. 납작한 바위들이 있고 앉을 수 있게끔 통나무를 여럿 설치해놓은 쉼터이다.

정상까지 500m를 다녀와 여기서 먹골로 내려가게 되는데 따사로운 햇살이 잠시 머물러 숨 고르라고 일러준다. 볕 보드라운 산정 바로 아래, 짙은 미소 머금은 솜털 구름 다가와 땀 젖은 산객을 다감하게 끌어안는다. 보이는 것마다 푸릇한 생동, 환희의 빛이다.

5만 원권 100장씩 스무 묶음, 1억 원이다. 뜬금없이 1억 원 돈다발을 언급하고 말았는데 가장 먼저 연상될 사과 상자 뇌물 얘기를 하고자 하는 건 아니다. 아까 언급한 강원도 산불의 이재민 성금으로 1억 원을 쇼핑백에 담아 익명기부했다는 보도가 떠올랐기 때문이다.

"저는 경기도 광주 광명초등학교에 다니는 3학년 4반 김예진입니다. 원래는 저금통을 채워 부자가 되고 싶었는데 더 많은 사람을 행복하게 하고 싶어 기부했어요."

예진이는 17만 3790원이 담긴 귀하디귀한 초록색 돼지저금통을 삐뚤빼뚤한 글씨의 편지와 함께 구호금으로 보냈다.

이런 이들이 있기에 푸릇한 생동과 환희의 빛은 저만큼 멀리 눈길 던져도 튕기듯 반사되어 돌아온다.

그 되돌림 속에 화마로 인한 시름과 한숨이 사라지고 하루라도 빨리 미소와 긍정이 소담스럽게 담겼으면 좋겠다. 그런 이들을 떠올리며 걷는 걸음이 한결 가볍다.

정상을 오르면서 기둥 줄기가 기이하게 굽었다가 다시 뻗치고, 가지를 틀었다가 위로 솟은 나무들을 보게 된다. 백덕산의 랜드 마크라고 불리는 N자형 나무를 가까이서 직접 보니 마치 자유로운 영혼처럼 느껴진다.

조금 더 지나 크고 작은 바윗돌이 박힌 정상부에는 아담한 정상석이 세워져 있는데 역시 사방이 확 트여있어 가슴까지 뻥 뚫려 시원하고 상큼하기가 이루 말할 수 없다.

수정산, 삼방산 등 앞쪽으로 비교적 가까운 산자락 너머 겹겹 산그리메를 이루는 강원, 영서의 산군들이 이 산 정상에 서 있는 이를 잡아당긴다. 더 높은 곳에서 되짚는 산들, 특히 가보았던 산들을 헤아리는 건 지루하거나 권태롭지 않다. 마치 옛사랑을 추억하는 것처럼 감미롭다.

멀리 북동 방면의 가리왕산 왼편으로는 계방산을 포함한 오대산 일대인 듯하다. 동남쪽 시계방향으로 두위봉, 태백산, 소백 주능선, 월악산을 지나 치악산 비로봉을 짚어보고 그 뒤로 흐릿하게 경기 북부의 고봉들, 명지산과 화악산까지 육안으로 확인할 수 있다.

실컷 구경하고 삼거리로 내려와 하산을 서두른다. 먹골 갈림길을 지나고 낙엽송 우거진 숲길을 또 지나 임도에서 우측 오솔길로 빠진다.

급수 탱크, 서낭당인 듯한 목조 시설, 목재로 잘 지은 별장을 지나 운교리 마을에 도착하여 백덕산을 올려다본다. 아무리 세월 지나도 이 산이 변함없기를 진심으로 소망하게 된다.

"오늘 그대 품에서 보낸 시간을 오래도록 추억으로 간직하며 내 발자취의 한 장으로 남겨놓겠습니다. 언제까지고 오는 이들 반겨줄 수 있게끔 아날로그 벽지의 산으로 남았으면 하는 마음입니다. 사시사철 잘 계시기 바랍니다."

때 / 봄
곳 / 문재 - 925봉 - 사자산 갈림길 - 당재 - 작은 당재 - 먹골 갈림길 - 백덕산 - 먹골 갈림길 - 운교리 마을 - 먹골 주차장

선자령과 대관령 옛길, 싱그러운 초록 숲의 사색

선자령의 초여름 녹음은 제철이라 할 수 있는
겨울과 달리 가붓한 구름을 들어 올리고
저들은 가슴 아래로 낮춤으로써 또 다른 계절의
절정을 연출해내니 철 바뀜이 그저 감사할 따름이다.

영동과 영서를 가로지르는 백두대간 대관령과 곤신령 사이의 선자령은 고개라기보다는 산이라고 해야 옳다.

하늘에서 선녀들이 이 계곡으로 아들을 데리고 내려와 목욕한다고 해서 그 명칭이 유래되었다고도 하고, 보현사에서 보면 선자령이 떠오르는 달처럼 보이기 때문에 붙여진 이름이라는 설도 있다.

선자仙子, 신선을 일컫거나 용모가 아름다운 여자를 지칭하는 표현이므로 아마도 능선의 굴곡이 그처럼 아름다워 붙여진 쪽으로 받아들이고 싶다.

그러나 엄연히 산경표山經表에 대관산, 동국여지지도東國輿地之圖에도 보현산으로 표기되어 있으므로 성철스님이 말씀하신 그대로 산은 산이다.

높지만 높게 느껴지지 않는 곳, 그곳에서의 사색

꽃이 물들어 덩달아 청량하게 물들고 싶었던 신록이 엊그제 지나자 선자령에도 더욱 기세 높여 짙푸름을 발산하는 녹음으로 곳곳마다 색감 두드러진다.

새들과 꽃봉오리의 재잘거림이 잦아들어 묵직한 고요가 담담하게 가라앉은 분위기지만 선자령 풍차 길에서 보는 풍력발전기는 여름, 겨울 할 것 없이 그 기세가 여전하다.

횡계리 목장 일대 등 대관령 풍력 발전단지 49기의 발전기 프로펠러는 대관령과 선자령을 넘나드는 세찬 바람에 의해 일정하게 돌아간다.

풍력발전기는 먼저 바람의 운동에너지를 기계 에너지로 변환시킨 뒤 다시 전기에너지로 바꿔 전기를 생산한다. 풍력발전단지로 최적의 장소인 이곳에서 생산하는 전력량은 연평균 약 23만 MWh에 이르는데 강릉시 전체 가구 수의 절반인 50000가구가 사용할 수 있는 양이라고 한다.

겨울 설경이 그만인 선자령이지만 맑은 물 흐르는 계곡, 유순할 정도로 평탄한 한여름의 초록 능선도 군데군데 야생화 물결까지 더해 그 정취가 이루 말할 수 없이 정겹다.

어둠이라야 별이 더욱 반짝이는 것처럼, 구름을 그려 넣어 달빛의 오묘함을 묘사하는 것처럼 여름 선자령 수림 오름 길은 푸른 하늘 아래 꼭꼭 숨은 좁다란 계류와 딱 그만큼의 엷은 물 흐름소리까지 사내 속 태우는 미인의 교태를 마주하는 듯하다.

어떻게 비유되었든 선자령의 초여름 녹음은 제철이라 할 수 있는 겨울과 달리 가붓한 구름을 들어 올리고 저들은 가슴 아래로 낮춤으로써 또 다른 계절의 절정을 연출해내니 철 바뀜이 그저 감사할 따름이다. 뚝뚝 떨어져 그늘마저 초록으로 물들인 정오 무렵 호젓한 숲길이 마냥 상쾌하다.

홀로 나들이, 그 어감만으로도 쓸쓸하지만, 막상 나서보니 꼭 그렇지만도 않다. 이른 여름이라 동자꽃, 기린초, 원추리 아직 몸 내밀지 않았어도 막 데워지기 시작한 열기는 새로움으로 계절 맞으라는 메시지처럼 느껴진다.

푸릇한 초원 가르는 황토 능선길에 화창하게 햇볕 내리쪼이니 홀로 나들이지만 조금도 쓸쓸하지 않다.

드넓은 초원으로 이루어진 정상은 해발 1157m나 되도 구름 쉬어 넘는 대관령 들머리인 휴게소가 840m의 고지대에 있으므로 산행길은 수월한 편이다.

정상에서의 일품 조망이 조금만 더 맑은 날씨였으면 하는 아쉬움을 갖게 한다. 그래도 오대산, 계방산과 황병산이 낯익은 산객을 반겨준다. 넓은 초지 선자령에서 보는 일대의 산들은 삼각으로 우뚝 솟은 여느 산에서 보는 풍광과 달리 높거나, 멀거나, 크다는 감각이 덜어진다.

몸을 낮추면 하늘은 더욱 높아 보이고 하늘과 땅의 공간은 더욱 넓어 보인다. 사고의 펑퍼짐한 합리일 수 있겠지만 선자령이라 그런 생각이 드는가 보다. 그래서 선자령에 오면 가뜩이나 낮은 몸이 더욱 낮아진다.

명예에 치중하나 명예로운 면이 없는 자가 사력을 다해 얻는 게 있다면 실제로 그건 명예가 아닌 명성일 게 뻔하다. 그런 사람이 그걸 얻고자 한 노력은 땀과 열정이기보다는 탐욕의 표출일 가능성이 클 것이다.

여불위의 '여씨춘추呂氏春秋'에 지혜롭게 보이려 애쓰는 지도자는 나라를 망치기 쉽고, 충성스럽게 행동하는 신하는 나라를 말아먹을 위험이 있다고 한다. 진정 명예를 귀히 여기는 이는 몸을 드러내거나 소리를 높여 자신이 지닌 탁월한 재능과 충심을 돋보이려 하지 않는다. 기교로 덧붙여 생색낼 일도 없다.

자기중심적이라 자신을 스스로 낮추지 못하는 이한테는 하늘마저 낮아 보여 천정에 이마 찧는 일도 생기지 않을까. 스스로 낮출 줄 아는 사람이야말로 상대를 배려할 줄 알고 거기서 평화를 얻는 지혜도 추출할 것이다.

높지만 높게 느껴지지 않는 곳, 평야처럼 아늑한 선자령을 돌며 두루 사위를 조망하다 보니 문득 우리나라 정치인이나 행정가들은 물론 재벌 사업가들도 진정한 명예의 의미를 깨우쳤으면 하는 탐심이 생긴다.

반정半頂으로의 하산 길, 대관령 옛길로 들어서기 전에 내려다본 강릉 앞바다가 흐릿한 연무로 인해 수평선이 가려졌다. 볼 때마다 하늘과 바다의 가름이 명확했던 동해였는데 오늘은 그 구분이 모호하다.

험준한 요새의 큰 관문이란 뜻이 담긴 대관령大關嶺은 영동의 진산으로 중앙과 지방, 영동과 영서를 구분하는 지리적 관문이자 문화적 접경이었다. 또한, 이곳은 다른 지역으로 들어가는 초입임에도 신성한 영역으로 전해진다. 풍수가들은 대관령을 자물쇠 형국이라 하는데 그만큼 넘나들기가 쉽지 않았다는 걸 의미한다.

지금도 대관령은 강릉사람들의 정신적 귀의처로 존재하고 있음을 곳곳에서 엿볼 수 있다. 대관령 산신당에 산신을 불러 모셔 산불이나 가뭄 등의 재해를 막아달라고 빌며, 수능시험이나 국가고시에 응시하거나 삶에 고비를 맞을 때 정성껏 음식을 장만해 산신당과 성황사에 제를 올린다.

자동차를 샀을 때 대관령을 향해 세우거나 대관령 중턱에서 안전 운전 고사를 지내며 신의 도움을 얻고자 하니 대관령 산신은 정녕 천년이 넘도록 강릉사람들과 애환을 함께하며 존재해왔음을 알 수 있다.

이곳 강릉지역에서는 평생 한 번도 대관령을 넘지 않고 사는 게 행복한 삶이라고 전해지기도 하지만 아주 오래전 얘기일 것이다. 어쩌면 대관령은 극복하여 넘고 싶은 비애와 고통의 장벽이었을지도 모르겠다.

"내 자식만큼은 여기서 짠 바닷물 만지고 오징어 말리며 살게 하지 않을 거야. 저 고개 너머로 학교 보내고 시집보내고 싶어."

이 지역 사람들은 대관령을 넘기만 하면 삶이 나아질 거로 믿어왔고 그걸 소망으로 품고 살아왔다. 세월 흐르며 소금 장수들의 추억이 서린 곳, 나그네의 쉼터, 시인과 묵객들이 넘나들며 필명을 떨친 곳이 바로 여기다. 오늘날에 이르러 대관령은 동서 화합, 문화 및 경제교류의 열린 공간으로 자리매김했다.

인간사 새옹지마의 일면을 읽게 하는 곳

대관령 옛길의 정점이자 내리막 시점인 8km 거리의 대관령 중허리 반정은 예나 지금이나 구불구불 험준한 길임엔 변함이 없다.

이 길을 오가던 사람들이 넘어지고 구르면서 내려왔다 하여 대굴령이라고 불렀다니 말이다. 한겨울 눈까지 내리면 통행이 어려워 이젠 대다수 차량이 저 옆으로 잘 뚫린 고속도로를 이용하고 있다.

내려가는 길 어귀에 깊고 험한 산중을 지나는 이들의 배를 채우고 휴식도 취할 수 있게 했던 주막터가 그럴듯하게 재건축된 상태로 보존되고 있는데 주모까지 있어 한잔 밀주까지 마실 수 있다면 더없이 좋을 거란 생각에 침이 고인다.

또다시 숲길 걷다 멈춘 곳, 원울이재員泣峴.

조선시대 한양에서 근무하다가 600여 리나 떨어진 강릉 지방관으로 발령받은 어느 부사가 이 고개를 넘으며 자신의 신세를 한탄해 울었고, 임기를 마치고 떠날 때 정든 백성들의 인심을 못 잊어 또 울었다는 곳.

올 때와 갈 때, 접한 현실에 따라 그 눈물의 질이 틀리니 이 또한 인간사 새옹지마의 한 일면처럼 보인다. 지금은 목이라도 축이려 잠시 쉬려는데 마구 들러붙는 모기떼가 나그네 울상을 짓게 한다.

대관령박물관에 다다라 고개 돌리면 선자령과 대관령, 영동의 관문을 통하는 길들에서 사계절 뚜렷한 변화를 보게 된다. 계절 바뀌는 모습이 선명하게 보이는 곳이다. 바뀐 형상은 겨울에 이르러 한동안 하얗게 멈춰 선다. 실까지 모두 풀어 연을 날려 보내던 지난겨울의 하얀 선자령이 떠오르는 것이다.

선자령에서 대관령 옛길 막 지나간 늦봄까지도 겨울 흔적 수북했더랬지. 햇빛에 녹아 습해진 지 얼마 지나지 않았지. 따사로운 봄바람에 연한 붓꽃 피웠었고 진달래 피자마자

철 지난 지 겨우 한두 달, 그러다 잠시 단풍 붉다가 질 테고 그런 후엔 목화솜 흰 저고리 차림으로 윤회의 긴 시간 보내야만 하겠지.

시간만 허락된다면 계절 바뀔 때마다 찾아와 계절과 사색이 마구 뒤엉켜 세월까지 되돌리는 환각에 빠져들고 싶다. 선자령은 그런 곳이다. 대관령 옛길과 그 맞은편의 능경봉, 그리고 고루포기산을 거쳐 그 너머 해발 1100m 고산지대에 자리 잡은 안반데기 마을까지 무작정 걸으며 시절과 관계없이 사색에 잠기고 싶은 곳이다.

때 / 초여름
곳 / 대관령휴게소 – 양 떼 목장 – 풍해 조림지 – 샘터 – 선자령 정상 – 국사성황당 – 반정 – 대관령 옛길 – 주막터 – 원울이재 – 대관령 자연휴양림 – 대관령박물관

노인봉 내려서며 소금강 물살에 세월 띄워 보내리

소금강은 눈에 차는 것뿐 아니라 귀에 담기는 것,
피부에 와닿는 것,
거기에 더해 마음으로 느끼는 감정까지
후련하게 하는 에너지를 내뿜는다.

노인봉 가는 길, 평화롭고도 다감하여라

 강릉 연곡과 평창의 경계에 비만 오면 땅이 질어진다고
해서 지명이 된 진고개, 해발 960m의 고위평탄면에 세워진
진고개 휴게소에서 길은 오대산 노인봉과 백두대간 동대산
으로 나뉜다. 진고개에서 노인봉까지 3.9km, 계절은 다르지
만 네 번째 같은 길을 걷는다.
 언제나처럼 초입의 목초 지대는 나른한 안락감을 준다. 널
따랗고 풍성한 초록 융단은 너무나 고요하고 평화로워서
슬그머니 지루하단 생각까지 들게 한다.

"평화가 지루하다고?"
"그럴 수도 있지 않을까?"
"사치스러운 사고방식을 지녔군."

그다지 평화를 느껴보지 않은 사람에게 매번 지속하는 평화는 과연 평화롭기만 할까. 동창 산악회의 절친한 친구이자 산우인 동익, 남영, 영만과 한담을 나누며 천천히 걷는데 누군가 등산화를 툭 건드린다.

물기 머금은 풀잎이며 자기 색깔 뚜렷한 야생초들이 외지에서 온 손님들을 시끌벅적 반기는 것이다. 산이 아니라 보는 것만으로도 마음 넉넉한 외갓집 과수원을 둘러보는 기분이다. 뒷산 오솔길처럼 혹은 파란 잔디 풍성한 공원길처럼 다감하기 이를 데 없다.

멀리 물결구름 아래로 한가로운 정원 같은 황병산이 눈길을 잡아끈다. 가던 걸음이 자꾸만 멈춰지고, 멈춰 서서는 눈길 돌려 사방을 둘러보게 하는 곳이다. 걸으면서도 누군가 곁에서 보호해주는 느낌이 들게 하는 곳이다.

그런 느낌을 받으며 사부작사부작 걷다 보면 어느새 노인봉 정상이다. 해발 1338m의 노인봉은 높지만, 전혀 수직적 높이를 인식하게 하지 않는다.

여느 산들처럼 솟구쳐 뻗어 올라 고개 치켜들어 가야 할 길 헤아리게 하지도 않는다. 하늘은 여지없이 맑고 푸르다. 그 아래에 산객들과 친숙해진 다람쥐 몇 마리가 반기는 노인봉이다.

정상에 우뚝 솟은 화강암 봉우리가 멀리서 보면 백발노인을 연상시킨다 해서 노인봉이라고 이름 지었단다.

"우리나라 산들은 이름도 참 쉽게 짓는 거 같아."

"나도 같은 생각이야."

"백운산, 청계산, 가리봉, 비로봉, 노적봉, 천왕봉……. 동명 이산, 동명 이봉이 너무 많아."

때론 정겹기도 하지만 최근 주소를 재정비한 것처럼 담당 중앙부처가 지자체와 머리를 맞대 전국의 산과 봉우리, 폭포, 산길 등의 명칭을 정비했으면 하는 생각이 들 때가 많다. 산의 우열을 가려 100대 명산을 구분 짓는 열성이면 어렵잖게 할 수 있지 않을까.

"되잖을 일에 오지랖 넓히지 말고 가자. 철철 물길 소금강으로."

나무에서 고기를 구하려는 요원한 바람을 버리고 하산 채비를 한다. 백발 성성한 노인이 되어 걸음걸이조차 버거울 때면 여기 노인봉이 더욱 그리워지겠지. 평화스러운 진고개는 얼마나 아른거릴까.

"아직 먼 훗날의 일 염두에 두지 말고 가자. 물소리 우렁찬 청학동으로."

물 흐름 이명이 사라지지 않는 청학동

오대산 국립공원에 속하는 소금강은 원래 청학산이었다. 율곡이 '청학산기靑鶴山記'에서 그 모습이 금강산과 흡사하여 작은 금강산, 즉 소금강이라고 표현한 데서 유래되었다. 산세의 수려함, 눈에 보이는 아름다움의 기준을 금강산에 두고 율곡은 표현했겠지만, 소금강은 눈에 차는 것뿐 아니라 귀에 담기는 것, 피부에 와닿는 것, 거기에 더해 마음으로 느끼는 감정까지 후련하게 하는 에너지를 내뿜는다. 소금강은 올 때마다 그런 에너지를 흡입하게 해 준다.

정상 바로 아래로 노인봉 대피소가 있는데 아마도 계곡물이 불어 하산이 불가능할 때를 대비해 만들어놓은 듯하다. 대피소 안은 넓지는 않아도 바람을 차단하여 겨울이면 언 몸을 녹이며 쉬었다 가기에 적절할 듯싶다.

여기서 조금 더 내려가면 낙영폭포를 보게 된다. 가뭄 탓인지 소금강 계곡 최상류의 낙영폭포 물줄기는 예전에 보았을 때보다 매우 가늘어졌다.

노인봉에서 계속 허리 굽혀 내려서야 하는 한여름 소금강은 계곡에서건 나무숲에서건 옹골찬 푸름이 폭포수처럼 쏟아져 내린다.

그 긴 하산로에서 거리 가늠할 틈 없이 여기저기 눈 돌리다 보면 어느새 가슴은 뻥 트여있고 귀에서는 물소리가 이명처럼 사라지지 않는다. 낙영폭포가 그 시발점이라 할 수 있겠다.

"이쯤에서 식사를 하고 가자."

낙영폭포 지나 물 많고 골 깊은 곳에서 바리바리 싸 온 걸 꺼내먹고 충분히 휴식을 취한다.

산길 내려와 골을 트는 실바람이 후련하다. 출렁출렁 암반 적시는 계곡물은 더욱 후련하다. 생기 돋는 녹색 수풀 지나 골을 트는 실바람 맞으며 쉬고 나니 후련하고도 날아갈 듯 개운하다.

노인봉에서 발원하는 연곡천의 지류인 길이 13km에 달하는 청학천으로 맑은 물과 급류, 폭포, 암반, 암벽이 이어진다. 마의태자가 은거하여 망국의 한을 풀고자 쌓았다는 아미산성을 비롯해 구룡연, 비봉폭포, 무릉계, 옥류동, 만물상, 선녀탕, 망군대, 십자소, 세심폭포 등의 절경은 금강산 못지않아 찾는 이들이 눈을 떼지 못하게 한다.

이들 장소를 포함한 소금강 일대 23㎢는 오대산국립공원으로 지정되기 5년 전인 1970년에 이미 명승지 제1호로 지정되었다.

아직도 싱싱한 약관의 틀에 사는 것 같은데
멀 것만 같던 불혹 진작 지났고
지천명 유수 같은 흐름도 곧 폭포수에 휩쓸리겠지만
암팡진 골산 오르면서도 무르팍 아직
바람 새 들지 않으니
맘만 달리 먹으면 나이는 오히려
방부제일 수도 있지 않겠나.
아무리 힘줘 붙든다고 손아귀에 잡힐 세월이던가.
외곬 세월 흐름이지만 유연히 편승하는 게 정중동,
자연의 무쌍한 변화마다 수용하는 심산 고봉의
모습 아니겠나.
그렇게 할 수만 있다면
어디선가 똬리 틀고 기다릴 낯선 그림자의 눈길,
무시하는 방법이 될 수도 있지 않겠나.
그렇게 할 수만 있다면
그야말로 행복은 호주머니 속 보석처럼
손쉬운 점유물이 아니겠나.
그렇지 않음 귀하디 귀한 앞으로의 여정이 아이들 들뜬
소풍 길은 고사하고 지팡이에 의지한
혼돈 속 겨운 고행이 될 것 같지는 않은가.
봉우리 위 자수정처럼 부서지는 햇빛 유혹에 흠뻑 빠져
금방이라도 푸른 물 쏟아낼 듯한 녹음,
수채화 병풍처럼 넓게 펼쳐진 단애
노을 검붉게 물들면 물든 대로,
자락마다 어둠 깔리면 깔린 대로,

세상 움직이는 그대로 푹 빠져드세.

여기가 어디던가.

청학동, 거기서도 금강산에 버금간다는 소금강 아니던가.

너른 기와집 주춧돌 되지 않았으면 어떻던가.

비록 넉넉하진 않지만 진정 사랑하는 벗,

의義와 정情으로 굳어진 우리네 함께 하는데

시름에 붙들릴 겨를 어느 새라 있을 텐가.

모래밭 조약돌 무리에조차 끼지 못했으면 어떻던가.

보이는 것마다 바위,

딛고 걷는 길마다 옥수 흐르지 않던가.

그렇게 편안하게,

그렇게 안위하며 받아들이다 보면

가쁜 숨 몰아쉬어 세상 밝히는 일출처럼,

혹은 숨죽여야만 바라볼 서녘 황홀한 일몰처럼

어느덧 다가올 마지막 그림자마저

짜릿한 오르가슴처럼 넉넉하게 느껴지지 않겠는가.

청춘으로 회귀하여 산을 내려오다

광폭포와 삼폭포를 지나고 철제 난간의 긴 다리를 건넌
다음 그보다 더 긴 다리를 또 지나 백운대에 이르러서야
또 한 차례 숨을 돌린다.

바위에 걸터앉아 물살 잔잔한 계류에 지친 발을 담그면

물고기들이 몰려들어 발가락을 간지럽힌다. 휴식을 취하기에 최적의 장소인 널찍한 암반에서 가장 편안한 자세를 취했는데 도미노처럼 머리는 더욱 편안한 생각으로 이어진다.

세월 흘러 늙어지고 노쇠해지는 건 맞닥뜨려 싸워야 할 대상이 아니리라. 늘 배낭 짊어지고 집을 나설 때처럼 편안하게 대하다 보면 언젠가 다가올 죽음마저 보듬어 맞아들이지 않겠는가.

다 살았으므로 편안하게 그 순간을 맞이하고, 남겨진 이들도 훌훌 먼지 털어내듯 가벼이 잊는 게 순리에 맞지 않을까 싶다. 한 줌의 뼛가루가 얼마나 가벼운 건지를 깨달으면 무거워 호된 삶도 편안하게 여겨지기에.

등산화 끈을 조이고 다시 계곡을 내려가는데 주변 암벽을 두껍게 휘감은 소나무 수림이 울창하기 그지없는데도 부피와 무게를 다 털어버린 것처럼 가볍게 보인다.

붉은빛의 침봉들이 높이를 다퉈 하늘을 찌르지만, 하늘은 푸근히 감싸 안는다. 오랜만에 마주하는 귀면암과 눈인사를 나누고 향로암, 일월암, 탄금대 등 기암들이 즐비하게 늘어선 만물상을 내려서서 구룡폭포에 이른다.

구룡소에서 나온 아홉 마리의 용들이 제1폭 상팔담에서 9폭 구룡폭까지 폭포 하나씩을 차지했다니 아마도 어미용으로부터 균등하게 상속을 받은 모양이다. 8폭 하단에는 조선조 우의정을 지낸 미수 허목이 구룡연九龍淵이라고 멋지게 휘갈겨 새긴 전서체 글씨가 남아있다.

다시 마의태자가 군사훈련을 시키며 밥을 먹고, 율곡 이이가 고향인 강릉에서 공부하러 여기까지 왔다가 끼니를 때웠다는 널찍한 암반의 식당암도 주변 풍치가 무척 아름답다. 그들 모두 식사를 마친 즉시 소화되었을 거란 생각이 든다.

"계곡의 수석이 깊이 들어갈수록 기이하고 눈이 어지러워 다 기록할 수가 없다."

이곳 소금강을 거닐며 율곡이 했던 말처럼 소금강은 계곡을 꺾어 접어들 때마다 다양한 기암이 현란하게 펼쳐진다. 자꾸 바라보다가 돌아서서도 다시 돌아보게 한다. 비구니 사찰인 금강사는 깊은 참선에 잠겨있는지 마냥 고요하다.

"슬프다. 요즘 사람들은 어리석어 자기 마음이 참 부처인지 알지 못하고, 자기 성품이 참 진리인지 모르고 있다."

고려 때의 승려 지눌이 지은 수심결修心訣의 한 구절이 적힌 금강사 문에서 작은 영혼이 더 작아지고 만다. 인근 영춘대 계곡에 큼지막한 바위가 하나 세워져 있다.

거기 솔과 글에 능한 사람들의 모임이라는 이능계二能契

의 글자가 암각 되어있고 계원인듯한 사람들의 이름이 나열되어 있다. 그 오른편에 율곡이 썼다는 '소금강'이 한문 정자체로 새겨져 있다.

"자연훼손이야."
"종이가 귀해서 그랬겠지."

자연훼손을 벌하는 자연공원법이 발효되기 전이라 그랬던 걸까. 배울 만큼 배운 사람들이 자연의 여백만 보면 낙서하고 싶어 안달이 났었나 보다.

5분여 내려가면 일곱 선녀가 내려와 목욕하고 화장까지 곱게 해서 하늘로 올라갔다는 연화담이다. 천연기념물 산천어가 살 정도로 맑고 찬 물이 담긴 이곳에 물이 불어나면 이름 그대로 연꽃이 활짝 핀 모습이라고 한다.

화강암 계곡이 열 십十 자 모양으로 갈라진 십자소의 생기 넘치는 푸른 물을 보고 무릉계를 지나 청학 산장까지 내려서자 어느덧 긴 소금강 물길을 모두 지나왔다.

철철 물 흐르는 소리가 귓전을 맴돈다. 아마도 한동안 소금강 청정 옥류의 세찬 흐름이 아른거리게 될 것이다. 그건 또다시 나를 유혹하여 배낭을 꾸리게 할 것이다.

역시 충전시킨 에너지 덕분인지 피로감은 전혀 없이 몸도 마음도 말끔하게 정화된 느낌이다. 소금강 물살에 세월을 띄워 흘려보내고 나니 더욱 청년다워진 느낌이 든다.

때 / 여름
곳 / 진고개 휴게소 – 노인봉 – 낙영폭포 – 광폭포 – 백운대 – 만물
상 – 구곡담 – 구룡폭포 – 연화담 – 십자소 – 무릉계 – 소금강 분소

야생화 만발, 계수나무 향 풀풀, 여름 계방산

이해가 앞선 좁은 시각으로는 결코 볼 수 없는 세상,
도시 빌딩 숲에서와 달리 사물과 사물 간의
자연스러운 흐름, 그 유기적인 연결을 보게 된다.
그처럼 산은 눈을 맑게 한다. 그래서 더욱 상쾌하다.

계방산桂芳山은 한라산 백록담, 지리산 천왕봉, 설악산 대
청봉, 덕유산 향적봉에 이은 남한 다섯 번째 높이의 산으로
설악산, 점봉산, 오대산, 가리왕산, 금당산, 두타산, 태기산
등을 한눈에 담을 수 있다.

태백산, 소백산, 선자령 등과 함께 겨울 명산에 속해 상고
대와 눈꽃의 설경이 먼저 떠오르지만, 산은 계절마다 특유
의 속살을 지니고 있음을 잘 알기에 이번엔 계방산에서 첫
사랑 설렘 같은 계수나무 향을 맡아보기로 한다.

철 다른 계방산의 야생화와 진초록 무성한 주목, 설악산과
가리왕산 방면으로 굽이치는 산그리메가 청명한 오늘 날씨
와 딱 맞아떨어져 그림 같은 풍광을 보여줄 것만 같다.

저탄소 녹색성장, 숲의 희망이라는 팻말 표현이 무색하지
않을 거란 생각이 든다. 맑은 하늘을 천장 삼아 계방산 널
찍하고도 푸근한 품에 안기고자 후배 계원이와 함께 운두
령으로 향한다.

넘치는 푸름 속에서 다시 만난 계방산

오대산 국립공원에 속하는 계방산은 홍천과 평창의 경계 선상에 있는 운두령에서 산행을 시작하게 된다. 인근에 1999년부터 3년에 걸쳐 살기 좋은 삶의 터전으로 가꾸어진 운두령 산골 마을이 있다. 운두골과 큰골, 갈골 세 개의 자연부락으로 구성된 전형적인 산간마을이다.

자동차로 갈 수 있는 가장 높은 고개가 정선군과 영월군 경계상의 만항재(해발 1330m)인데 운두령은 국도가 지나가는 고개 중 가장 높은 곳이다. 왕복 2차로인 31번 국도변의 고개로서 해발고도 1089m이다. 구름 넘나드는 고산의 신선한 공기 덕분에 한여름의 습한 기운은 느끼지 못한다.

운두령에 있는 계방산 분소에서 입산 신고를 하고 계방산 정상까지 4.1km의 시점인 진입 계단을 오른다. 488m의 고도만 높이면 되는 길이니 급한 경사는 거의 없을 거라는 게 얼추 셈해진다. 여름철에는 오후 3시까지로 입산을 제한하고 있다.

초입부터 물푸레나무가 반가이 맞이한다. 수액이 위장과 폐에 좋다는 거제수나무를 보게 되고 다시 물푸레나무군락을 지나 아담한 나무 그늘 쉼터에서 목을 축인다. 제법 경사진 돌계단을 지나면서 쑥부쟁이, 가시엉겅퀴, 둥근이질풀 등 낮게 핀 야생화에 카메라를 들이댄다. 고도를 높여갈수록 계방산은 그림 같은 조망을 선사한다.

몸 낮춰 들꽃 숨소리에 조용히 귀 기울이다가 시야를 멀리 잡아 낯익은 고봉들과 담소 나누다 보면 하늘 공간은 금세 소란스러워진다. 멋진 조망이 있다는 건 오르는 수고로움에 대한 커다란 보답이다.

이해가 앞선 좁은 시각으로는 결코 볼 수 없는 세상, 도시 빌딩 숲에서와 달리 사물과 사물 간의 자연스러운 흐름, 그 유기적인 연결을 보게 된다. 그처럼 산은 눈을 맑게 한다. 그래서 더욱 상쾌하다.

"여기서 서북 능선을 보니까 감회가 새롭네요."
"하하하, 귀때기청봉 지나면서 고생깨나 했었지."

1492m 봉에 세워진 전망대에서 눈길을 멀리 두면 설악산 서북 능선이 길게 펼쳐지다가 대청봉이 파스텔 색조 하늘과 맞닿아 오롯이 솟았다.

남교리에서 십이선녀탕을 거쳐 올라 대승령과 큰 감투봉을 지날 때만 해도 무난했는데 귀때기청봉의 애추 지대를 지나면서 다리에 쥐가 났던 걸 떠올리면 감회가 새로울 만도 할 것이다.

"그래서 지리산 화대 종주, 덕유산 욕구 종주에 이어 국내 3대 종주를 모두 해냈잖아."

 한동안 낚시를 즐기다가 등산으로 전향한 계원이의 의지를 존중하지 않을 수 없다. 100kg 가까운 체구에 체력마저 허약한 편이었는데 2년여 등산을 다니면서 20kg 가까이 감량하고 어지간한 종주 코스는 거뜬히 완주해냈다.

 다시 한강기맥으로 시선을 모으자 오대산으로 이어지고 참하게 몸 낮춘 치악산도 보인다. 내려다보는 홍천 내면 마을 인가들이 산자락마다 옹기종기 모여 있다. 기대했던 대로 청명한 날씨다. 초록과 파랑 물감만으로 캔버스를 붓질한 여름 풍경화다.

 소소하게 바람이 불어주어 은은한 계수나무 향이 코로 스미는 듯하다. 실제 옛날에는 계수나무가 많았다는 계방산이다. 수도 없이 많은 산과 봉우리들이 서로 어깨를 맞대고 늘어서서 어디가 어딘지 분간은 어렵지만 보는 자체로 가슴이 트인다.

 전망대 부근 비탈길에 주목 군락지가 있다.
 산 나무와 죽은 나무가 공존하는 그곳의 고사목들을 얼핏 보았을 때 수령 1500년은 족히 되었음 직하다. 살아 천년, 죽어 천년을 버티는 주목인지라 죽어서도 뼈대 튼실한 걸 보면 앞으로도 500년은 더 버틸 거라는 추론을 하게 된다.

주목을 보노라면 더더욱 그런 생각이 든다. 소 몰고 밭 갈러 나가던 일상이 중단되는 것일 뿐 삶과 죽음은 그다지 확연한 경계가 아니라는 것을. 그래서 더욱 현재의 삶을 승격시키고자 하지만 금세 그마저 욕심이란 걸 깨닫게 된다. 살펴보면 아직도 제대로 꼴을 갖추지 못하고 안갯속에서 헤매는 자신을 발견하고는 고개를 떨어뜨린다.

"그래도 고개 들고 힘을 내세요."

고개 숙인 그 자리에 얌전하게 움츠린 동자꽃, 짚신나물, 산 박하 등이 나직하게 속삭이며 힘을 실어준다.

"그래. 낮은 곳에 임해서도 활짝 제 모습을 드러내는 그대들이야말로 소중한 존재들일세."

이 일대가 생태계 보호 지역으로 지정될 만큼 환경이 잘 보호된 곳이라 들풀 하나하나가 소중하고도 조심스럽다. 야생화 군락지 뒤로 보이는 오대산 비로봉을 줌인하고 숲을 지나 바로 너른 정상 지대에 이르렀다.

하얀 눈밭일 때 와보고 넘치는 푸름 속에서 다시 만난 계방산 정상(해발 1577.4m)은 산객들로 북적이던 그때와 달리 간간이 새소리만 들릴 뿐이다.

이 산에는 황조롱이뿐 아니라 천연기념물로 지정한 소쩍새, 붉은 배 새매, 원앙 등의 조류가 관찰되었다는데 그 새들의 울음소리인지는 도대체 알 수가 없다.

실하게 선이 그어진 백두대간 등줄기가 고요 중에도 속도감 있는 움직임을 느끼게 한다. 정상에서 흔적을 남겼던 다른 산들과 두루두루 인사를 나누는 게 즐겁다.

아득히 보이는 가리왕산에서 여기 계방산 위치를 가늠하고 다시 이곳에서 두타산을 바라보며 당시의 고행을 더듬으면 산은 세상과 하나이고, 온전히 하나의 추억으로 자리하고 있다는 게 아련하고 또 갸륵하다.

북쪽 골짜기에서 계방천이 발원하여 내린천으로 흘러들고 남쪽 골짜기에서는 남한강의 지류인 평창강이 시작된다. 정상에서 소계방산으로 휘어 내리는 능선은 마치 느릿하게 꿈틀거리며 위로 향하는 거대한 들짐승을 연상하게 한다. 정상석과 돌탑을 등지고 초점을 맞춰 인증 사진을 찍는 것으로 아쉬운 작별을 고한다.

"하산하면 저 아래 방아다리 약수터에 들러볼까."
"거긴 왜요?"
"어떤 노인이 백약을 다 써도 효험이 없는 신병을 앓고 있었거든."

그 노인이 이 지역에 이르러 나무 밑에서 잠이 들었다.
"어인 사람이 이 산중에서 노숙하는가?"

백발이 성성한 노인이 나타나 그렇게 말하자 이 노인은
산신령으로 믿고 자신의 처지를 한탄하며 하소연했다.

"신령님! 부디 제 인생을 가련하게 여기시어 약초 있는 곳
을 알려 주십시오."
"그러면 네가 누워있는 자리를 파보아라."

노인은 잠에서 깨어 있는 힘을 다해 땅을 파헤쳤더니 지
하에서 맑은 물이 솟아올랐다. 물을 마시자 정신이 맑아지
고 원기가 소생했다.

"며칠을 머무르며 물을 마시니까 씻은 듯 병이 나아져 노
인은 산신단을 모셔 크게 제사를 지냈다는 거야."
"그렇다면 우리도 마셔야죠."

계방산 아래 영동고속도로 진부 나들목에서 북쪽으로 약

12km 거리에 있는 방아다리 약수는 탄산, 철분 등 30여 종의 무기질이 들어있는데 특히 위장병, 빈혈증, 신경통과 피부병에 특효가 있다고 알려져 있다.

주변 수만 평에 전나무 100만 그루를 비롯하여 잣나무, 소나무, 가문비나무, 박달나무, 주목 등 70여 종의 나무들이 **빽빽**하게 우거져 산림욕은 물론 여느 숲에서 찾아보기 어려운 장관을 연출하여 여름철 피서지로도 적격이다.

튼실한 기둥 줄기 셋을 곧게 뻗은 주목이 돋보이는 주목 삼거리에서 이승복 생가가 있는 노동계 곡 방향으로 내려간다. 은빛 상고대와 잡티 하나 없이 눈꽃 풍성했던 주목지대에 들어서서 그해 겨울을 떠올려본다.

다시 밋밋한 하산로를 걷다 보니 육상 흙길에 권 대감 바위라고 부르는 큼직한 바위 하나가 놓여있다. 정상에서 2.2km를 내려온 지점이다.

권 대감이라는 용맹한 산신령이 말을 타고 달리다 칡덩굴에 걸려 넘어졌다. 화가 치민 권 대감이 부적을 써서 던진 이후 계방산에는 칡이 자라지 않게 되었고 그 부적이 지금의 권 대감 바위라고 한다.

"산신령이라는 이가 칡덩굴 따위에 걸려 넘어지다니."
"방아다리 약수터를 알려준 산신령은 아닌가 본데요."

권 대감 바위의 전설이 적힌 팻말을 동부지방산림청 평창 국유림관리소에서 세운 걸 보면 계방산에 칡이 없는 건 맞는가 보다.

듬성듬성 늘어선 주목 지대를 지나고 바위와 잡목이 마구 뒤섞인 너덜 길을 빠져나오면서 경사는 더욱 급해진다. 이어 노동 계곡 물소리가 들리고 노동리 마을이 내려다보인다. 산행 중에 들러붙은 여름 부스러기들을 계곡 맑은 물에 씻어내고 내려서자 널찍한 제1 자동차 야영장이 있고 바로 야트막한 초가 이승복 생가가 있다.

1969년 12월 9일 밤이다.

"나는 공산당이 싫어요."

이승복 어린이는 결국 무장 공비들에 의해 죽임을 당하고 말았다. 그랬던 이 지역이 당시 무장 공비 침투지역이라는 게 실감 나지 않을 정도로 평화스러운 분위기다.

산신령 권 대감은 말 달리다 넘어졌을 때 칡을 없애는 부적이 아니라 공산당 막는 부적을 던졌어야 했다.

짝퉁 산신령의 덕을 입지 못했더라도 이곳 아래로 제2 자동차 야영장이 있고 전국 여러 곳에서 많은 등산객이 방문하니 여기서 더는 그런 불상사가 생기지 않을 것이다.

그런 일이 생겨서도 안 되거니와 지나온 세월보다 훨씬

무쌍한 변화가 생긴 시대가 되었다.

 역사적으로도 그런 일은 유례가 없었지만, 우리 민족만큼은 좀 더 대국적으로 머리를 맞대고 가슴으로 소통해 대내외적 이해타산에 우선한 미래 방안을 끌어냈으면 하는 욕심이 생긴다.

 판타지 소설에나 있을 법한 일이겠지만 말이다.

때 / 여름
곳 / 운두령 – 물푸레나무 군락 – 쉼터 – 전망대 – 계방산 – 주목 군락지 – 노동 계곡 – 이승복 생가 – 자동차 야영장 – 계방산 삼거리

주홍 물 떨어지는 외설악 천불동 지나 내설악으로

천불동은 산과 물과 사람, 이렇게 셋에 그치지 않고
가릴 것 없이 물들이며 온 세상을 적화赤化시키는 중이다.
그렇게 가을과 설악과 한데 물들어가며
시나브로 넋을 내려놓는 중이다. 행복하다.

3홍紅이라 한다지

골에 이르면 산도, 물도, 사람도 물들고 만다지. 노랑과
초록으로 대강 구도 잡은 캔버스에 붉은 물감 붓질이 시작
된다. 와선대, 비선대에 이르러서다. 와선대에 누워 주변
경관을 감상하던 '마고'라는 신선이 여기서 하늘로 올랐다
고 하여 비선대라고 부른단다.

물이든 바위든 가리지 않고 곱게 물들이고 있다. 비선대
위로 장군봉과 유선봉, 적벽의 3형제봉 머리 위로 햇살이
창연하다. 클라이머가 맨 오른쪽 봉우리 적벽의 속살을 파
고드는 게 보인다.

순간 세 형제를 한꺼번에 업고 알록달록 포대기로 허리를
동여매고는 비선대 청정 옥수에 발을 담근 어머니의 모습
을 떠올리게 된다. 외설악 금강굴과 마등령으로 오르는 등
산로와 천불동 등산로가 여기서 나눠진다.

장군봉, 유선봉, 적벽의 삼형제봉이 가는 길을 배웅해준다

"서둘지 말고 천천히 가을 설악을 즐기시게."

세 형제는 서로 얼굴 내밀어 염려하며 배웅해준다. 북새통
이루는 가을 외설악은 괜히 피하고 싶은 산길이었지만 산
이 사람의 생각에 못 미친 적 있었던가. 나선 즉시 그런 생
각이 비틀린 거였음을 바로 잡아준다.

"설악산에 가기 좋은 시절이잖아."

갑자기 동익이가 설악산을 언급했는데 추호의 망설임도 없
이 오케이 사인을 보냈다. 창훈이와 남영이, 호근이까지 콜
사인을 보내 다섯 명이 한자리에 모였다. 소청대피소를 예
약하고 다 같이 배낭을 짊어진다.
혼자 가든, 여럿이 가든 설악산에 들어서면 눈에 들어오는
것마다, 발길 닿는 곳마다 설렘의 연속이다. 짝사랑하는 여
인이 만나자는데 열 일 제치고 만나야 하는 게 당연하지
않겠는가.
그렇게 찾아온 설악동 소공원, 신흥사 일주문을 지나면 반
달가슴곰과 먼저 악수하고 바로 통일대불 청동좌상을 보면
서 엄지를 추켜세운다. 1987년 통일을 기원하며 108톤이나

되는 청동을 들여 10년 만에 완성한 석가모니 상이다.

"통일이 되긴 하겠죠?"
"통일되고 안 되고는 너희들이 만들어 벌려놓은 하찮은
이념의 차이를 통일시키느냐에 달리지 않았겠느냐."

그렇게 들렸지만 높이 14.6m, 좌대 높이는 4.3m에 좌대
지름이 13m인 세계 최대의 불상은 알 듯 모를 듯 묘한 표
정을 지은 채 이번에도 묵묵부답이다.

한국동란 이전에 설악산은 38선 이북의 땅이었다. 3년여
의 전쟁을 치르고 정전협정이 무르익어갈 무렵에도 반도
곳곳에선 치열한 전투가 계속되었다. 바야흐로 피아간에 점
령지를 넓히려는 땅따먹기 전투 양상이다.

"그때 설악산이 남한 땅이 되지 않았다면……"
"상상만 해도 끔찍하다."
"권금성에 김일성 수령 동지 만세, 노적봉에 천리마 정신
따위의 빨간색 낙서가 적혔을 거 아니겠어."
"한반도 허리 부분에 위치한 금강산과 설악산이 절묘하게
나뉘긴 했어."
"서글픈 얘기야. 가을 설악이나 실컷 즐기자고."

세계 자연보전 연맹 IUCN에서 관리가 잘된 세계 국립공원 23곳을 '녹색 목록Green List'으로 선정하였는데 우리나라 국립공원 중 설악산과 지리산, 오대산이 선정되었다. 무시무시한 빨간 낙서가 없는 것도 다행이지만 훼손된 생태계를 복원하고 탐방객이 위험에 처하지 않도록 최선을 다하는 국립공원관리공단에 감사한 마음이 드는 것이다.

케이블카가 오르는 권금성과 그 뒤로 노적봉이 내려다보며 미소를 흘린다. 신흥교를 건너면서 혹처럼 볼록 솟은 세존봉과 마등령이 어서 오라 손짓한다.

"오늘은 그쪽이 아니라 천불동입니다. 가을이잖아요."

비선대를 지나 마등령이 아닌 왼쪽 천불동계곡으로 방향을 잡는다. 천불동은 산과 물과 사람, 이렇게 셋에 그치지 않고 가릴 것 없이 물들이며 온 세상을 적화赤化시키는 중이다. 그렇게 가을과 설악과 한데 물들어가며 시나브로 넋을 내려놓는 중이다. 행복하다.

천 개의 불상마다 화들짝 물들었네

흔히들 지리산을 남성에 비유하고 설악산을 여성에 견준

다. 장대하고 너른 지리산의 풍채, 지극한 아름다움의 여성미를 지닌 설악산, 아마도 그런 정도의 의인화擬人化 때문이겠지만 이는 설악산의 실상에 대해 미진할 정도로 간과한 측면이 있다.

가장 여성스럽다는 외설악까지도 꼼꼼히 살펴보면 먼저 비선대에 이르러 우뚝 솟은 삼형제봉의 위용을 접하게 된다. 더 올라 공룡능선은 차치하고라도 톱날처럼 혹은 송곳처럼 하늘을 떠받치는 천불동계곡의 침봉들은 그 기세가 얼마나 드세고 강인한가.

그러나 강함은 유함에 속하므로 그 강인함이 극도의 아름다움을 드러낸 설악의 풍광에 휘감겨있기 때문일 게다. 가을 설악의 비상한 용모에서 이상적인 여인상을 보았기 때문에 더욱 그러한 건 아닐까 싶다.

"오늘은 귀면암까지 예뻐 보이네."

동익이 말마따나 강인한 용모의 귀면암마저 초록과 갈색의 얇은 화장발이 잘 받아 트랜스젠더처럼 보이기도 하는데 그리 천박하게 느껴지지 않는다.

양옆으로 다닥다닥 붙어선 기암절벽들이 천 개의 불상이 늘어선 형상이라는 천불동千佛洞답게 봉우리들은 하늘이 무너질세라 쭉쭉 팔 내밀어 떠받치고 있다. 깊게 팬 협곡의 암반을 타고 흐르는 물줄기는 인위적으로 조경해서는 절대 저리 꾸미지 못할 거란 생각이 들게 한다.

천불동 외에도 공룡능선, 용아장성이 그렇듯 설악산의 기암절벽과 바위 봉우리들은 유난히 수직절리가 발달하여 그 기세가 하늘을 찌를 듯 위용을 떨친다.

절대 비경의 협곡 사이로 화채능선의 칠선봉이 고개를 내밀고 있어 더욱 조화로운 천불동이다. 크고 작은 폭포수가 서로 먼저 흐르려고 빠르게 추락하다가는 잠시 머물러 거울처럼 비추고, 다시 애무하듯 바위를 타고 흐르며 보석처럼 빛을 발산한다. 보이는 것마다 역동적이고 열정적이다.

시오리 계곡 넋 나간 채 올라 보이는 것마다 천국
굽이굽이 돌고 돌아 천의 불상 대할 때마다 극락
단풍 물들다 아예 불이 난갑다
봉우리마다 폭포마다 향내 가득

오련폭포에 다다르면서 단풍은 최적의 절정을 드러낸다. 암벽을 채운 오색의 바위 꽃들이 햇빛까지 받아 찬란하게 공간을 장식하고 있다. 폭포의 하단, 상단과 오련교까지 그 어떤 수식어로도 모자란 황홀경이다.

한동안 넋 내려놓고 양폭까지 올라오면 눈에 차는 것마다 아련했던 그리움이다. 천 명의 부처 일일이 뵈어 깨우침을 얻으니 담아지는 것마다 오묘한 비움이다.

희운각 대피소에서 잠시 휴식을 취하고 소청까지 다다랐을 때는 이미 어둑해졌다. 예약한 소청대피소에서 하룻밤 유숙한다. 모처럼 오랜 친구들과 산중에서, 그것도 설악산에서 보내는 가을밤은 아스라한 옛 추억이 버무려져 웃음꽃이 만발한다.

구곡담에서 수렴동으로

자는 둥 마는 둥 설치다가 이른 새벽, 대청봉에서 동해를 빨갛게 물들이는 완벽한 일출을 본다. 오늘의 남은 여정도 감동의 연장일 거란 느낌이 든다.

"오늘 대청봉은 호근이 때문에 온 거야."

동익이 말처럼 설악산 정상이 처음이라는 호근이를 배려하여 대청봉까지 왔다가 온 길을 되돌아가는 것이긴 하다.

"내려가면 대포항에서 내가 쏠게."
"북쪽으로 잘 겨누고 쏴야 한다."

농담을 주고받으며 대청에서 다시 중청, 소청으로 내려간다. 용의 이빨 틈으로 파고들고 싶은 욕망이 꿈틀거리지만 처음 계획대로 백담사 방향 하산로로 발을 내디딘다.

언제든 맘 내키면 올 수 있는 곳이 설악산이긴 하나 용아장성은 출입 통제구간이라 더욱 매혹적인 곳이기도 하다. 봉정암에 이르러서도 뒤로 보이는 용아장성 지붕이 자꾸만 눈에 밟힌다.

봉정암, 우리나라 암자 중에서 가장 높은 곳(해발 1224m)에 자리 잡았으며 5대 적멸보궁이 있는 사찰 중 한 곳이다. 적멸보궁은 석가모니의 사리를 봉안하고 있는 절, 탑 혹은 암자 등을 일컫는데 전殿이나 각閣 등으로 표기하는 시설물들과 달리 석가모니의 진신 사리를 봉안하고 있는 절은 궁宮으로 높여 부른다.

적멸보궁은 허다한 불교 문화재 중에서도 그 가치가 출중하다. 소청봉 자락에 있는 봉정암도 그래서 순례자들의 발길이 끊이지 않는다.

"설악이 아니라 벼락이요, 구경이 아니라 고경苦境이며, 봉정鳳頂이 아니라 난정難頂이로다."

조선조 송강 정철은 봉정암을 오른 뒤 이렇게 말했다고 한다. 그만큼 힘든 걸음을 표현한 것인데 지금 순례자들은 쌀부대 등을 짊어지고 이 높은 곳까지 오르는 걸 어렵지 않게 볼 수 있다. 봉정암에 오면 많은 탐방객이 건물 뒤로 우뚝 솟은 거대한 기암을 배경으로 사진 찍는 모습을 보게 된다.

"내가 산에서 본 남근바위 중 제일 큰 거 같아."
"정말 크군."
"저쪽 사리탑이 있는 곳으로 가보자."

창훈이와 남영이가 주고받는 말을 듣다가 동익이가 사리탑 쪽으로 걸음을 옮긴다.

"사리탑엔 왜?"
"남근바위를 더 세밀하게 보여주려고."

오세암 방향 등산로 초입의 사리탑에서 바위를 바라보자 전혀 다른 모습이다.

"어! 부처님처럼 보이네."

마치 부처님이 인자하게 봉정암을 내려다보는 형상이다. 방향에 따라 형태가 변하는 바위를 숱하게 봤지만 이처럼 상상외의 모습으로 바뀐다는 게 경이롭다. 오직 사리탑에서 바라봐야만 부처의 모습으로 보인다.

소청봉에서 내려오며 볼 때도 사람 얼굴의 형상은 있지만, 사리탑에서 바라보는 완벽한 얼굴 형상에는 미치지 못한다. 바로 부처 바위라고 부르는 기암이다.

"사과드려. 부처님 얼굴을 남근에 비유했으니."

"백담사에서 대청봉으로 향하는 대다수 등산객이 봉정암 경내를 거쳐 등산로 따라 오르기에 급급하다 보니 저 부처 바위를 놓치고 말지."

"그렇겠구나. 부처님! 큰 결례를 범했습니다. 용서하십시오. 나무아미타불."

"어! 여기서 다시 보면 역시 남근바위야."

설악산의 대표적 기암 능선인 용아장성과 공룡능선이 만나는 중간지점에 있는 봉정암은 부처 바위 외에도 주변에 기암 묘봉이 병풍처럼 펼쳐져 있다. 그런 봉정암에서 허름한 아침밥 한 끼를 신세 지고 좌측으로 틀어 구곡담 계곡을 지나 수렴동 계곡으로 내려선다.

용아장성이 시작되는 수렴동 대피소에서 소청봉 아래 봉정암까지의 상류 계곡을 구곡담으로, 백담사에서 수렴동 대피소까지 대략 8km에 이르는 하류 계곡을 수렴동으로 구분하는데 2013년 명승 제99호로 지정될 정도로 수려한 계곡들이다.

외설악의 천불동계곡과 쌍벽을 이루는 내설악의 으뜸 계곡으로, 대청봉의 서쪽 골짜기를 이루는 구곡담, 가야동, 백운동계곡에서 흐르는 물줄기가 합수하여 수렴동 계곡과 백담계곡을 흘러 인제군 북면 한계리에서 북천에 합쳐진다. 실타래 풀듯 가느다란 물줄기가 흘러 코발트 빛 담을 이루거든 잠시 숨 돌리며 올려다보노라면 멋들어지게 붓질한 동양화 병풍이 펼쳐지는 곳이다.

금강산의 바위, 골짜기와 산봉우리의 이름을 설악산에 그대로 인용한 경우가 많은데 수렴동 계곡도 금강산의 계곡 이름을 빌려 썼다.

조선 중기 유학자인 삼연 김창흡은 '설악 일기'에서 금강산의 수렴보다 설악산의 수렴이 더 광범위하며, 수렴동 계곡과 폭포가 중국의 황산보다 아름답다고 표현하여 명승지로서의 가치를 평가하였다.

"맞아. 황산보다 못하지 않아. 황산하고는 또 다른 매력이 철철 넘치는 수렴동이야."

잠시 길을 틀어 사자바위 아래에서 주변을 둘러보면 설악산은 머리부터 발끝까지 사랑하지 않을 수 없다는 걸 새삼 인식하게 된다. 사자바위에서 간식도 먹으면서 한참을 쉬었다가 영시암을 지나 너른 계곡에서 흐른 땀을 식히고 백담사로 향한다.

백담사에 깔린 비참한 역사의 흔적

대청봉 자락에서 발원한 물줄기가 굽이굽이 휘돌아 100번째 웅덩이를 이룬 개울가에 자리 잡았다는 백담사百潭寺에는 승려 시인 만해 한용운을 비롯해 매월당 김시습과 죽림칠현의 한 사람인 홍유손 등 내로라하는 인물들이 거쳐 갔다. 그들이 다녀가고도 긴 세월이 흘러서 또 한 사람이 거기 머물렀으니…….

영시암을 지나 너른 계곡에서 흐른 땀을 식히고 백담사로 들어서는데 몇 해 전, 역시 설악산 가는 길에 용대리에서 들은 말이 귀에 아른거린다.

"저 가게들이 전부 전두환 때문에 먹고사는 거라오."

전두환 전 대통령이 백담사에 유배되기 전, 백담사라는 절을 제법 안다는 사람도 이 절이 신라 때 창건되었고 '님의

침묵'으로 유명한 만해 한용운이 머물며 글을 썼었다는 정
도 외에는 달리 설명할 게 없었을 거였다.

백담사는 대한불교 조계종 제3교구 본사인 신흥사의 말사
이다. 이 절의 기원은 647년 진덕여왕 때 자장이 창건한
한계사寒溪寺이다.

그저 설악산 첩첩산중의 말단 산사에 지나지 않던 백담사
가 세상에 널리 알려진 건 88 서울 올림픽이 끝나고 얼마
지나지 않은 1988년 11월 23일 전두환 전 대통령 내외가
대국민 사과 성명 발표 후 이 절에 은거하면서였다. 옛날로
치면 그건 귀양살이였고 당시의 백담사는 유배지였다.

그해 겨울에도 백담사는 여지없이 하얀 눈으로 덮였다. 절
의 한쪽 방에서 추위를 참으며 웅크리고 앉은 전 대통령
내외의 모습이 아직도 눈에 선하다. 그들 부부는 거기서 2
년 이상을 보내다가 1990년 12월 30일에 연희동 사저로
돌아간다.

"세상사는 동안 가장 길고도 지루한 두 해였을 거야."
"두말하면 잔소리지."
"우리도 참 오랫동안 그 사람과 한 공간에서 사는군."
"불행한 거지."
"암울하고."

지존의 자리에 있다가 그 자리를 예정된 후계자에게 물려주다시피 하고 떠밀려간 곳이 인적조차 드문 산사, 여기 백담사라니. 노태우 대통령 취임, 그 이인자가 대통령에 당선되었는데 그를 대통령으로 만든 일인자는 유배지로 향했다. 이를 악물었을 그 2년간의 세월에서 그의 이빨이 온전했다면 아마도 부처님의 은덕 때문일 것이다. 그러나 부처님 운운하며 사찰과 그를 연관시킨 건 곧 잘못된 판단이었음을 알게 된다.

"내 전 재산은 29만 원이요."

그의 아들, 손자 명의로 된 어마어마한 재산이 밝혀졌음에도 그는 전 재산을 추징·몰수하라는 여론에 정면 반발하며 그렇게 말했었다. 이기적 탐욕이 힘 있는 자에게는 정당화되고 없는 자에게 범법이 된다면 그건 절대 공평치 않다.

"전두환 때문에……."

용대리 촌로인 듯한 사람은 '덕분에'라는 표현을 쓰지 않았다. 전직 대통령이라는 사실과 그 덕분에 장사가 잘되어 고맙게 느낀다는 뉘앙스는 전혀 발견할 수 없는 내뱉음이다. 전두환 전 대통령에게 지닌 국민감정, 그건 지나간 역사가 아니라 아직 진행되는 현실이기 때문이었으리라.

"나라님이 귀양살이했던 곳이니까 구경 왔을 뿐이지요. 다른 의미가 뭐 있겠어요."

백담사를 찾은 관광객들 역시 냉랭하다. 빈정거림이 다분하다. 최고 권좌에서 물러나 머문 절이 도대체 어떤 곳인지, 그게 궁금해서 관광객들은 백담사를 관광코스 중의 한 곳으로 잡는다. 현대판 귀양살이를 한 곳, 그곳에서 과연 어떻게 세월을 보냈을까. 극단적 영욕을 경험하며 비참하게 전락한 현장에서 누군가는 특별한 상념에 젖지 않을까.

"내 아들이 5·18 민주화운동 때 죽었소. 그래서……."

그들 중에는 5.18 민주화운동 당시의 암울함에 빠져드는 이도 있고, 삼청교육대를 떠올리며 분노하는 이도 있을 것이다. 그들 부부가 머물렀던 한 칸의 방 앞에서 무거운 걸음을 멈춰 세운다.

'전두환 전 대통령이 머물던 곳입니다.'

그렇게 안내문이 적힌 곳은 극락보전 앞에 있는 화엄실의 작은 방이다. 유배 중에 사용했다는 작고 초라한 생활 물품들이 전시된 것을 보고 속이 아리다 못해 쓰려서 곧 토할 것만 같다.

거기 전시된 것들은 유배 생활이 얼마나 초라하고 비참했는지를 짐작하게 하고도 남음이 있었는데 그 전시품들이 마치 그의 고행을 추켜올리는 느낌을 받아서였다.

그가 남긴 비참한 역사의 자취가 아직 핏물처럼 고여 마르지도 않고 있는데, 백담사는 전두환 전 대통령의 유배지였다는 사실만을 알리며 현대사의 아픔을 왜곡하는 것이 아닐까 하는 느낌을 지우지 못하는 것이다. 단풍 절정의 아름다운 설악에서 이런 느낌을 받는 게 더욱 역겨운 것이다.

"그만 가자. 헬리콥터에서 무차별 발사하는 소리가 들리는 것만 같다."

뒤도 돌아보지 않고 백담사 다리를 건너는데 계곡에 끝도 없이 쌓인 돌탑들이 보인다. 저걸 쌓은 이들은 무얼 기원하며 쌓았을까.

텅 빈 듯 가벼웠다가 지끈거리는 머릿속을 다시 비워내려고 고개를 흔든다. 내려온 만큼 높이 시선 머물며 어제오늘 자연에 심취했던 초심을 되찾으려 애써본다.

"고맙다, 설악아! 수줍어하면서도 네 속살을 죄다 보여줘 감사하구나."

진중하게 계획을 하였거나 느닷없이 나섰거나 설악산은 실망하게 하는 일이 없다.

"고맙다, 설악아! 잠시 옛 인물이 어둠을 뿌렸으나 비탈마저 평평하게 우리 육신 안전하게 내려주어 너무나 감사하구나."

설악산이여!
이 밤만 지나면
나는 당신을 떠나야 합니다.
당신의 품속을 벗어나
티끌 세상으로 가야 합니다.
마지막 애달픈 한 말씀
애원과 기도를 드립니다.

설악산이여!
내가 여기와
흐르는 물 마셔 피가 되었고
푸성귀 먹어 살과 뼈 되고
향기론 바람 내 호흡 되어
이제는 내가 당신이요

당신이 나인 걸 믿고 갑니다.

설악산이여!
내가 사는 동안
무슨 슬픔이 또 있으리이오
아픔이 있고, 외로움이 있고
통분할 일이 겹칠 적이면
언제나 사랑의 세례를 받으려
당신만을 찾으리이다.

　- 설악산 / 노산 이은상 -

때 / 가을
곳 / 설악동 소공원 매표소 - 신흥사 - 와선대 - 비선대 - 천불동 계
곡 - 양폭 - 천당 폭 - 희운각 대피소 - 소청 - 중청 대피소 - 대청
봉 - 중청 - 소청 - 봉정암 - 구곡담 계곡 - 수렴동 계곡 - 백담사 -
용대리

겨울 한북정맥의 준봉, 회목봉, 상해봉과 광덕산

정상은 오른 자에게 내어주고 상고대는 보고자 하는 이에게
더욱 투명하게 비친다. 다소간의 무모함을 부인할 수는 없지만,
여느 산객과 마찬가지로 열정의 승리라고 자부하며
쟁취한 정상의 행복감을 맛본다.

광덕산이란 이름의 산은 충남 천안, 경북 김천, 전남 화순
등 10여 개에 이른다. 산의 명칭이 겹칠 정도로 우리나라
엔 많은 산이 있어 넉넉하고 가보지 않은 미답지의 산이
더더욱 많아 또 행복하다.

38선 북방 10km 지점에 자리한 광덕산은 인근 명성산,
화악산, 석룡산처럼 강원도와 경기도의 접경으로 역시 6·25
한국전쟁 당시 전선이며 지금도 최전방의 산 중 한 곳이다.
산세가 웅장하고 덕의 기운이 있어 광덕廣德이란 이름을
갖게 되었는데 특히 겨울에 그 이름값을 하는 산이다.

한북정맥의 일부 노선인 회목봉과 상해봉, 광덕산의 고도
1000m가 넘는 설산 세 봉우리를 가는 게 어쩌면 무리일
수도 있겠지만 마음먹고 다시 찾은 광덕산에서 재작년처럼
광덕산과 상해봉만 다녀오기엔 왠지 밋밋하다는 생각이 들
었다.

다행히 쌓인 눈이 잘 다져진 듯해서 길만 잘 찾아가면 무

탈하게 산행을 마칠 수 있을 것 같다.

험산, 혹한에 혼자라는 건 외로움에 공포가 얹힌 느낌 경기도 포천에서 강원도 화천을 넘나드는 광덕고개 비탈 아래에 커다란 반달곰이 두 도의 경계임을 알리고 있다.

이 고개는 캬라멜고개로 불리기도 했는데 한국전쟁 당시 급경사 광덕고개를 지날 때면 지휘관이 차량 운전병들에게 졸지 말라고 캬라멜을 주었다고 해서 그 명칭이 유래한다는 일화가 있다.

또 굽이굽이 돌아가는 광덕고개가 낙타의 등을 연상케 한다고 해서 미군들이 낙타의 캐멀camel을 발음한 것인데 음이 비슷한 캬라멜로 변했다고도 한다.

어쨌든 높이 1000m가 넘는 산이지만 바로 여기 620m 고도에 있는 광덕고개에서 산행을 시작하게 된다. 많은 산객이 여기서 좌측으로 방향을 잡아 조경철 천문대로 향하는데 그들과 반대편 오른쪽으로 꺾어 산장 가든을 끼고 올라간다.

등산로는 또렷하다고 들었는데 아뿔싸, 눈이 길을 죄다 덮어 이리저리 헤매며 발자국만 숱하게 만들어놓았다. 암석과 눈밭뿐인 오르막에서 간신히 길을 찾으니 지나온 광덕고개가 내려다보이는 능선이다.

"후유, 총 한 번 쏴보지 못하고 후퇴할 뻔했네."

여름이면 꽤 울창한 숲길일 듯싶다. 한여름 제철 맞으면 우거진 활엽수들이 더위는 막아주겠지만 지금처럼 조망이 트이지는 않을 것이다. 햇빛 드는 평탄한 눈길에 양옆으로 낙엽송들만 무뚝뚝하게 늘어섰을 뿐 이정표도 없고 눈 밟는 소리 외엔 소음 하나 들리지 않는다.

"왜지?"

홀로 산행 때마다 숱하게 겪은 감정이고 감상이지만 오늘은 더 도드라지게 고요에 빠져든다. 너무나 고요하여 고독이란 놈이 꿈틀거릴라치면 걸음이 빨라진다.

감투봉(해발 907m), 표지석도 없고 안내판도 없다. 다녀간 이가 나뭇가지에 걸어놓은 리본을 보고야 여기가 거긴가 여기게 된다.

오른쪽으로 그리 멀어 보이지 않는 곳에 하얗게 덮인 바위 봉우리 상해봉이 보이고 능선 왼쪽으로 광덕산 기상레이더 기지와 둥그런 축구공 모양의 천문대가 보인다.

간간이 낙엽 삐져나온 양지 눈길을 걸어 숨 고르려 커다란 바위 위에 올랐는데 낯익은 산들이 줄줄이 늘어섰다. 응봉부터 화악산, 석룡산, 명지산으로 이어져 국망봉까지 어깨를 맞춘 가평의 고산 준봉들이 희끗희끗한 겨울 차림으로 손짓한다.

"여긴 언제 또 오려는가? 다녀간 지 꽤 되지 않았던가?"
"내년 여름엔 꼭 가겠습니다.

명지계곡의 세찬 물소리가 들리는가 싶더니 조무락골 바위타고 넘치는 계류가 눈에 선하다. 이들과 조우하고 내려선 바위가 투구바위봉이라는 건 다녀와서야 알게 된다. 화천 군수님께 민원이라도 올려야 할까 보다. 이정표를 세우는 적은 노력이 지역 방문객들에게 얼마나 큰 도움이 되는지 알려드려야겠다.

언제 보아도 한북정맥의 수더분하게 긴 라인은 안기고픈 마음이 일게 만든다. 성삼재에서 바래봉으로 길게 이어지는 지리산 서북 능선처럼 살갑고 푸근하다. 그처럼 푸근한 공간에서 눈길 돌려 몇 걸음 나아가자 갑자기 살벌한 공간이 나타난다.

능선 곳곳에 삽이며 곡괭이로 파헤친 흔적이 보이고 여기 저기 나무가 베어져 있다. 치열한 전쟁터였음을 알게 하는 6·25 전사자 발굴 현장이다.

거길 벗어나자마자 그중 하나가 회목봉일 거라 짐작되는 고만고만한 봉우리 몇이 보이고 그 뒤로 복주산이 소복 차림으로 몸가짐을 단정히 하고 서 있다.

역시 봉우리 일대에 다다라서야 회목봉을 찾을 수 있었다. 무더기로 쌓인 바위 더미를 기어 올라갔는데 정상 표지도 없고 반겨주는 인사말도 없다. 썰렁한 바람이 일지만, 여기가 회목봉 정상(해발 1027m)인 것만은 분명하다.

정상에서 보는 다른 정상들이 가까워 보인다. 회목봉에서 두루 둘러보지만 드넓은 공간은 흰 색상에 드문드문 도드라진 검정 덧칠이 전부이다.

겨울 산행은 온통 하양이라 거기 함정이 도사리기 일쑤다. 가파르게 내려가 다시 가파르게 고도를 올린다는 건 조금만 주의력을 떨어뜨려도 낙상으로 이어질 수 있다. 바위 눈길에서의 낙상은 충돌로 이어지는 미끄럼의 시작이기 때문에 한시도 방심할 수 없다.

아니나 다를까. 회목현으로의 내리막은 급경사의 빙판길이다. 아이젠을 찼어도 여간 조심스럽지 않다. 820m 고도의 회목현 임도까지 겨우 200m 내외의 길을 내려왔는데도 발목이 시큰하다. 차량이 다닐 수 있는 도로 모퉁이에 잠시 걸터앉아 목을 축인다.

따뜻했던 녹차는 진작 살얼음 뜬 냉수로 변했다. 도로를 따라 걷다가 널찍한 공터에 이르자 벌거벗은 나목 사이로 지척에 우뚝 솟은 상해봉이 햇살 받아 영롱한 빛을 발한다. 상고대가 피었음이다. 작년 겨울 월악산 영봉에서 보았던 찬란한 은빛 상고대, 오늘 그걸 보려나 모르겠다. 고독이 밀고 상고대가 당기니 다시 잰걸음이 된다.

상해봉은 평탄한 능선 지대에 거대한 암봉이 볼록 솟은 형상이다. 수직 가까운 암벽에 밧줄이 늘어졌는데 장갑을 꼈어도 손이 시릴 것만 같다.

암벽도 무척 미끄러워 보인다. 이번에도 전신에 힘이 들어간다. 겨울 냉한 암벽보다 더 무서운 건 지금 혼자라는 사실을 인식하는 것이다.

처음 접하는 험한 지형에서 혼자라는 외로움에 공포가 얹힌다. 자꾸 극한 상황을 연상하게 된다. 크게 심호흡을 하며 찬바람을 폐부 깊숙이 집어넣으니 조금이나마 속이 가라앉는다

밧줄에 체중을 싣고 밧줄이 묶인 나무를 붙들고 다시 또 그렇게 오르자 상해봉上海峰 정상(해발 1010m)이다. 머리에서 모락모락 김이 난다. 암벽 일부에 고드름이 달려있고 노송군락은 상고대가 투명하게 반짝인다.

금세 마음이 아늑해진다. 정상은 오른 자에게 내어주고 상고대는 보고자 하는 이에게 더욱 투명하게 비친다. 다소간의 무모함을 부인할 수는 없지만, 여느 산객과 마찬가지로 열정의 승리라고 자부하며 쟁취한 정상의 행복감을 맛본다.

명성산과 각흘산 뒤로 금학산, 고대산이 보이고 그 아래로

철원평야 지대도 한가롭다.

화악산과 명지산 일대는 역광을 받아 눈이 부시다. 성탄절이면 크리스마스트리를 점등하는 군사분계선 내 대성산에서 복주산과 막 거쳐 온 회목봉까지 최전방 한북정맥의 스카이라인이 하얗게 선을 잇고 있다.

매력의 여운 강하게 남은 설빙 산행

사방 눈이 닿는 곳마다 눈길 주다가 다시 밧줄을 타고 내려와 도로에 이르러서야 막 엄청난 곳을 다녀온 기분이 드는 거였다. 누군가를 만나고 왔는데 함께 있었을 때는 느끼지 못하다가 헤어진 다음에야 강한 매력을 느껴 자꾸 떠올렸던 경험이 있었는가.

상해봉이 그랬다. 첫인상보다 훨씬 도드라진 매력을 느끼게 해서 몇 번이고 뒤돌아보게 된다.

"내가 다시 이곳을 산행한다면 그건 필시 상해봉 그대 때문일 겁니다."

명칭의 유래처럼 망망대해에 떠 있는 암초를 연상시키기도 하고, 그래서인지 동병상련의 고독을 앓는 동지애도 느끼게 되며 어딘지 모르게 도전적인 위상이 친근감을 느끼게 하는지 모르겠다.

"오시게나. 언제든 팔 벌려 안아줄 테니."

상해봉에서 도로까지 내려오면 여기가 1000m 고지의 산이라는 생각이 지워질 정도로 평탄하고 넓은 고원지대의 연속이다. 광덕산 정상부의 천문대에는 차량이 올라와 주차되어 있다. 아폴로 박사로 불리던 조경철 박사가 건설에 참여해 화천 조경철 천문대라고 명명했다.

천문대 주변에서의 조망이 기막히다. 거쳐 온 회목봉과 상해봉에서 지금 서 있는 광덕산을 지나 백운산과 아래로 국망봉, 강씨봉, 운악산 등 한북정맥이 끝없이 이어진다. 눈이 덮였거나 눈이 녹아 하나같이 단조로운 흑백공간이다.

백두대간에서 갈라지는 13개 정맥 중 하나인 한북정맥은 북한지역 추가령에서 남서로 뻗어 내려오다 오성산을 지나 휴전선 이남의 적근산과 대성산으로 이어져 여기 광덕산을 통과하면서 한강과 임진강에 이르는 거대한 산줄기이다.

보통 한북정맥 종주란 대성산 이남의 수피령에서 파주 교하의 장명산까지 도상거리 165km에 이르는 산행을 일컫는다. 광덕산은 그 한북정맥에서 갈라지는 여러 지맥 중 한 곳인 명성지맥을 뻗는 분기점이다. 즉 이 산에서 명성지맥에 속한 박달봉, 각흘산, 명성산 등으로 갈 수 있다.

"오랜만입니다. 잘 지내셨죠?"
"잘 지냈네. 다른 사람들에 비해 자넨 자주 오는 편이야."

광덕산 정상석(해발 1046m)은 천문대에서 조금 떨어져 세워져 있다. 광덕산 기상청인 레이더 기지를 보고 계획했던 대로 자등현 쪽 하산로를 택한다. 이정표상 백운계곡 주차장 방향이다.

박달봉으로 갈라지는 830m 고지 광산골 갈림길에 걸터앉아 등산화를 벗어 눈을 털어낸다. 잠시 등산로를 벗어났다가 신발 가득 눈이 들어가고 말았다. 앉은 김에 식은 커피도 마저 마시고 일어난다.

너럭바위 옆 헬기장을 지나자 좁고 비탈이 심한 경사면에서 미끄러져 또 한 번 초긴장 순간을 넘기게 된다. 충분히 숨을 고른 후 폐타이어 적재지역, 벙커 지역, 다시 헬기장과 교통호를 지나 임도에 이르면서 겨우 눈밭을 벗어난다.

강원도 철원과 경기도 포천의 경계에 있는 고개, 47번 국도상의 자등현(해발 450m)에 도착하면서 설빙 산행을 마치게 된다. 각흘산과 명성산을 가면서 방문했던 자등현인지라 이곳 또한 친근감이 든다.

자등현에서 광덕산을 올려다보니 쌓인 눈 때문에 산자락

선이 더욱 뚜렷하여 낙타가 꿈틀거리는 것처럼 보인다. 각
흘산이 말갛게 미소 지으며 수고했노라고 덕담을 건네준다.

때 / 겨울
곳 / 광덕도 광덕고개 – 감투봉 – 회목봉 – 상해봉 – 조경철 천문대
　　– 광덕산 – 큰골 – 자등현

금대봉과 대덕산, 천상의 화원에서 한강발원지로

하늘에 인접한 넓은 풀밭에서 사방 조망이
조금도 막힘이 없다. 말 그대로 지천에 야생화가
넘실대고 잠자리 떼가 낮게 날면서
야생화들과 쉴 새 없이 속삭인다.

친구 찾아 강릉에 왔다가 제철 맞은 야생화 천국을 방문
하고 싶은 기분 그대로 움직인다. 강릉에 사는 오랜 친구의
도움이 있기에 야생화 탐방에 나설 수 있었다.

"네가 산을 좋아하니까."

털털하게 웃으며 기사 노릇에 산행 목적지까지 동반해주는
친구가 여간 고마운 게 아니다.

"오늘은 내가 길 안내하면서 특별히 야생화 학습까지 시
켜주지."
"고마워. 다음에 서울 오면 네가 한턱낼게."

하하하, 농담과 덕담을 주고받으며 웃다 보니 어느새 백두
대간 두문동재 표지석 앞에 이른다. 태백과 정선 경계에 있

174

는 해발 1268m의 높고도 큰 고개. 재작년 겨울 함백산을 오르면서 들머리로 삼았던 두문동재를 다시 오게 되었다.

"제수씨, 올 때마다 신세만 집니다."
"그런 말씀 마세요. 서울 가면 저희가 신세 지잖아요."

친구 부인이 오늘 탐방 날머리인 검룡소 주차장으로 다시 오기로 했다.

천상의 화원에 올랐다가 한강 발원지로 내려서다

이른 아침인데도 햇살이 창창하다. 탐방지원센터에서 예약 확인을 하고 탐방 허가증을 받아 초록 숲길로 들어선다. 오늘 산행 구간은 서식지 훼손이 가중되기 쉬운 곳이라 자연 자원 및 생태계를 보호하고자 탐방 예약제를 운용하고 있다.

"여기부터 천상의 화원이 시작되지. 어제는 물길을 걸었으니 오늘은 꽃길을 걸어보자."

현규와 함께 태백 12경 중 한 곳인 금대화해金臺花海에 발을 내딛자 어제보다 푸근한 안정감이 생긴다. 완만한 오솔 숲길을 느긋이 걷는데 걸음을 멈추고 자꾸 허리를 낮추지 않을 수 없게 된다.

"동자꽃이야."
"새 며느리밥풀이라고 하지."

보라색 꽃잎에 바짝 카메라를 들이대고 접사 하면서도 꽃 이름에 거침이 없다.

"이건 나리꽃, 말나리."
"그건 나도 알아."
"그럼, 여기 노루오줌도 알겠네."
"……."

본 적이 있기는 해도 그게 노루인지 사슴이 싼 오줌인지 어찌 알겠나. 다양하고 희귀한 식물들도 지천에 널렸지만, 이 지역은 희귀 동물들까지 살아 서식하는 생태계의 보고이다.

환경부가 주관하여 1993년부터 2년간 자연 자원 조사를 했는데 우리나라 고유 특산식물 15종과 16종의 희귀 식물

이 자생하는 걸 알아냈고 참매, 검독수리 등의 천연기념물
을 발견하였으며 그동안 기록에 없던 희귀 곤충 13종도 기
록에 올리게 되었다고 한다.

"조심스러운 곳이란 생각이 들지?"
"그렇네."

귀하니 소중하고 소중하니 조심스럽다. 이슬 묻어 촉촉한
들꽃들도 조심스럽긴 하지만 마냥 상큼하다. 싱그럽기 그지
없는 숲 갈림길에서 금대봉으로 향한다.

이 길 아래에서 화전민들이 불을 놓고 이곳에서 맞불을
놓아 진화함으로써 밭을 일구었는데 그래서 금대봉 오르는
이 길을 불을 바라본다는 의미의 불바래기 능선으로 부르
기도 한다.

백두대간 마루금의 급경사 구간을 거쳐 대간의 길목이자
불바래기 능선 정점인 금대봉 정상(해발 1418.1m)에 닿는
다. 행정구역상 정선군 고한읍 고한리에 위치하는 태백산
국립공원 구역이다.

2016년 태백산이 22번째 국립공원으로 지정되면서 곧 가
게 될 대덕산, 검룡소 일대와 함께 국립공원으로 편입되었
다. 은대봉에서 중함백과 함백산 정상으로 이어지는 산마루
도 푸릇하다.

재작년 겨울 온통 하얗게 덮인 백설을 헤쳐나가며 태백산까지 산행했던 때가 주마등처럼 스친다.

사시사철이 있기에, 때 되면 계절이 바뀌므로 산은 친근하고 더 새로워진다. 옷이 날개라는 말처럼 사람도 치장하기에 따라 달라지는데 하물며 산에서의 계절 바뀜이 얼마나 커다란 변화겠는가.

산과의 우정이 새록새록 오래도록 변하지 않았으면 하는 건 사계절 산의 다양한 변화에 늘 새로운 친근미를 느끼기 때문에 더욱 그러할 것이다.

정상에서 오른쪽 매봉산으로 가는 백두대간에 눈길을 주었다가 왼편 고목나무 샘 쪽으로 내려선다. 마타리, 둥근이질풀, 참취 등 끝없이 핀 야생초들의 환대를 받으며 금대봉 탐방안내소를 지날 때까지도 바람 한 점 없이 청초한 푸름과 간밤에 젖은 이슬 말리는 햇살뿐이다. 탐방객도 뜸해 걷기에 전혀 불편하지 않아 좋다.

"와아, 멋지네."
"범꼬리 군락이야."

웅장한 산세를 배경 삼아 초록에 섞이고 바람에 동화되어 흔들거리는 붉은 꼬리의 물결이 탄성을 자아내게 한다. 그리고 고목 아래의 샘에 이른다. 이 샘에서 솟은 물이 땅속

178

으로 스미었다가 저 아래의 검룡소에서 다시 솟으니 진정
한 한강의 발원지는 여기 고목나무 샘이라 할 수 있겠다.

 고목나무 샘을 거쳐 빼곡하게 군락 이룬 전나무 숲에 들
어서게 된다.

 낮음과 높음이 아우러져 신비의 화음을 자아낸다. 흙에서
멀어지지 않으려는 들꽃을 보다가 하늘 높이 뻗은 전나무
숲을 지나면서 역시 서로 달라도 얼마든지 조화롭고 융화
될 수 있다는 걸 되새기게 된다.

"너하고 내가 많이 다르지? 그런데도 우리가 친구잖아."
"그런데 그게 왜?"

 뜬금없는 말에 현규가 눈을 동그랗게 뜨고 의아해한다.

"그게 그러니까…… 금대봉에서 내려왔으니까 분주령으로
가자는 말이지, 뭐."

 서로의 생각이 다르면 이념의 대립으로까지 치닫는 인간
세계의 일면을 끄집어내려 했던 거였을까. 꽃을 대하면서
칼을 언급하는 건 아니기에 얼버무리고 말았다. 다시 참나
무 숲을 지나 동자꽃을 또 보게 되고 노란 달맞이꽃, 별 모
양의 봉오리를 열어젖혀 분홍빛 수줍음 머금은 멍석딸기

등 현규의 설명과 함께 다양한 들꽃들을 보며 분주령에 도착한다. 탐방 시점인 두문동재에서 4.5km 지점이다.

탐방 내내 수목원을 걷는 기분이다. 고도 1200m가 넘는 산악 지대란 느낌이 전혀 들지 않을 정도로 산길은 부드럽고 산세도 아늑하다. 풍력발전기가 세워진 기울기 완만한 초지에 이르자 파란 하늘이 활짝 열렸다

야생화의 천국 대덕산 정상부에 올랐을 땐 역시 천상의 화원이 과장된 말이 아니란 걸 알게 된다. 하늘에 인접한 넓은 풀밭에서 사방 조망이 조금도 막힘이 없다.

말 그대로 지천에 야생화가 넘실대고 잠자리 떼가 낮게 날면서 야생화들과 쉴 새 없이 속삭인다. 말나리에 앉은 꼬리 제비나비가 제 꼬리를 높였다 낮추기를 반복하며 다른 들꽃을 흉보는 듯하다.

"오뉴월이면 이곳이 온통 하얗게 덮이지. 전호를 비롯해 은대난초 등 하얀 봄꽃들이 이 넓은 초원을 메꾼다는 거 아니겠니."
"상상만 해도 그림이 그려지네."

희고 고운 융단에 누워 목화솜 같은 구름의 가느다란 흐름을 보고 있노라면 스스로 천상의 제왕처럼도 느껴질 것 같고, 보이는 것 외의 다른 모든 것은 망각하게 될 것만 같

다. 해발고도 1307.1m를 표기한 자연석이 그래도 여기가 낮지 않은 고산임을 말하는데 여긴 세상에서 멀찍이 물러나 하늘로 진입하는 접점 지대처럼 느껴지는 것이다.

KBS 송신소와 바로 옆에 함백산 정상부의 마루금이 뚜렷하고 백운산 능선이 안락하게 펼쳐있다. 다시 몸을 틀면 두위봉, 민둥산과 비단봉의 초록 몸통들이 뭉게구름과 어우러져 생생한 파노라마를 연출한다.

산정에는
한 줄기 바람이 일고
그대와 내가 지나쳐 온 길들은
신갈나무 숲속에 묻혀 있다네

사랑과 미움이 교차했던 날들
세상의 길들은 산 아래 놓여 있고
비바람 휩쓸고 간 숲길을 지나면
하늘빛 호수에 눈물처럼 피는 꽃
행여나 그리운 마음에
꽃 속에 누워보면
지나간 날들은 꿈처럼 아득하고
기약 없이 구름만 흩어져 날리네

산정에는
한 줄기 바람이 일고

그대와 내가 사랑했던 날들은
신갈나무 숲속에 묻혀 있다네

- 대덕산에서 / 이형권 -

미나리아재비, 애기솔나물, 개망초 등의 야생화를 감상하
고 꽃 향 풀풀 풍기며 화원을 빠져나온다. 그랬어도 여전히
곱게 피어 늘어선 야생화 길을 따라 하산하게 된다.

삼거리에서 느긋이 검룡소儉龍沼 방면으로 걸어 수림 우
거진 길을 따라 세심 탐방안내소에 이른다. 출입증을 반납
하고 검룡소로 향한다.

한강의 발원지로 1억 5천만 년 전 백악기에 형성된 석회
암 동굴의 소沼로서 고목나무 샘, 물골의 물구녕 석간수와
예터굼에서 솟아나는 물이 지하로 스며들어 이곳에서 다시
솟아난다.

오랜 세월 동안 흐른 물줄기 때문에 깊이 1~1.5m, 넓이
1~2m의 암반이 구불구불하게 파여 있고 소의 이름은 물
이 솟아 나오는 굴속에 검룡이 살고 있어 붙여졌다 한다.

추정키 어려운 깊은 굴에서 하루 2000여 톤가량의 지하수
가 용출되고 수온은 사계절 섭씨 9도 정도이며 암반 주변
푸른 물이끼는 오염되지 않은 자연 그대로의 모습을 보여
주고 있다.

금대봉을 시작으로 정선, 영월, 충주, 양평, 김포 등 평야

와 산을 가로질러 서울을 비롯한 5개 시·도를 지나 경기도 양평군 양서면 양수리에서 북한강과 합류하여 김포시 월곶면 보구곶리를 지나 서해로 흘러가는 총연장 514.4km 장강의 원천이다. 1987년 국립지리원이 한강의 최장 발원지로 공식 인정한 바 있다.

"검룡소를 보면 세상사 모든 근원은 그리 대단한 게 아니란 걸 새삼 느끼게 돼."

"그러게. 장강을 거슬러 올라가면 그 근원은 종지에 담을 만한 작은 물방울이라지 않던가."

아주 작고 볼품없는 사사로움에서도 광대한 결과가 얻어질 수 있다는 걸 인식하자 요즈음 흔히 쓰는 금수저, 은수저 표현이 떠오른다.

세상살이, 동수저로 태어나서도 얼마든지 동등한 경쟁력 속에서 우뚝 설 기회가 생기기를 소망해본다. 삽질 몇 번이면 메워질 수도 있는 한강의 발원지를 다시 한번 내려다보고 천상의 화원을 빠져나온다.

"친구야, 오늘 고마웠네."

검룡소 주차장인 안창죽에 이르러 밝게 웃는 현규의 미소에 하얀 꽃 전호가 하늘거린다.

때 / 여름
곳 / 두문동재 – 금대봉 – 분주령 – 대덕산 – 삼거리 – 세심 탐방안
내센터 – 검룡소 – 검룡소 주차장

은빛 억새 물결의 유혹, 민둥산에서 지억산으로

임도를 지나 능선에 오르니 정상까지 길고
완만하게 이어진 길이 억새 방문객들로 가득하다.
정상 지대에 이르자 광활하게 펼쳐진 억새밭에 놀라고
사이사이 길마다 빼곡한 사람들에 또 한 번 놀란다.

강원도 정선의 민둥산은 억새 군락지로 유명한 산이다. 하늬바람에 일렁이는 은백색 억새 물결의 유혹을 뿌리치지 못해 S 산악회 일정에 맞췄다. 가끔 동참하는 S 산악회 산행 버스엔 안면을 익힌 사람들이 없지 않았는데 오늘은 하나같이 낯선 이들뿐이다.

"오늘처럼 청명한 가을에 떠나는 억새 산행은 그야말로 금상첨화의 멋진 로맨스 아니겠는가."

유난히 쌍쌍 동반한 산객들이 많은데 전혀 부부처럼 보이지 않는 커플들도 눈에 띈다. 서당 개 삼 년을 훨씬 넘어 풍월을 읊는지라 한 지붕 밑에서 한솥밥을 먹는 사이인지 그렇지 않은지는 쉽사리 알아차리게 된다.

부러우면 지는 거라 했던가. 멋쩍은 웃음을 흘리며 뒷자리에 혼자 앉아 눈을 감는다. 부부든 아니든 남녀 간의 에로

스를 승화시킬 수만 있다면 부처 되기도 결코 어려운 일이 아닐 거란 말에 공감한 적이 있었다. 다시 생각해도 역시 쉬운 일이 아니다. 욕구에 연연하는 부처는 말이 되지 않는다. 그래도 함께 산행하는 커플은 왠지 불륜으로 폄하시키고 싶지 않아진다. 산은 부처만큼 위대한 곳이기 때문일 것이다.

굳이 인자요산仁者樂山을 들먹이지 않더라도 산에 오는 이들은 대개 어질고 선하다는 고정관념을 지니고 있다. 굳이 그 관념을 깨뜨리고 싶지 않다. 부족한 잠을 청하려 눈은 감았지만 뒤숭숭한 잡념에 매달리다가 도착지에 닿았다.

눈물에 벌목 당한 민둥산의 참억새

민둥산은 이름 그대로 나무가 거의 없고, 산세도 그다지 수려하지 않지만, 억새 철인 가을에는 주특기를 살려 사람들을 끌어모으는 재주를 지닌 산이라 하겠다.

산나물을 채취하기 위해 불을 질러 나무를 없애고 억새 초원을 형성한 거라고 한다. 그런데 이와는 확연히 다른 설화 하나가 전해진다.

옛날 이곳 마을 주민들은 며칠째 밤낮으로 땅을 울리는 심한 진동을 느끼게 된다. 말 한 마리가 보름간이나 자기 주인을 찾아온 산을 돌아다니는 말발굽 소리였는데 이후로

민둥산에는 나무가 자라지 않고 참억새가 무성하게 자랐다
는 것이다.

주인에게 충성스러운 말이 제 주인을 찾으려 온산의 나무
를 꺾고 뿌리까지 도려냈다는 얘기를 전하고 싶은 거였는
지는 모르겠지만 신경희 시인은 민둥산의 전설이라는 제목
으로 이렇게 시를 지은 바 있다.

나무가 없는 민둥산에는
운해를 떠받들고 있는
넓게 펼쳐진 참억새
하늘에서 내려온 말 한 마리
주인을 잃고 헤매며
다가닥 거리는 말 발자국 소리
억새의 흔들리는 몸에 실려
비명이 되었으니
눈물에 벌목 당한 민둥산에는
기다림의 화석으로
넋이 된
속으로 울고 있는 참억새뿐

증산초등학교를 들머리로 시작해 다소 가파른 낙엽송 지대
를 지나 해발 800m 고지에 자리한 발구덕 마을에 이른다.
발구덕이란 둥글게 움푹 꺼져 들어간 곳을 뜻하는 순우리
말이다.

여덟 개의 구덩이가 있어 팔구뎅이 마을이라고도 불리는데 석회암 내 탄산칼슘이 빗물에 녹아 내려앉으면서 구덩이가 팬 현상으로 학술상 돌리네doline라 칭하기도 한다.

카르스트 지형 발달과정 중에 지표에서 초기에 나타나는 가장 작은 규모의 와지窪地 혹은 싱크홀sinkhol이 그것이다. 발구덕에는 화전민의 후손들이 고랭지 채소를 재배하며 생계를 이어가고 있다.

몸 눕히고 살면 거기가 집이고 그 땅이 삶터였던 시절에 산은 그저 먹을 것을 얻기 위한 화전민, 심마니 혹은 사냥꾼들의 생계 장소였다. 물 또한 물질 잘하는 해녀와 물길에 능숙한 어부들의 터전에 불과했을 것이었다.

그런 세월이 오래도록 최근까지 지속하여 왔기에 그나마 문명의 이기가 덜 침투했을 것이다. 그나마 개발의 범주가 더 넓어지지 않았다는 게 다행이란 생각이 드는 것이다.

이곳을 지나 오르면서 과연 억새 명품지대라는 탄성이 절로 나온다. 민둥산의 억새는 충남 홍성의 오서산, 경기도 포천 명성산, 전남 장흥 천관산 그리고 영남알프스라 일컫는 신불산, 재약산 사자평의 억새군락과 함께 전국 5대 억새 군락지로 꼽기도 한다. 민둥산 억새는 색이 짙고 빽빽할 정도로 조밀하며 키까지 큰지라 길을 잃을 수도 있다는 말이 과장된 표현이 아니다.

임도를 지나 능선에 오르니 정상까지 길고 완만하게 이어진 길이 억새 방문객들로 가득하다. 정상 지대에 이르자 광활하게 펼쳐진 억새밭에 놀라고 사이사이 길마다 빼곡한 사람들에 또 한 번 놀란다. 신불평원이나 사자평전과는 그 분위기가 사뭇 다르다.

아마도 거기 영남알프스와 비교하면 아담하고 나무가 없어서 그럴 게다. 명성산 억새가 은빛으로 나부끼는 반면 민둥산 억새는 금색에 가깝다. 햇볕에 그을려 튼실해 보인다. 억새 무리는 바람 부는 대로 바람 따라 흔들리고 사람들은 사람들과 부대끼며 부대끼는 대로 향연을 펼치는 중이다. 아무리 흔들려도 꺾어지지 않는 힘의 유연함을 보노라면 절로 고개가 숙어진다.

바람이 불어도 날고자 하지 않았고, 봄이 와도 피는 꽃을 외면했던 적이 있었다. 너무도 작은 심지에 겨우 매달리듯 흔들거리는 희미한 촛불 같았었기에, 그처럼 나약한 시절을 경험했었기에 억새의 유연한 흔들림에서 존경심까지 느끼게 된다. 다시는 타오르다 스러지고 말 양초가 되지 않아야 한다는 의지가 강하게 심어진다.

"바람은 여전히 강하게 불고 앞으로도 세차게 휘몰아치겠지만……."

그래도 속절없이 꺼지게 둘 수는 없다. 간신히 불붙은 작은 심지이기에 타오르는 동안 빛을 발하고 싶다.

"그러고 싶어."

억새에서 눈을 떼고 깔끔하고 소담한 증산마을을 내려다본
다. 정선선 철도에 기차라도 지나간다면 생동감 넘치는 한
폭 풍경화일 것이다.

해발 1119m, 정상 일대는 마치 작은 시골의 장날을 연상
케 할 정도로 북새통이다. 정상석도 사진을 찍는 이들로 손
님 끊어질 틈이 없다.

그들의 환한 표정을 보노라니 더더욱 타오르며 빛을 내뿜
는 강한 심지이고 싶은 마음이 절실해진다. 날개가 찢어진
후에야 그 날개의 의미를 깨달았으나 다시 드높고 맑은 하
늘이 창창하게 열린다면 훨훨 날고자 힘찬 날갯짓을 하고
싶어 한다.

은곡고개 너머 가로로 늘어선 세 봉우리, 백두대간 두타
산, 청옥산, 고적대의 마루금이 선명하다. 함백산과 그 아
래로 만항재도 알아볼 수 있겠고 백운산 마천대와도 교감
한다. 무엇보다 영서의 준봉 가리왕산의 의젓한 기품을 볼
수 있다는 게 반갑고 즐겁다. 나무들이 없으니 조망만큼은
걸리적거림이 없다.

고개 숙여 인사하듯 혹은 손짓하듯 하늘거리는 억새밭 사
이의 잘 가꿔진 길을 걸으며 가을 정취에 듬뿍 취하고 낭
만을 만끽한다.

100여 m 내리막 계단 역시 양옆으로 억새밭이다. 삼내 약수 방향과 화암약수 방향으로 나뉘는 갈림길에서 화암약수 쪽으로 간다. 처음부터 지억산芝億山을 거쳐 큰구슬골이라는 곳을 날머리로 잡았기 때문이다.

다시 오기 힘든 산을 오면 인근의 산까지 덤으로 산행해야 하는 못된 습관을 아직 고치지 못했다.

이제부터는 그 많던 사람들이 보이지 않는다. 일시에 장터가 파장한 듯 썰렁하다. 뒤돌아보니 지나온 민둥산 뒤로 두 위 연봉이 팔짱을 낀 채 오수를 즐기고, 조금 지나 함백산도 매번 한결같던 패션인 흰 저고리를 벗고 초록과 갈색 차림으로 무척 부드러운 모습이다.

이곳저곳 눈길 던지다 보면 그리 멀지 않은 곳에서 정상석을 만난다. 몰운산沒雲山, 해발 1116.7m. 구름이 진다는 의미의 몰운산은 지억산의 다른 이름이다. 잡목 무성하여 조망은 전혀 없는 허름한 산정이다.

다시 지억산 갈림길로 빠져나와 화암약수 방향으로 걸음을 옮긴다. 새소리조차 들리지 않는 소담하고 편한 숲길을 느긋이 걸어 나오면 화암약수까지 3.1km라는 이정표가 세워져 있다. 민둥산까지 5km라고 하니 화암약수터에서 민둥산으로 가려면 거리상으로는 꽤 긴 들머리인 셈이다.

고도가 낮아지며 평평한 임도 주변으로 물든 단풍을 눈여겨보면서 걷다가 아스팔트에 다다른다.

쭉 걸으면 불암사 입구가 있고 곧이어 화암약수터가 보인다. 돌비석에 불로 장생수라고 적혀 있는데 늙지 않고 오래도록 살려 하는 사람들이 길게 줄을 선지라 그냥 지나치고 만다. 대신 주차장 옆에 있는 쌍약수터에서 목을 축인다.

이제 고이 가을을 보내줄 수 있을 듯싶다. 곱게 물든 오색 단풍을 보았고 오늘 억새의 유연함에서 귀한 의지를 새겼으니 계절 붙들어둘 명분이 없다.

때 / 가을
곳 / 증산마을 증산초등학교 – 발구덕 마을 – 임도 – 민둥산 – 약수 삼거리 – 지억산 – 임도 – 화암약수터

일만 이천 번째 봉우리를 찾아 남한의 금강산으로

미시령에서 상봉으로 이어지는 백두대간도 뚜렷이 선을
그었고 속초 시내와 동해도 낮잠을 즐기는 듯 고요하다.
앞뒤 좌우 사방팔방이 온통 수채화다.
역시 최고의 조망을 지닌 명품지역이다.

"이번 주말엔 금강산 갈까?"

"금강산? 정은이가 입산을 허락했어?"

유래 만들기 나름일지도 모르겠다. 신선봉을 일컬어 금강
산의 첫 번째 봉우리라고들 하지만 일만 이천 번째, 즉 금
강산의 마지막 봉우리라는 생각을 해본다.

속초의 울산바위가 큰 덩치를 힘들게 이끌고 울산에서 왔
으나 간발의 차로 금강산 봉우리에 끼지 못하고 설악산에
속하게 되었다고 하니 울산바위보다 조금 앞선 신선봉도
남쪽에서 올라왔다면 울산바위를 제치고 말석으로 금강산
자락에 합류했을 거란 해석을 하는 것이다.

한국전쟁 전, 38선 이북에 위치하여 북한 땅이었던 신선봉
일대는 지난 2003년 설악산국립공원에 편입되어 북설악이
라 불리고는 있지만, 태초에 금강산 줄기인 것만큼은 분명
하다.

들머리인 화암사 일주문의 현판도 엄연히 금강산 화암사이다. 화암사 삼성각에는 금강산 천선대, 상팔담, 세전봉, 삼선대 등 금강산의 이채로운 풍경이 그려져 있어 화암사가 12000봉, 80009 암자 중 남쪽에서 시작하는 첫 봉이 신선봉이며 화암사가 첫 암자라는 것을 증명한다고 적혀 있다. 통일되면 남금강으로 명명되지 않을까 싶다.

아무튼, 비자 없이도, 김정은 국방위원장의 허락 없이도 서울에서 두 시간 만에 달려와 금강산행을 하게 된다. 친구 병소와 동행하였다.

거대한 울산바위의 전신을 한 컷에 담다

화암사 입구에는 큼지막한 바위들을 군데군데 닦아세워 오도송悟道頌과 열반송涅槃訟을 적어놓았다. 불교의 가르침을 함축하여 표현하는 운문체의 짧은 시구를 게송이라 하는데 그중 고승이 자신의 깨달음을 노래한 것이 오도송이며, 임종 전에 남겨놓고 가는 노래를 열반송이라고 한단다.

경내에 들어서자 웅장한 팔각정의 종각이 먼저 눈에 띈다. 팔각정을 받치고 있는 돌기둥 석조물도 대단한 공을 들인 조각품처럼 보인다. 대웅전 전면에 세워진 진신사리 9층 석탑과 미륵보살 석상도 화암사의 불교적 위상이 높이는 듯하다. 그러나 화암사는 바로 지척에 왕관 모양의 수바위가 솟아있음으로써 사찰의 면모가 제대로 빛을 발한다.

일주문을 지나 성인대로 오르기 전 그런 수바위를 모른 채 지나칠 수 없다. 신라 진표율사가 창건한 화엄사華嚴寺는 1912년 건봉사의 말사가 되면서 화암사禾巖寺로 고쳐 부르게 된다. 그 연유는 인근 왕관 모양의 수바위秀岩 때문이라 한다.

"수바위에 있는 조그만 바위굴을 지팡이로 세 번 두드려라. 그리하면."

절의 위치가 민가와 멀어 이곳 스님들이 시주를 구해 공양하는 데 어려움이 많았는데 그런 어려움을 감내하면서도 수행에 열중하던 두 스님의 꿈에 백발노인이 나타나 그렇게 지시하는 것이었다.

그대로 따르니 노인이 말한 대로 쌀이 나왔다고 하여 벼화禾자를 써 사찰명을 바꿨다고 적혀 있다. 수바위에 오르자 화암사 경내가 한눈에 잡힌다. 반대편 울산바위의 육중한 몸집이 병풍처럼 펼쳐져 눈을 사로잡는다. 또 뾰족 솟구친 달마봉도 뚜렷이 전신을 드러냈다.

"오케이! 그 자리 딱 좋아."

바위를 돌아가며 병소를 세워 구도를 잡는다. 울산바위의 전신을 정면으로 한 컷에 잡을 수 있는 명소 중의 명소라 하겠다. 조망을 우선시하는 산행이라 기상 좋은 날을 골랐는데 무척 다행이란 생각이다.

드문드문 갈색 가을옷으로 갈아입기 시작한 수림이 광활하다. 울창한 수림 위로 지금부터 오르게 될 상봉과 그 오른편으로 신선봉이 우뚝 솟아있다. 두 봉우리 사이에 낮게 패인 안부가 화암재이니 신선봉에서 다시 내려와 화암재에서 화암사 계곡을 따라 하산하게 될 것이다.

수바위에서 조금 더 오르면 시루떡바위가 보인다. 바위 몇 개를 겹겹 얹어놓은 시루떡 모양인데 역시 쌀과 관련지어 명명되었음을 알 수 있다. 곧이어 신선대라고도 불리는 성인대가 나온다. 신선들이 내려와 노닐었다는 바위이다.

"그야말로 신선들이 즐기기에 모자람이 없는 경관이군."

고성과 속초 일대 동해가 길게 펼쳐있고 영랑호와 청초호도 소담하게 물을 담고 있다. 가까이 내려다보이는 수바위 지붕에 아직도 햅쌀이 흩어져있을 것만 같다.

성인대에서 이어진 바윗길을 따라 낙타바위에 이른다. 낙타가 다리를 접어 앉은 형상이다. 거대한 울산바위의 부분 암각들이 더욱 뚜렷하게 드러난다. 멈추는 곳마다 시간을 지체할 수밖에 없을 만큼 멋진 풍광들을 보게 되지만 그래서 더욱 한곳에서 오래 머물기엔 시간이 여유롭지 못하다.

다시 구불구불하게 인제로 넘어가는 미시령 옛길을 정겨운 마음으로 내려다본다. 지금 올라가는 신선봉과 남쪽으로 설악산 황철봉(해발 1381m) 사이의 안부에 해당한다.

2006년 미시령터널이 개통되면서 해발 826m 정상의 미시령 휴게소가 철거되고 새로운 공사가 한창이다. 백두대간 생태 홍보관과 전망대 등을 조성하는 중이라고 한다. 속초와 고성 쪽의 영동과 인제 쪽의 영서를 넘는 3대 주요 고개인 미시령, 한계령, 진부령이 이젠 드라이브 코스쯤으로 명맥을 유지하게 되고 말았다.

비가 온 지 꽤 오래 지났는데도 움푹 팬 바위에 그득 물이 고여 있는 게 이채롭다. 올라선 성인대에서의 조망 중 백미는 수바위에서 보는 것보다 살짝 몸을 비튼 울산바위의 전신 모습이다. 북설악에서 울산바위를 가장 멋지게 조망할 수 있는 장소다.

울산바위 뒤 왼쪽으로 달마대사의 둥그스레한 머리와 닮은 달마봉이 보인다. 어찌 보면 북한산 인수봉을 닮은 것 같기도 하다. 아직도 못 가본 설악산 미답지 중의 한 곳이다. 비탐방 구역으로 설악 문화제가 개최되는 10월 중에 딱 하루만 개방이 허용된다.

"가지 못하게 막은 곳은 더 가고 싶어 지지."

197

"특히 설악산의 금줄은 몰래 넘어서고 싶은 충동이 마구 생기지."

산행을 즐기는 산객의 주관적 생각일 것이다. 토왕성폭포, 용아장성, 만경대, 황철봉 등 상사병을 앓게 하는 구간들을 허용하지 않는 생태계 보전이나 위험 구간 통제 등의 명분을 모르지 않지만 좀 더 융통성 있게 검토한다면 무조건적인 입산 통제 말고도 대체할 방안이 나올 것으로 본다.

철로 끊긴 철길을 내처 달리는 열차처럼 백두대간의 곳곳 출입 금지구간을 숨어서 이어가는 게 현실이다.

백두대간을 종주하는 이들에게 사실상 산행 금지구간은 지켜야 할 규범이라기보다 어렵지 않게 넘을 수 있는 일종의 장애물에 불과하다고 할 수 있을 것이다. 백두대간이 존재하는 한 규범이나 법규 준수의 기대가 요원할 거로 단정한다면 개방을 원하는 고정관념이 강하기 때문일까.

2017년 6월 15일 용아장성 암반 지대 속칭 개구멍 바위에서 59세의 등산객이 40m 절벽 아래로 추락해 숨졌다는 보도를 접한 바 있다.

인간이 무엇엔가 강한 욕망을 지니고 집착하게 되면 목숨을 건 위험도 감수하려 하고 법을 위반해서라도 채우려 하는 속성이 있다.

자연공원법의 규제적 법 조항을 내세운 계도, 통제, 과태

료 부과 등은 최선의 해법이 아니란 게 개인적 견해이다.

"금강산에 와서 조국의 법 제도를 비판하다니. 국경 넘어 러시아 알타이산맥에 갔으면 국가체제를 비판하겠구먼."

견해를 들은 병소가 신랄하게 빈정거리면서도 고개를 끄덕인다.

북설악은 촛농이 줄줄 흐르는 촛불이다

달마봉 뒤편에서 오른쪽으로 쭉 이어져 대청봉까지 솟구친 화채능선의 외설악 전경은 그야말로 눈을 돌리지 못하게 한다. 화채능선 또한 바람방 지역이다.

이 지면에서 공개하려니 머뭇거리게 되지만 몰래 금줄을 넘어 다녀온 권금성부터 집선봉, 칠성봉, 화채봉의 능선 길은 그야말로 눈부신 산길이었다. 설악 곳곳 잠시도 시선 뗄 수 없을 정도로 찬란한 조망을 만끽했었다.

"문이란 건 닫혀있을 때보다 열렸을 때 더 문 같아."

그때의 추억을 더듬으며 뚱딴지같은 생각을 하다가 머리를 굵적거린다. 멋진 광경들을 실컷 조망하고. 엉뚱한 발상을 해보다가 상봉을 향해 보폭을 빨리한다. 화암사와 성인대로 갈라지는 길부터는 길이 거칠다.

미시령 옛길과 그 너머 백두대간 마등령으로 이어지는 황철봉 너덜지대를 시야에 가득 담으며 바위 구간을 올랐다가 길을 놓치고 말았다. 우회로를 찾느라 20여 분을 소모했다.

산에서는 길을 잃어 헤맬 때 가장 땀이 많이 난다. 긴장으로 인해 체력 소모도 더 커지는가 보다.

곧바로 상봉에서 내리뻗은 암벽이 멋진 자태를 드러낸다. 능선 오른편, 그리 크지 않은 송림이 쓸려 내려갈 듯한 바위들을 받치고 있다. 그 골짜기 위로 바람이 치고 올라와 더욱 불안스러워 보이기도 한다.

엷은 구름이라도 찌를 양 꼿꼿이 뻗은 각진 바위들은 강인해 보이기도 하지만 그것들이 두루 이룬 비탈 단애는 오히려 부드러운 느낌을 준다. 오밀조밀 모인 모양새가 잘 단합된 촌락처럼 여겨지기도 한다.

그러려니 지나치는 이에게 부락 촌장은 바람 같은 목소리로 넌지시 충고를 한다. 참 강함은 부드러움이요, 겸손은 어우러진 결속이라오.

미시령에서 상봉으로 이어지는 백두대간도 뚜렷이 선을 그었고 속초 시내와 동해도 낮잠을 즐기는 듯 고요하다. 앞뒤 좌우 사방팔방이 온통 수채화다. 역시 탁월한 조망을 지닌 명품지역이다.

상봉과 신선봉 주변에서는 6.25 전사자 유해 발굴의 흔적을 보게 된다. 아무리 지나간 역사일지라도 이처럼 멋진 풍광을 즐길 수 있는 곳에 총을 난사하고 포탄을 터뜨려 아비규환의 전쟁터로 만들었다는 사실에 슬그머니 부아가 돋는다.

"저분들이 산화하면서 이곳이 북에 넘어가지 않았으니 감사해야겠지."

돌무더기를 만들어 정상을 표시한 상봉에 가늘고도 신선한 바람이 분다. 납작한 돌 하나에 1239m의 숫자를 적어놓았다. 거의 매일 운무가 끼고 운해가 흐르는 곳이라는데 오늘은 안개 한 점 없다.

산정부터 붉게 물들어 하강하는 설악의 단풍을 보노라니 가슴이 울렁거린다. 대청봉 아래로 천화대와 공룡능선까지 흐릿하나마 눈에 들어오자 가슴이 벅차다.

저기서 보는 이곳은 그리 볼품없어 금세 눈 돌리겠지만 여기서 보는 저 너머는 쉬이 눈을 떼지 못하게 한다. 설악이 얼마나 멋진 곳인가를 거듭 새기게 한다. 자신을 태워 주변 밝히는 촛불, 북설악은 촛농이 줄줄 흐르는 촛불이다.

다시 날카로운 암반 지대를 내려섰다가 올라서면서 신선봉
(해발 1204m)에 닿는다. 지도상 해발 1212m로 표기된 바
위 봉우리 신선봉은 12·12 사태를 빗대 전두환 봉이라 지
칭하기도 한다는데 어떤 이유로도 그의 이름이 위대한 금
강산 봉우리에 덧붙여진다는 게 불쾌하다.

의상대사와 원효대사가 의상봉이나 원효봉의 명칭을 물리
라며 벌떡 일어나지는 않을까. 도로나 공원, 명소에 역사적
인물의 이름을 붙이는 건 존경받을만한 의인을 기억하며
민족적 자긍심을 고취하고자 하는 의미가 있을 것이다. 물
리적 자연훼손만 훼손일까. 대자연의 명예도 함부로 깎아내
리면…….

그만하자. 이처럼 멋진 천상의 바위에 올라 비틀린 역사를
더듬는 것 또한 할 일이 아닌 것 같다.

다시 550m 거리의 화암재로 되돌아간다. 화암재 계곡으로
내려가는 숲길은 단풍이 물들어 낙하하는 중이다. 오솔길과
애추崖錐 바위 더미 길이 반복되기는 했어도 비교적 수월
하게 화암사 주차장에 당도했다.

금강산의 첫 봉우리이자 마지막 봉우리를 잘 다녀오긴 했
는데 역사와 법률, 정치와 군사, 체제와 이념이 뒤엉킨 장
소에서 빠져나온 느낌이다.

머잖은 날에 이곳 북설악이 설악산과 금강산을 잇는 종주 산행의 쉼표 장소로서 가교역할을 하길 소망하게 된다.

"그런 날이 오겠지?"

"그저 기도할 뿐이지."

때 / 가을

곳 / 화암사 1주차장 – 화암사 – 수바위 – 성인대 – 상봉 –화암재 –
신선봉 – 화암재 – 화암사 계곡(신평리 계곡) – 임도 – 원점회귀

외유내강의 작은 거인, 홍천 팔봉산

봉우리와 봉우리를 잇는 협곡을 지날 때마다 우아한 자태의 노송들,
그 가지 사이로 드러나는 더욱 깊숙한 풍모의 단애.
비록 몸집 큰 산은 아니지만, 팔봉산은 전혀 궁박하지 않다.
아니 작은 거인이다.

오늘 새벽 예고 없이 뿌려진 건 첫눈이 아니었나 보다. 때
이르게 찾아와 하얗게 분칠하려던 걸 질시에 찬 햇살이 모
두 거둬내고 만다. 고색창연 소나무 푸름이 아직은 더 머물
러야 할 때라, 늦더위에 물러진 바위벽이 얼기엔 아직 이를
때라.

만추의 요염한 계절을 배웅하려 홍천으로 가는 길, 뿌옇던
아침나절과 달리 새순이라도 돋을 듯 따뜻하고 화창하다.
단풍만 졌을 뿐 왼손엔 여름을, 오른손에 겨울을 쥔 가을의
양팔 벌림이다.

강원도 홍천군 서면에 소재한 팔봉산八峰山은 대부분 바
위 봉우리로 이루어진 여덟 개의 봉우리를 스릴을 맛보며
올라 홍천 일대의 산들과 아래로 홍천강을 내려다보는 풍
광이 일품이라 자주 오게 된다.

홍천강은 홍천군 서석면 생곡리에서 발원하여 북한강으로
합류하는 북한강 제1지류이자 한강의 제2지류이다.

모곡, 마곡, 밤골유원지 등 강줄기 곳곳에 오토캠핑을 할 수 있는 유원지가 숱하게 조성된 수도권 최적의 물놀이 관광명소이다.

팔봉산 아래로 홍천강이 흐르지 않았다면 팔봉산과 홍천강은 둘 다 그 이름값을 떨어뜨렸을지도 모르겠다. 만일 그랬다면 붓과 캔버스처럼, 혹은 젓가락 두 짝처럼 반드시 둘이 함께 존재해야 함에도 하나만 멀거니 남아있는 느낌이 들었을 것 같다. 꼭 같이 있어야 하는데 하나가 자기 짝을 두고 나 몰라라 훌쩍 사라진 느낌이 들 때가 있다. 여기 산과 강의 다감하고도 애틋한 조화로움을 보면서 그랬던 적을 떠올리게 된다.

올라와서 내려가기가 꺼려지는 산

길이 143km의 홍천강, 흐르는지 멈췄는지 모르게 고요히 움직이는 물살을 역시 소란스럽지 않게 여덟 봉우리가 어깨동무하고 내려다본다.

그다지 높지 않은 팔봉의 아기자기 이어진 모습이 한 폭 동양화를 펼쳐놓은 것처럼 수려하다. 그리고 아름답다.

"팔봉산 또 가보고 싶다."

"가고 싶으면 가야지."

 작년 여름 홍천강 인근에 야영을 왔다가 8봉부터 1봉으로 산행을 하고 깊게 여운을 지니고 있던 영빈이 뜻에 맞춰 다시 왔다. 이번에는 병소와 노천이가 함께하여 네 명이 한 차에 동승했다.

 주차장에서 내려 커튼처럼 펼쳐진 팔봉산을 마주하노라면 마치 자그마한 언덕의 이음 같은 산세에 그다지 감흥을 느끼지 못한다. 그런데 겉보기와 달리 막상 산에 들어가면 무어든 붙들지 않고는 오르내리기가 쉽지 않다.

 뾰족 암봉과 급경사의 거친 암릉을 잔뜩 몸 낮춰 올라 홍천강을 내려다보노라면 물빛 노랗게 현기증 일다가 섞여부는 강바람 산바람이 이루 말할 수 없이 시원하다. 팔봉산은 늘 그렇게 여운으로 남았다가 불쑥 기억 밖으로 튀어나와 다시 끌어당기곤 하는 것이다. 1봉으로 오르는 들머리 입구엔 잘생긴 남근 목이 세워져 있다. 하도 만져서인지 나뭇결이 반지르르하다.

"이 산은 음기가 하도 세서 어떻게든 다스려야 해."

 가뜩이나 등산 사고가 빈발하여 생명을 잃는 예도 없지 않은지라 지나가던 노인이 내뱉은 말을 들은 이곳 상인회

와 관광지 관리사무소에서 음기를 중화시키려 남근 목을
세웠다고 한다.

"이걸로 음기가 다스려진다 이거지."

영빈이와 노천이가 남근 목을 만지작거리며 의아해하자 병
소가 댓글을 단다.

"그렇게 만지니까 이게 윤이 나는 거야."
"사고를 방지하려면 만져줘야지."

음양의 여부를 떠나 일단 들어서면 곧바로 탄성을 흘리게
된다.

"역시 팔봉산은 이 맛이야."

봉우리와 봉우리를 잇는 협곡을 지날 때마다 우아한 자태
의 노송들, 그 가지 사이로 드러나는 더욱 깊숙한 풍모의
단애. 비록 몸집 큰 산은 아니지만, 팔봉산은 전혀 궁박하
지 않다. 아니 작은 거인이다.
봉우리 하나하나 지날수록 명산으로서의 요소를 두루 갖춘

팔봉산의 참모습이 드러난다. 돌올突兀 침봉들과 급준한 경사면의 바위벽들이 마냥 방심하게 놔두지 않는다. 한 사람 겨우 빠져나갈 만한 좁은 해산 굴을 우회하지 않고 부러 빠져나가기로 한다.

"왜 굳이 이렇게 좁은 데로 온 거야?"

키 큰 노천이가 유난히 힘들게 빠져나오며 투덜거리자 비교적 수월하게 해산 굴을 빠져나간 영빈이가 배낭을 받아 주며 한마디 건넨다.

"네가 여길 나오면서 출산의 고결한 의미를 깨달아야 할 텐데."
"휴, 어머니 뱃속에서 나올 때보다 더 힘드네."
"네가 나오면서 이 산의 음기가 반은 줄었을 거야."

먼저 빠져나간 영빈이와 노천이의 말에 웃음을 흘리며 병소를 먼저 빠져나가게 한다. 매끄러운 바위마다 사람들의 손자국이 묻어나는 것 같다. 잉태해서 출산에 이르는 경이로운 과정이 떠오르기 때문인지 손자국들은 짜릿한 전율을 일으킨다.

비좁은 바위 통로에서 손을 뻗으니 길이 끝나는 곳은 다시 열리는 곳이다. 길 따라, 혹은 길을 찾아 삶을 연결하게 한다는 건 어머니 뱃속에서의 꿈틀거림 같은 생각이 드는 것이다.

홈통 바위라고도 부르는 해산 굴을 빠져나와 아무렇게 들쭉날쭉 솟은 바위들을 세세히 보면 결코 아무렇게나 자리 잡은 게 아니라는 걸 알게 된다. 있어야 할 자리, 놓여야 할 위치를 제대로 찾아 조화를 이루고 있다. 음기를 중화해서가 아니라 그러한 자연적 조화로움으로 인해 팔봉산에서는 그다지 큰 사고가 일어나지 않는다는 생각이 든다.

1봉에서 엄지를 추켜세우고 2봉에 닿아 검지와 중지를 세워 작은 정상석과 나란히 한다. 2봉에서 바라보는 3봉은 한 폭 그림이다. 거기 서서 손짓하는 산객들이 마치 무인도에서 구조를 요청하는 모습처럼 보이기도 한다.

"여기서 내려다보면 내가 하나님이야."

그렇다. 노천이 말처럼 3봉에서 반원을 그으며 굽이도는 홍천강을 내려다보면 세상을 호령하는 지존의 자리에 군림해있는 것만 같다.

4봉에서 손가락 넷을 펼치고 바윗길을 내려섰다가 다시 바위를 올라 5봉 정상석을 찾으려면 주변을 잘 살펴야 한다. 아주 작은 자연석이 절벽 위에 오롯이 박혀있어 인증 사진을 찍기도 쉽지 않다. 6봉도 마찬가지다. 커다란 정상석을 세우려고 일부러 자연에 변형을 가하는 것보다는 현명하단 생각이다.

7봉으로 넘어가는 길은 지금까지보다 더 험한 편이다. 그리고 마지막 8봉은 더 험해 노약자나 부녀자들에게 7봉에서 하산을 권유하는 팻말까지 달아놓았다. 8봉에서 손가락 여덟 개를 펼치는 것으로 팔봉산의 봉우리 섭렵을 마쳤다.

"참 멋진 산이야."

두 번째 탐방인 병소가 곳곳을 둘러보며 그 소회를 간결하게 표현한다.

"오밀조밀한 아름다움이 있는 곳이지."
"겨울에 한 번 더 오자."
"겨울 되거든 고심해보기로 하고 내려가세나."

팔봉산은 1봉에서 올라 8봉으로 내려가든, 그 반대이든 마지막 봉우리에서는 내려가기가 꺼려진다. 아쉬움 때문이다. 여덟 번째 봉우리에서 하산 직전 홍천강을 비롯해 홍천의 보이는 곳을 죄다 눈에 담으려 멈춰 서게 된다. 멈춰 서서 둘러보면 저만치 가을 가는 게 보인다.

가을이 진다. 지는 가을, 까칠한 몸뚱이 비탈진 육신이지만 한 그루 나무라도 흘릴까 보아 부둥켜안은 모습에서 희끗희끗한 머리에 연륜 짙게 밴 부모님의 심지 넓고 자애로운 내리사랑을 읽는다.

가을이 뒤돌아본다. 겨울 오는 소리 들으려 수북한 고엽 숱하게 밟았거늘 올가을은 참으로 질긴 계절인가 보다. 잠자리에서도 화장 지우지 않는 술집 작부처럼 세월의 끈을 놓지 않으려는지 아직도 적갈색 피부를 씻지 않는다.

모두 주고, 모두 내던지고 떠나려는 게지.
그러기에 저처럼 홀라당 나신을 드러내는 게지.
그렇지 않고서야 어찌 제 살을 바람에 떠억 내맡기겠나.
시린 가슴 부여안다가 젖어버린 설운 잎새
늦더위 물리치며 붉게 치장한 게 겨우 엊그젠데
어찌하다 가지 끄트머리에 아슬아슬
고독 견디지 못해 바싹 마른 이파리 되어
애당초 이별에 불과한 게 삶이 아니겠냐고 바스락,
몸 뒤틀어 바람에 항변하다 그예 스러진다.
드러누워서라도 천년만년 살 거라는 마지막 욕구마저
곧 몰아칠 초겨울 삭풍이 휘감아 버리겠지.

산아, 산아!
도야하고 또 도야한 수도승처럼
그댄 어이 한결 꼿꼿하기만 한가.

211

붉은 정열, 노오란 요염함을 끝내 지켜주지 못하느뇨.
빛에 젖고 바람에도 젖어
윤나는 치장을 그리 쉽게 벗어던지느뇨.
냉담한 진리만을 고수하려 홍진紅塵의 티를 썻고
가연佳緣을 알리려 청사초롱 밝히는가.
다 벗어 헐거워진 몸에 하얀 분칠 하려
기다리는 중이신가.
그도 아님 변화 무쌍한 세월의 반복에
짜증이라도 나셨는가.
육중한 몸 푹 덮어줄 푸른 지붕이 있으니 딴맘
품을 새가 없으신가.
그대 찾는 길손들에게 뭐든 전활 작은 메시지라도
있지 않겠는가.
속절없이 지는 마른 갈잎이 가엾다는 입바른 소리라도
있어야 않겠는가.
바람 그치고 햇살 숨어 어둠 내려온들 전혀
개의치 않겠지마는
지우고 또 지워도 내내 지울 수 없는 그리움이었노라고.
깔린 낙엽이 설워 속으로 속으로는 곡을 하고 있노라고.

산아, 산아!
그대 입 다물어 결코, 들리지 않는 메시지, 그대 울음소리
넌지시 들을 수만 있다면 후끈 달아오르는 마음
가눌 수 없을 것 같구나.
어쩌다 그 소리 귓전을 스치기만 하더라도

머리끝 발끝까지 경련이 일 것 같구나.

산아, 산아!
이 계절은 차마 사랑 없인 살지 못할 잔인한
애모의 시절이 아니던가.
가득 꿈에 부풀었던 절정을 뒤로하며 흐르는 세월에
목이 멜 때가 아니던가.
일봉에서 이봉, 칠봉에서 팔봉, 내내 미지근한 햇빛
느릿하게 기울다가 산 그림자 길게 드리우니
그제야 물길 트였구나.
이때라, 입술 빗겨 물며 울먹이다 편하게 목 놓아도
홍천강 하류 센 물살이 감춰주누나.

때 / 늦가을
곳 / 팔봉교 - 1, 2, 3봉 - 해산 굴(홈통 바위) - 4,5,6,7,8봉 - 팔봉
교 - 주차장

동굴과 바다, 고뎅이의 조화, 덕항산과 지각산

공기 푸르고 바람 시린 정상에서 감사한 마음으로
동해를 내려 보다가 등 돌려 내륙 쪽으로 시선 던지면
그야말로 알프스에 온 듯 착각에 빠진다.
첩첩 마루금들이 세상엔 온통 산 뿐이라는 걸 세뇌시킨다.

산 전체가 석회암으로 된 덕항산德項山은 삼척과 태백의 경계에 솟아있다. 옛날 삼척 사람들은 이 산을 넘어오면 화전을 일굴 평평한 땅이 많아 덕메기산이라 불렀다.

주변에 너와집, 굴피집, 통방아 등 많은 민속유물이 보존된 삼척시 신기면 대이리 골말 일대는 6·25 한국전쟁이 일어났었는지조차 모르고 살았다니 이곳이 얼마나 오지인지를 실감하게 한다. 아무리 은밀한 곳에 은둔해있어도 아예 사람 발길 닿지 않는 곳이라면 오지라는 단어조차 쓰지 않을 터. 지금은 다양한 관광 이슈로 외지인들을 불러 모은다.

이 근방의 지역을 대이리 동굴지대라고 부르기도 하는데 환선굴, 관음굴, 사다리 바위 바람 굴, 양터목세굴, 덕밭 세굴, 큰 재세 굴 등 6개소를 총칭한 동굴지대로 천연기념물 제178호로 지정되어 있다.

심설 오르막 고뎅이가 버겁다

이곳 대이리 골말에 이르니 불현듯 판도라의 상자가 떠오른다. 인간의 모든 불행과 재앙이 판도라의 상자 속에서 쏟아져 나왔는데 딱 하나, 희망만이 상자 속에 남아있게 되었다는 고대 그리스의 설화.

제우스신이 모든 죄악과 재앙을 상자에 담아 봉한 채로 최초의 여성인 판도라에게 주어 인간 세상으로 내려보냈다. 그런데 판도라는 호기심이 동해 절대 열어보지 말라는 제우스의 명령을 어기고 상자를 열고 말았다. 순식간에 상자 안에 가둬두었던 불안, 공포, 질시, 저주, 질병, 고통, 욕망 등 온갖 부정적이고도 악한 내용물들이 쏟아지고 만다.

딱 하나 남았다는 희망이 바로 이런 오지의 산은 아니었을까. 부정하고 악함이 차고 넘치는 세상에서 그런 게 없는 곳이 있다면 그곳이 바로 희망과 동일한 게 아닐까.

해발 820m의 산 중턱에 있는 동양 최대 동굴인 환선굴幻仙窟을 오른쪽으로 두고 산길을 오르면서 내내 희망을 밟고 오르는 기분이다. 굴 입구까지 운행하는 초록색 모노레일을 보며 거긴 내려오다가 시간이 맞으면 들르기로 한다.

몸이 움츠러들 정도로 차가운 날에 이 먼 곳까지 혼자 왔다. 숨죽인 채 오롯이 숨은 덕항산을 오르고자 온 거니까. 오늘은 산이 먼저니까. 그런데도 혹여 환선굴을 관광 상품으로 과대 치장하여 여기 희망의 장소마저 잠식하지는 않을까 하는 우려를 하게 된다.

정부가 그린벨트를 풀어 서민들을 위한 주택을 공급하겠다고 할 때도 판도라의 상자가 떠올랐었다. 자연보호의 명분으로 그나마 억지 춘양으로 지켜오던 그린벨트가 탐욕을 감춰두고 겉으로는 서민을 위한 개발이라는 미명하에 자연과 생태의 허물을 벗겨냈었다.

그들 주체는 입으로는 희망을 말하고 상생을 논했지만 오랜 세월 그 터전을 대물림하며 살아온 원주민들을 도시 빈민으로 내모는 결과에 대해서는 겨우 보상금이라는 당근으로 입막음하려 할 뿐이었다.

욕망을 누르지 못함이 얻는 것에 비해 얼마나 큰 것을 잃는지 정책실시 이전에 숙고했어야 한다. 유일무이한 희망을 이곳 주민들에게서만큼은 빼앗지 않기를 학수고대하며 오르는 고뎅이가 무척 버겁다.

급경사의 언덕을 뜻하는 삼척 사투리 고뎅이, 백두대간 덕항산은 자락마다 고뎅이인데다 노상 안개가 그득 고여 있다고 한다. 골말에서 동산고뎅이까지 500m에 불과한데 고뎅이답게 상당히 급하고 거칠다. 동산고뎅이에서 장암목까지 다시 500m, 여기부터는 내린 눈이 겹겹 쌓여 사람이든 짐승이든 발자국 흔적 하나 없이 깨끗한 눈길이다.

안개 가득하여 절벽 타고 오르는 운무도 그 풍광이 그럴싸하겠지만 적어도 오늘은 설분에 섞인 엷은 안개가 지워

216

져 오를수록 맑아지기를 바라게 된다. 산정에 올라 두타산으로 이어지는 백두대간과 동해까지 길게 펼쳐질 조망이 길을 나설 때부터 눈에 아른거렸었다.

장암목에 이르도록 창창하게 바뀌는 날씨 덕분에 심설 오르막이지만 버거움이 반감된다. 역시 삼척 앞바다가 지척이다. 뛰어내리면 풍덩, 바닷물이 튀어 오를 것만 같다.

덩치 큰바람이 몸을 흔들어댈 정도로 사납게 몰아붙이기도 하지만 조바심과 뒤엉켰던 기대감, 두근거리던 설렘이 후련하게 트인다. 위로도 아래로도 통하니 몇 번이나 고속국도 바꿔 타며 수고롭게 찾은 덕항산이 명절에 고향 닿은 만큼이나 벅차다. 먼 산에 갈수록 간절함이 크기 때문일까, 그렇게 찾은 산은 대개 산객의 소망을 들어주는 것 같다.

장암목부터는 덕항산이 얼마나 가파른지 속속 보여준다. 926개의 철 계단이 그렇고 능선의 낭떠러지 팻말들이 그러하다. 대이리 골말에서 올라온 방향, 즉 덕항산 동쪽인 삼척 방향은 급사면의 기암절벽이다. 반면 그 반대편의 태백 쪽은 비교적 부드럽고 완만하다. 비대칭성 단층운동에 의해 형성된 경동지괴傾動地塊형의 산답다.

해발 1071m의 산에 변변한 정상석도 없이 정상임을 표시한 철제 팻말만이 눈밭에 나지막하게 세워져 있다. 문패나 간판의 화려함? 그게 무슨 대수겠는가. 산정에서 바다를 함께 본다는 게 얼마나 큰 호사스러움인가.

하늘과 해안선의 경계마저 얼었는지 그 선이 뚜렷하지 않은 겨울 바다의 낭만을 한껏 즐기는 중이다. 공기 푸르고 바람 시린 정상에서 감사한 마음으로 동해를 내려 보다가 등 돌려 내륙 쪽으로 시선 던지면 그야말로 알프스에 온 듯 착각에 빠진다. 첩첩 마루금들이 세상엔 온통 산뿐이라는 걸 각인시킨다.

지금처럼 퍽퍽하게 눈 쌓인 날이 아니었다면 백두대간 종주 리본을 단 많은 이들이 이쯤에서 중첩된 산마루와 탁 트인 동해를 보며 심신의 피로를 훌훌 털어냈을지도 모르겠다.

비워도 버거운데 채우면 오를 수나 있으려나

아홉 남편과 살았으나 모두 요절했다는 어느 아낙의 기구한 운명에서 비롯된 구부시령, 여기 덕항산 정상에서 채 한 시간 거리가 되지 않으므로 종종걸음으로 다가가 남편 아홉 명이든 그들의 부인이든 위로의 말 한마디쯤 건네고 되돌아왔으면 싶지만, 주제넘은 오지랖이란 생각에 그 반대편으로 발길을 돌린다.

여기 정상을 기준으로 구부시령 반대편 백두대간 큰 재로 이어지는 지각산에서 환선굴 방향으로 하산하는 게 처음부터의 예정이었기 때문이다.

눈 덮여 지워진 길을 앞서간 이가 길 내주니 함께 가지 않더라도 그들은 같이 하는 동반자다. 그래서 산은 혼자 걸으면서도 누군가와 함께 걷는 것 같은 착각에 빠지곤 한다. 내내 흐트러짐 없는 하얀 눈밭이었다가 큰 재가 가까워지면서 발자국들이 보이더니 이내 눈길이 생겼다.

때론 고독한 걸음이 될 수도 있지만, 상대에 대한 배려를 깨닫게 하고 새삼 바른길이 무언지, 옳은 길이 어딘지를 가늠케 하니 눈길은 윤리학 강의실이다.

산에 오면 이처럼 제멋대로 해석해도 뭐라는 이 없으니 사람은 신선이 되고 산은 무릉도원이 되기에 부족함이 없다. 그렇게 머리를 하얗게 비운 상태에서 하얀 눈밭 다지며 닿은 곳이 환선봉, 해발 1080m의 지각산 정상이다.

환선幻仙, 맘 다지고 노력한다 해서 될 수 있는 게 신선이던가. 산에 와서 신선이 되었다가 환속還俗해서 다시 먼지 쌓이면 또다시 산에 와 털어내면 되는 거 아니겠나. 심산 깊이 들어서면 그렇지 아니하던가. 언제 어느 때건 넉넉한 풍요로 다가오는 자연의 존재감에 경외심을 느끼지 않던가.

그래서 자연 벗어나면 얼마간을 견디지 못하고 다시 자연을 찾게 되지 않던가. 오지에서 은빛 발산하는 덕항산과 지각산에 오니 아직 가보지 못한 대자연이 너무나 많이 있다는 사실에 부자가 된 기분이다.

신선이 되려고 맘먹으면 되레 사람의 속성마저 잃는 것은 아닐까. 비워도 버거운데 채운들 오르겠는가. 채우려 해서 차면 그 무게로 내려앉게 되는 게 세상 이치 아니던가. 세월 먹어갈수록 할 수 있지 않은 걸 하려 들지 말자.

시소처럼 바닥에 닿는 무게를 지니지 말자며 방향을 잡으니 얼마 지나지 않아 갈림길 자암재 팻말이 보인다.

큰 재 쪽으로 향하면 황장산까지 쭉 백두대간으로 이어지는데 거긴 다음으로 미루고 예정대로 환선굴 쪽으로 꺾어 내려간다.

가파른 절벽에 겨우내 내린 눈이 들러붙어 고드름이 되기도 하였고 부스럼이 되기도 하였다. 바위 봉우리마다 뻗어 내린 몸통은 다부지고 날카롭다.

그런 봉우리들을 끼고 내려서다 또 하나의 자연 동굴을 보게 된다. 참으로 동굴이 많은 곳이다. 들여다보니 야영하기에 안성맞춤인 장소다. 그리고 다시 제대로 된 큰 굴을 찾아 내려선다.

주 통로 3km, 연장 8km 이상으로 알려진 환선굴은 약 약 5억 3천만 년 전에 생성된 석회암 동굴로 그 크기가 동양 최대라고 한다.

아직도 정확한 총연장이 파악되지 않을 정도로 규모가 큰데 동굴 내부에는 수많은 휴석, 유석 등이 멋진 경관을 이루며 성장하는 중이고 종유관, 산호 등의 생성물이 힘차게 흐르는 동굴 수와 환상의 조화를 이룬다.

지금까지 내부에서 발견된 동물만도 47종이 되고 연중 11도 정도의 기온이 유지된다고 하니 그야말로 별천지의 세상이 거기 존재하는 셈이다.

지하 금강산이라고 불리는 게 무색하지 않은 환선굴을 쭉 돌아보고 원점 회귀한 골말에서 석회암 봉우리를 올려다본다. 봄이 다가오고 있다.

붉은 가운 홀홀 벗어던지고
지루하리만치 하얀 세월을
여느 해보다 강한 근력으로 버티다가
이제야 두꺼운 적설 부서뜨린다.
툭툭 털어내 바다까지 날려 보내려는데
괜한 허전함 몰려들더니
막바지 한기를 느끼게 한다.
바위틈 비집고도 굽힘 없는 소나무 한 그루가,
재 너머 잽싸게 날아든 까마귀 한 마리가
이제 큰 숨 내쉬고 그만 아쉬워하라,
흰 여백에서 벗어나라
재촉해 봄을 부른다.

집 문 열고 떠나와 그 산에 들어오면 왜 그렇게 주저하고 망설였을까 하며 갸웃거리게 된다. 가보지 않고 스스로 평가해버린 다음에 잊어버리면 결국 그 산의 멋진 면면을 놓치게 된다.

"역시 잘 왔다가 갑니다. 즐거웠습니다."

진달래 곱게 물든 곳곳 고뎅이를 연상하며 그윽한 덕항산 미소를 기대했는데 한나절 가까이 품속에 안겼던 이에게 그는 무뚝뚝한 모습으로 눈길조차 주지 않는다.

"미소라도 한번 머금어주면 다시 찾으마고 약속이라도 하겠건만."

때 / 늦겨울
곳 / 대이리 동굴 관리소 – 골말 – 동산고뎅이 – 장암목 – 사거리 쉼터 – 덕항산 정상 – 사거리 쉼터 – 지각산 정상(환선봉) – 자암재 – 제2 전망대 – 제1 전망대 – 천연동굴 전망대 – 환선굴 – 신선교 – 골말 – 주차장

한반도 중앙의 명산으로 거듭날 금학산과 고대산

이데올로기의 틀로 갈린 남도 북도 아닌 강원도의 산,
전방도 일선도 아닌 우리나라의 산,
카키색 얼룩무늬가 아닌 노랑과 초록의 원색 물결이 넘실대는
금학산, 고대산이기를 진정 기원해 마지않는다.

군사 보급시설 같은 탐방로에서 산악 훈련 같은 산행을 아침 일찍 후배 계원이와 만나 부지런히 움직여 철원으로 향한다. 멀리 대중교통을 이용해야 하는 산행인지라 서둘지 않으면 온종일 시간에 쫓기고 차편에 쫓겨야 한다.

한국전쟁 당시 백마고지 전투의 현장, 후삼국 태봉국의 도읍, 철원에 들어서면서 정삼각형 형태의 우람한 봉우리를 보게 되는데 오늘 첫 산행지 금학산金鶴山이다.

국궁장을 지나 금학 체육공원을 끼고 오르게 된다. 막상 동송읍에 내려 지척에서 바라본 금학산은 과연 저 산이 947m나 될까 의심이 들 정도로 낮아 보였는데 막상 산속에 들어서니 생각보다 훨씬 가파르고 험하다.

송학에서 철원으로 도읍을 정할 때 이 산을 진산으로 하면 300년 국운을 유지할 거라는 도선국사의 예언을 듣지 않아 18년 만에 패망한 태봉국, 후 고구려의 일화가 전해지는 곳이다. 결국, 고암산을 진산으로 정한 궁예의 고집으

로 왕건이 득을 보게 되었다.

인근 명성산으로 패퇴하여 거기서 생을 마감한 궁예의 한 서린 울음과 고려를 건국한 왕건의 웃음이 간간이 들리는 총성에 묻히고 만다.

북서의 곡창, 철원평야가 드넓게 펼쳐있다. 중턱에서 숨 고르고 내려다본 동송읍은 정갈하기 그지없는 마을이지만 왠지 이북마을 같은 기분이 든다.

게다가 가끔 우리가 군사정보 수집을 위해 북파 된 HID 요원 같은 착각에 빠지기도 한다. 최전방 지대라서 그럴까. 훈련 상황이겠지만 아까부터 포탄 울리는 소리가 더욱 그 런 느낌을 갖게 하나 보다. 포격 소리 들리니 산행이 아니 라 현역 시절 산악 훈련을 받는 기분까지 든다.

"설마 지뢰는 없겠죠."
"난들 아나. 앞에서 스틱으로 잘 짚어가면서 걸어."

설마 포탄이 이리 떨어지진 않겠지. 종종 우려도 든다. 여 전히 퍼부어대는 포 울림과 소총 소리가 꽤나 거슬린다. 온 통 경제 불안이 화두가 된 세상에 저렇게 예산을 낭비해가 며 군사훈련을 해야 한다는 현실이 몹시 서글퍼진다.

가파름에 비해 비교적 부드러운 산세라고 할 수 있겠는데 그래도 많은 바위가 곳곳에 널려있다. 500m 고지의 매바위는 형상도 눈길을 잡아끌거니와 철원 동송읍과 철원평야, 휴전선 방향으로 시원하게 시야를 넓힐 수 있는 전망장소이기도 하다.

매바위 외에도 용바위, 칠성바위, 탱크 바위들이 있는 등산로 오르막은 수도권의 다른 산들과 달리 내내 척박하다. 예산이 부족해서인지 아니면 군사지역이라 그런 건지 정비에 소홀하다는 느낌이 들게 한다.

봄 진달래와 가을 단풍이 아름답다고 하는데 아직 이른 봄 추운 지역이라 진달래는 볼 수 없다. 고개를 돌리면 백마고지와 그 뒤로 북한 땅과 산야가 층층이 이어진다.

가파르고 거칠어 꽃 대신 화약 냄새 풍겨도 정상은 끝내 달콤하게 다가오는 법, 해발 947m 정상 바로 옆 5m 정도 위로 군 대공초소가 있다.

주변을 둘러보니 뒤로 지장산과 환희봉이 보이고 아래로 동송읍 마을 전체가 한눈에 잡힌다. 전방 고지의 군부대 지척까지 그리고 더 높이까지 등산로를 개방했다는 게 격세지감을 느끼게 한다. 예전 같으면 상상도 할 수 없는 일 아닌가.

세상이 달라지면서 민간에 개방된 산, 금학산. 학이 막 내려앉은 산세라 하여 그렇게 이름 지었단다. 정상이 초병 근무를 서는 군사시설인지라 오래 머물 수도 없어서 바로 대소라치 쪽으로 향한다.

내리막길 부지런히 걸었는데 곳곳이 참호, 군수품 보급시설에 그 길목도 군부대 위병소 분위기를 물씬 풍긴다. 어쩌겠나. 스스로 사단장이 되어 부대 사열 취한다고 생각해야지. 최전방 고지를 시찰하는 사단장의 시선으로 바라보자 안 보일 게 보인다.

폐타이어와 돌무더기로 구축한 진지, 그것도 적의 포탄에 절대 무방비일 것 같은 그런 산길을 지나면서 포탄이 날아올세라 자꾸만 허리가 굽어진다.

어차피 민간에 개방한 산이지 않은가. 기왕이면 화약 냄새가 아닌 풀냄새 풍기는 게 옳지 않겠는가. 최소한의 배려, 군 작전이나 경계근무에 폐해가 가지 않는다면 그렇게 하는 것이 탄력적이고도 선진화된 군사문화가 아니겠는가.

당장 있으나 마나 한 진지를 모두 헐어버리고 깔끔한 등산로로 재정비하도록 지시를 내려야겠다.

"부관! 여기 대대장 불러."

그렇게 지시하고 담터계곡 정상인 대소라치까지 왔다. 담터계곡은 포천과 철원의 경계이며 7km가량 고대산까지 이어지는 깊은 골이다. 사냥한 산짐승의 뼈로 담을 쌓았다고 해서 지어진 명칭이다.

여기서 점심을 먹고 잠시 휴식을 취한다. 추운 북쪽 지역이라서 금세 한기를 느껴 바로 일어서게 된다.

"가자, 계원아. 여기서 쉬려니 군대에서 10분간 휴식 취하는 느낌이 든다."

금학산과 고대산 중간지점쯤 되는 보개봉은 마치 남방한계선과 북방한계선 최근접 지역 GP에 들어선 기분이 들게 한다. 물소리, 새소리, 바람 소리하고 박격포 쏴대는 소리만 요란하다. 갑자기 이리도 못 가고 저리도 갈 수 없이 진퇴양난에 빠진 느낌이다.

포병훈련 시기에 맞춰 와서 더 그럴까. 뿌연 안개 너머 북쪽으로 뻗은 산줄기가 을씨년스러워 보인다. 태어나 허다한 고뇌, 이고 지고 이만큼까지 살아왔는데 생명 다하기 전에 저 땅의 산야를 접할 수 있다면 살아온 가치를 어느 만큼은 만끽할 것도 같기는 한데. 그러려면 이번엔 누굴 불러야 하나.

"정은이랑 전화 연결할까요?"
"놔둬, 바쁠 텐데."

편안한 육산 오르막을 20여 분 걸으니 시야가 트인 보개봉 정상(해발 877m), 거기서 먼 숲길이나 산그리메 대신 또 다른 군사시설을 보게 된다. 다행히 내내 들리던 포탄 소리는 그친 듯하다.

이 고지 저 능선에 화약 냄새 대신 꽃향기 풍기기를

지나온 금학산의 자태가 어엿하다. 다시 둘러보면 북녘의 철원평야와 수도 없이 펼쳐진 산야, 지장봉, 북대산, 향로봉 그리고 한탄강 기슭의 종자산들이 시야에 잡히는데 그중에서도 한국전쟁 당시 격전지인 백마고지에서 눈길이 머문다.

1952년 10월 6일부터 15일까지 철원평야의 요충지 395m 고지에서 벌인 백마고지 전투는 세계전쟁 사상 유례를 찾기 어려울 만큼 치열하였다. 국군 제9사단은 당시 열흘간 중공 제38군의 공격을 받아 12차례의 쟁탈전을 반복하여 7회나 주인이 바뀌는 혈전을 수행한 끝에 백마고지를 확보하였다.

이 전투에서 중공군 제38군은 총 9개 연대 중 7개 연대를 투입하였는데, 그중 1만여 명이 전사 혹은 다치거나 포로가 된 것으로 집계되었으며, 국군 제9사단도 총 3500여 명의 사상자를 낸 것으로 보고되었다.

숨 막힐 정도로 치열했을 전투를 연상하다가 고개를 돌린다. 뭉게구름 아래로 캬라멜고개가 있는 광덕산부터 경기도 최고봉인 화악산과 제2봉 명지산이 좌우로 펼쳐졌다.

고도차가 크지 않아 오르내림이 거의 없는 고대산 능선도 편하게 걸을 수 있을 것처럼 보인다. 고대산 정상과 삼각봉, 대광봉이 나란히 늘어선 모습을 보고 걷게 된다.

방어진지라기엔 허술하게 쌓아진 돌무덤을 따라 오르게 되는데 나중에 알고 보니 궁예 성이라고도 일컫던 보개산성의 유적이란다. 궁예가 왕건을 피해 와신상담 이를 갈면서 은거했던 곳이기도 하다.

그런 설이 담긴 길을 따라 오른 고대산 정상 일대에도 군막사가 자리하고 있다. 관점을 살짝 달리하면 산정에 군사시설이건, 통신시설이건 혹은 아파트가 세워졌다 한들 불만거리가 아니란 생각도 든다. 산은 세상을 기준으로 위아래로 구분한 하늘과 땅을 반반씩 모두 공유한 곳이거늘 그 꼭대기에 인위적인 무엇이 있다 한들 그 호사스러움에 생채기 입겠는가.

헬기장 옆으로 해발 832m의 자연석에 고대산 정상 높이를 표기해 놓았다. 군사분계선 내의 백마고지와 그 너머 북녘 산야를 바라보다가 삼각봉으로 건너뛴다. 불과 5분여 거리의 봉우리다.

내처 대광봉까지 찍고 하산로로 접어든다. 흰 소나무 둥지에 칼바위 능선이란 팻말이 걸려있다. 상당히 조심스러운 암반 지대가 이어진다.

말 등에 많은 바위 짐을 실은 말등바위를 지나 해거름이
깔릴 무렵에야 고대산 등산로 입구에 도착하였다. 뒤돌아
내려온 길 올려다보면서 쉽게 가라앉지 않는 아쉬움의 실
체를 파악하게 된다.

세월 길게 흐르지 않았을 즈음, 인간의 이기利己를 위해
덧씌운 인위적 틀이 모두 사라진 모습, 자연에 가장 가까이
되돌려진 분위기를 이 산에서 느낄 수 있으면 좋겠다.

이데올로기의 틀로 갈린 남도 북도 아닌 강원도의 산, 전
방도 일선도 아닌 우리나라의 산, 카키색 얼룩무늬가 아닌
노랑과 초록의 원색 물결이 넘실대는 금학산, 고대산이기를
진정 기원해 마지않는다.

핏빛 토혈하며 해 저무는 최북단 마을
서둘러 떠나지 마오 손짓하듯
저 산등성이 석양 녘 긴 그림자
여운처럼 드리우는데
가야 할 낸들
희끗하게 머리 빠진 갈대에라도
지는 노을 붙들어 매고 싶지 않겠소.

예서 보낸 한나절
이곳에 작은 흔적이라도 남길 길 있다면
지금 저 주홍빛,
먹빛으로 바뀌기 전에

230

숨찬 목 부여잡고라도
내처 뛰고 또 뛸 수 있을 텐데

"작전에 실패한 지휘관은 용서받을 수 있어도 경계에 실
패한 지휘관은 용서받을 수 없다."

금학, 보개, 고대, 삼각, 대광봉. 곳곳 봉우리, 군데군데
벙커와 군사기지를 거쳐 내려오자 문득 맥아더 장군의 말
이 떠오른다.

"수고했어, 부관."
"충성! 수고하셨습니다. 사단장님!"

그제야 여전히 최전방 군사경계선 순찰을 막 마친 사단장
같은 착각에서 벗어난다.
고대산 날머리 북단 마을 신탄리가 정치사상과 관계없이
이북 최남단의 마을처럼 여겨진다. 경원선 열차는 플랫폼을
건너가면 동두천이나 의정부가 아니라 묘향산이건 장백산이
건 쉬이 갈 것처럼도 여겨진다.
휴전선 인근 마을 동송에 아우성 같은 포성 대신 사람 발
길 흥건한 장터가 서고 금학, 고대산에는 군사시설들이 모
두 철거되어 우리나라 최북단의 산이 아니라 한반도 중앙

에 자리 잡은 명산이기를 거듭 기원해본다.

때 / 초봄
곳 / 철원 동송터미널 – 금학정 – 매바위 – 금학산 – 담터계곡 – 보
개산 – 문바위 – 고대산 – 삼각봉 – 대광봉 – 칼바위 – 고대산 매표
소 – 신탄리역

백운산, 동강 굽이돌아 여섯 봉우리를 넘다

숙부인 세조가 보낸 사약을 받아 마신 단종과
그런 단종을 슬퍼한 몸종들의 뒤 헝클어진 신세,
참담한 그들 운명을 끌어안은 동강의 물살이
성삼문의 단심가를 떠올리게 한다.

같은 이름을 지닌 여러 백운산을 다녀왔지만, 동강을 낀 정선 백운산을 그간 가보지 못했다. 남한강 수계에 속하는 동강은 정선에서 영월까지 57km에 이르는 긴 물줄기인데 동강 12경이 말해주듯 퇴적작용으로 모래톱과 자갈 톱이 자연 형성되고 돌리네, 우발레, 싱크홀과 같은 카르스트 지형이 많아 수려한 경관을 자랑한다.

검독수리, 수달 등 멸종 위기의 희귀 동물이 서식하여 특별한 생태 가치를 보전하기 위해 2002년도에 생태경관보전지역으로 지정하여 관리하고 있다. 특히 천연기념물 제260호로 지정된 백룡동굴을 비롯하여 곳곳에 다양한 형태의 동굴들이 있다.

동강을 거론하면 어라연을 빼놓을 수가 없다. 강물 속을 유영하는 물고기들의 비늘이 비단처럼 빛난다고 해서 이름 붙여진 어라연, 동강중에서도 특히 아름답고 신비스러운 곳이라 할 수 있다. 기암괴석과 어우러진 울창한 송림이 천혜의 절경을 이루어 2004년 국가지정문화재 명승 제14호로 지정된 어라연은 래프팅을 즐기며 둘러볼 수 있는 곳이다.

동강 물줄기를 발아래 두고

이번에 백운산을 가면서 네 번째 동강을 찾게 되는 셈이다. 불볕더위가 기승을 부리는 7월 중순, 한여름 뙤약볕을 쪼이며 산 좋아하는 직장 후배 두 명과 점재마을 다리를 건넌다.

점재 마을을 들머리로 잡아 최단 거리로 백운산 정상을 올라 여섯 봉우리를 오르내리면서 장제 나루로 하산하는 일반적인 코스를 택했다. 동강을 내려다보는 풍광이 멋진 길이라고 듣기도 했지만, 시간상, 거리상 초행길에 가장 적합할 듯싶었다.

동강에서 바라보는 백운산은 정상에서 왼편으로 여섯 봉우리가 동강을 따라 이어져 있고 동강 쪽으로는 칼로 자른 듯한 급경사의 단애로 이루어져 있다.

"여길 오고 싶었었는데 정말 좋네요."

백운산에 가자는 후배의 제안에 즉답으로 수긍했는데 와보니 저절로 표정이 밝아진다.

"덕분에 나도 앞당겨 오게 되었어."

티 없이 맑은 하늘이 백운산 봉우리에 찔려 스크래치가 생길 것만 같다. 미세먼지 하나 없이 온통 푸릇하다. 코발트 빛 하늘과 진초록 녹음이 제대로 어우러져 아름다운 세상이란 생각이 절로 든다. 점재마을과의 갈림길에서 이정표가 가리키는 대로 곱게 핀 도라지 꽃밭을 끼고 백운산으로 향한다.

급경사 길을 오르자 곧바로 건너온 점재교와 구불구불 동강 물줄기가 발아래 놓인다. 곧 동강이 회전하는 기암절벽의 왼편 물길, 동강 12경 중 3경에 해당하는 나리소와 그 오른편으로 바리소도 보인다.

유유하게 흐르는 동강 물길이 벼랑에 막혀 휘돌면서 이루어 놓은 나리소는 동강 유역 가파른 산세를 가장 가까이서 볼 수 있는 곳으로 강변의 수직 단애, 백운산 자락의 소나무 숲과 제대로 어우러진 한 폭의 동양화다. 나리소 바로 아래로는 놋쇠로 만든 밥그릇의 바리와 비슷한 모양새의 바리소가 있다.

무성한 초록을 지나 백운산 정상(해발 882.4m)에 올랐을

235

땐 이마에서 철철 땀이 흐른다. 덥기도 하지만 오르내림을 반복하며 무척 가파른 길을 올라왔다.

숨을 고르고 골고루 내다보니 영월의 진산 봉래산 지붕이 시야에 들어온다. 봉래산 또한 이곳 동강의 물줄기가 흐르는 곳이다.

단종의 몸종들이 그 아래 강물로 몸을 던졌다고 한다. 숙부인 세조가 보낸 사약을 받아 마신 단종과 그런 단종을 슬퍼한 몸종들의 뒤 헝클어진 신세, 참담한 그들 운명을 끌어안은 동강의 물살이 성삼문의 단심가를 떠올리게 한다. 피 끓는 듯한 그의 목소리가 쟁쟁하다.

이 몸이 죽어 가서 무엇이 될고 하니
봉래산 제일봉에 낙락장송 되었다가
설이 만건곤 할제 독야청청 하리라

조선 7대조 세조는 집권 내내 역모 사건에 시달려야 했다. 조카를 몰아내고 왕권을 잡은 세조에게 반 세조 세력은 필연일 수밖에 없었을 터인데 사육신 중 한 사람인 성삼문이 지은 이 단심가가 그 정점에 있었다고 해도 과언이 아닐 것이다. 단종의 복위를 꾀하려다 실패하고 처형장에 끌려가며 읊조렸다던가. 단심가의 봉래산은 중국 전설 속의 영산이 아닌 영월 청령포에 유배된 단종을 그리는 마음으로 저기 보이는 봉래산을 거명했다고 한다.

"이 사람아, 인두가 다 식었어. 더 뜨겁게 해서 지져!"

성삼문이 인두에 등을 지지는 고문을 당하면서도 의연히 내지른 소리가 동강 너머 들려오는 것만 같다. 비록 세조가 즉위함으로써 탁월한 정치를 펼쳤고 이전보다 나은 행정력을 발휘했다 하더라도 조카의 왕위를 빼앗은 것에 그치지 않고 단종과 사육신까지 죽인 일마저 합당하게 받아들일 수는 없다.

합리적이라 해서 옳은 일일 수는 없음이다. 결과에만 급급하여 수단에 구애받지 않는 자가 현실과 역사를 쥐락펴락하는 건 공평치 못하다.

후세의 한 사람으로서 이성적인 잣대로 세조의 과오를 헤아리고자 하는 마음이 자꾸 드는 건 단지 선한 약자의 불행이 안타깝기 때문만은 아니리라.

"생육신으로 남은 신숙주의 삶이 더 안쓰러워요."

이광수의 역사소설 단종애사端宗哀史에는 사육신 등이 국문을 받던 바로 그날, 생육신 중 한 사람인 신숙주의 부인이 목매어 자살했다는 내용이 나온다.

"신숙주는 살아서 죽은 친구의 몫까지 채우려 했던 것은 아닐까."

두루뭉술 넘어갈 수밖에 없는 사안이다. 신념의 차이는 따르는 이에 따라 자칫 옳고 그름의 흑백논리로 이어질 수 있기 때문이다. 소설로 각색한 허구이지만 성삼문과 신숙주의 두터운 우의, 그들의 판이하고도 아이러니한 결말을 후세 사람들이 얼마나 안쓰러워했는지를 가늠케 하는 대목이라 할 것이다.

'성공한 쿠데타는 혁명이다.'

역사상 수많은 쿠데타가 있었고 실패한 자에게는 피를 토하는 응징에 더해 서러운 낙인이, 성공한 자에게는 명분과 권력이 쥐어진다. 결과가 좋으면 다 좋으므로 과정쯤은 얼마든지 수정하고 왜곡할 수 있음이다. 불의도, 역사도.

'쿠데타는 쿠데타일 뿐이다.'

1979년 12·12 사태를 일으켜 군사정권을 다시 세우고 수많은 역사를 왜곡, 날조한 그들 정부에서 살아왔기에 쿠데타를 혁명으로 미화하거나 합리화하는 게 멀미를 하는 것보다 더 메스껍다.

동강을 아래 두고 토할 수가 없어 맑은 공기 들이마시며
속을 진정하고 하산하기로 한다.

거대한 구렁이가 똬리를 트는 몸짓을 보며

이곳 제장마을에 사는 한 선비가 가마솥에 옻을 끓이고
있었는데 기르던 개가 사라져서 찾으러 나선다. 다행히 개
가 발에 옻을 묻힌 채로 나가 그 흔적을 따라가다가 백운
산까지 들어서게 되었는데 어느 순간 황홀한 절경을 대하
게 된다.

아름다운 경관에 감탄한 선비가 옻 칠漆 자에 발 족足 자
를 써서 그곳을 칠족령이라 이름 붙였다고 한다. 지금의 제
장마을과 문희마을을 잇는 고개이다.

"구렁이가 기어가는 것 같아요."
"그렇지?"

정상에서 2.4km 벗어난 지점의 칠족령 전망대에서 내려다
보니 동강 물줄기는 한 마리 거대한 구렁이가 똬리를 트는
몸짓이다.

구렁이는 아무런 기척 없이 저 말고도 다른 많은 이들이
사는 세상에 민폐를 끼치지 않기 위해 바짝 몸뚱이를 가라

앉혀 세상 끝 언저리를 골라 기어가고 있다.

산과 산을 가르며 흐르는 곡류천을 바라보자니 사람 살아가는 인생사를 보는 듯하다. 부딪치다가 휘어 피하고, 가로막혀서 투쟁하여 뚫고 지나가는 인생살이처럼 굽혔다가 곧추세워 흐르고 다시 굽이치는 동강의 흐름을 포개서 견주게 된다.

다시 보며 거듭 되짚어도 강물의 흐름이 삶의 그것보다 훨씬 수월하고 거침이 덜하다. 막혀버린 삶을 어찌하지 못해 그녀들은 저 강물에 몸을 내던지지 않았던가.

도통 유연함이 없는 세상살이가 역사를 만들어 왔고 지금도 맥없이 이어지고 있음에 저도 모르게 큰 숨이 새어 나온다.

어떻게 표현하든 산자락과 물줄기의 조화로움을 흠뻑 만끽할 수 있는 최적지 중 한 곳이 여기일 것이다. 꽤 더웠지만, 더없이 청량했던 백운산행이다.

날머리 제장마을로 내려와 알알이 실하게 익어가는 청포도가 무척 탐스럽게 보인다.

정선의 산골 마을은 움직임이 없이도 정적 속에서 가꾸어지고 푸르러짐에 게으르지 않다. 유유한 동강의 흐름처럼 그저 차분히 생장하는 산중 촌락이 마냥 정겹다.

청포도 밭길을 걷다 보니 시장기가 몰려온다. 제대로 식사

도 못 했는데 이것저것 눈요기만으로도 배불렀던 산행이었
나 보다.

때 / 초여름
곳 / 점재마을 – 병매기고개 – 백운산 정상 – 칠족령 – 하늘벽 구름
다리(유리 다리) – 칠족령 전망대 – 제장마을

네 번째 공룡사냥에 나서다, 설악산 공룡능선

천화대의 으뜸 범봉을 필두로 왕관봉, 희야봉을
지척에서 접하니 언제나처럼 가슴이 뜨거워진다.
송곳처럼 날 세워 파란 천을 뚫고 쭉쭉 뻗어 하늘 향해
악수를 청하는 역발산기개세에 감탄하지 않을 수 없다.

공룡의 등에 올라타는 건 특권을 누리는 것이다

6월 말 새벽 세 시. 설악산 정상을 오르는 최단코스, 남설악 오색 탐방안내소의 개방에 맞춰 설악산을 오른다.

여섯 번째 들어서는 오색 들머리는 오를 때마다 버겁다. 표고 500m 지점에서 시작하여 정상 1708m의 대청봉까지 도상거리 5km의 가파른 수직 오르막. 이길 만큼은 다신 오지 않겠다고 다짐하면서도 또 오게 된다.

여기가 설악산이고 이번 산행이 나로 인해 등산에 깊이 맛 들인 친구들과의 동행이기 때문이다. 설악산은 특히 가고자 하는 명분, 와야 할 이유가 어떻게든 만들어진다.

한 시간 반 정도가 지나 동이 터온다. 설악폭포 지나 제2쉼터에 이르러서야 헤드랜턴을 끄고 턱까지 차오르는 숨을 돌리니 이른 새벽인데도 땀이 샘솟듯 한다.

오색 들머리의 다른 등산객들보다 먼저 새벽 정기를 마시

고자 앞서 걸었다. 놓치면 마냥 처질 새라 병소가 바짝 따라붙었고, 영빈이와 계원이는 조금 뒤처졌다.

"힘들지?"
"응. 그래도 죽을 거 같진 않아."

대견하다. 병소한테는 첫 대청봉 등정이다. 그런데도 호기롭게 어둠을 뚫고 오르는 가파름을 거뜬히 소화해내고 있다. 오른쪽으로 화채능선이 반만 보인다. 운무에 가린 능선의 긴 곡선이 오늘따라 더 정겹다. 바위에 걸터앉아 설악에서 열리는 여명을 둘러본다. 시선이 머무는 곳마다 살가움이 넘친다.

"케이블카가 설치되면 편하게 올라올 수 있을 거야."
"무슨 말 같지 않은 소리야. 케이블카가 생긴단 말이야?"
"그래선 안 되는데 자꾸 그런 목소리가 커지나 봐."
"이제 막 설악산에 빠지기 시작했는데. 애정이 생기려는데 그 여자의 문신을 본 꼴이야."
"하하하! 기막힌 19금 비유일세."

병소는 설악산의 케이블카 설치를 문신에 빗대면서까지 핏대를 올렸다. 산은 찾는 이들의 편의를 도모하여 빠르게 정상을 접하게 하는 탐방지가 아니다. 산은 힘들고 불편한 곳이기에 매력이 넘치는 곳이다. 문명의 이기 속에서 살다가 모처럼 찾은 대자연에서마저 편안함을 추구하려고 오는 장소가 아니라는 걸 깨달아야 한다.

순리를 거슬러 이익을 좇는 이들에 의해 산이 휘둘려서는 안 된다. 산이 자연의 섭리를 빼앗겨가면서 그들의 호주머니를 채워주는 도구가 되어서는 안 된다. 대자연의 가치를 돈에 비유할 수 없음이다. 케이블카를 설치한다거나 산악열차를 개통하겠다는 발상으로 대자연에 생채기를 내는 일은 제발 없었으면 좋겠다.

"자연은 자연 그대로일 때 가장 아름다운 거야."
"동감일세."

사랑하는 설악산이 빨간 루주나 아이섀도로, 더더욱 문신 따위로 천혜의 자연미가 훼손되지 않기를 염원하며 다시 잰걸음으로 새벽 공기를 가른다.

"병소야, 먼저 올라가."

대청봉에 이르러 처녀 등정인 정상을 친구가 먼저 밟을

수 있도록 한다. 초보 때 선배가 양보했던 정상 등정을 그대로 따라 하는 것은 작으면서도 큰 즐거움이다.

'양양이라네!'

대청에서 여느 때와 달리 더욱 뿌듯한 행복감을 느끼는 건 비록 고된 장정이지만 사랑하는 친구들과의 동행이기 때문일 것이다. 많은 산을 홀로 다녀보았으므로 혼자가 아닌 동행에 큰 희열을 느꼈음이리라.

"양양에서 제일 높은 곳이 여기라는 걸 기억하게나."

1708m, 강원 최고봉이자 한라산, 지리산에 이어 표고로는 남한 3위의 산. 그러나 설악산은 명함에 찍힌 직함으로 존재감을 드러내는 산이 아니다. 설악산은 그 자체로 존재가 주목받고 오르는 이로 하여금 자존감을 지니게 하는 그런 곳이다.

"우와~ 대박!"

처음 밟는 설악산 정상, 어제 저녁나절부터 설렘과 긴장감에 결국 잠까지 설쳤다는 친구 병소와 영빈이었다. 그들의 뿌듯함은 운무가 걷히면서 드러난 외설악 천불동의 장관을 보며 탄성으로 이어진다.

운해가 차오를 때나 맑은 날이나 설악 정상에서는 감탄사를 연발하게 된다. 엷은 안개가 오락가락 시야를 가렸다가 열어주기를 반복한다. 600m 아래 중청 대피소가 사라졌다가는 다시 보인다.

시계가 좀 흐리면 어떠하랴. 우리가 대청의 정상석에 나란히 서서 악수하고 있는데. 늘 느끼는 거지만 정상은 그만큼 땀 흘린 자에게만 자리를 내어준다. 케이블카를 타고 올라와서는 만끽할 수 없는 희열이다. 이들과 함께 설악의 최고봉을 함께 공유한다는 사실이 행복하다.

"저기가 오늘 우리가 넘어야 할 공룡능선이야."

스틱으로 아래쪽 능선을 가리키는데 공룡이 등줄기를 들이대고 어서 올라타라는 것처럼 보인다. 그러더니 금세 안갯속으로 내뺀다.

'강원도 양양군 서면 오색리 산 1-24번지'

대청봉과 중청봉 사이의 안부에 있는 중청 대피소의 주소.

246

거기서 아침 식사를 마치고 나오자 외설악과 속초시, 동해를 두루 조망할 수 있는 전망 좋은 위치에 빨간 우체통에 세워져 있다. 정식 명칭 '설악산 대청봉 우체통'의 안내판에 이렇게 적혀있다.

"1708M, 5604 Ft 이 우체통은 국토의 근간인 백두대간 마루금에 위치한 우리나라 최고最高의 우체통입니다. 명산 설악을 찾는 국민들을 위하여 속초우체국과 설악산국립공원 사무소가 공동으로 설치 운영하고 있으며, 여러분이 보내는 편지와 엽서는 매주 1회 수집하여 우체국을 통해 전국 각지로 보내고 있습니다. 설악의 아름다운 추억을 우편엽서에 담아 보시기 바랍니다."

엽서 대신 우체통을 어루만지며 두고두고 오로라처럼 생성될 추억을 담아 넣고 다시 길을 나선다. 아침 8시를 지나고 있다.

소청으로 향하면서 내려다보는 설악골에 여전히 안개가 머무르고 삼각 상투 화채봉이 흐릿한 걸 보니 공룡능선에 이를 즈음엔 날이 쾌청할 거란 생각이 든다. 친구들이 공룡의 가죽 비늘을 세세하게 살펴볼 수 있었으면 하는 마음이다.

"꼿꼿하게 날 세운 공룡의 등에서 묘한 어지럼증을 느꼈

었거든. 처음 내가 그랬던 것처럼 너희들도 그랬으면……."

소청을 지나 희운각으로 가는 길, 초여름이긴 하지만 산중 아침나절인데도 땀이 줄줄 흐를 정도로 무덥다. 희운각 대피소 바로 아래 계곡에서 흘린 땀을 씻어낸다.

이제부터 본격적으로 공룡의 등줄기를 올라타게 된다. 이제부턴 모든 게 쭉쭉 솟아 있다. 내설악과 외설악을 가르는 공룡 우리에 들어서며 설악산이 왜 남성미가 강한지를 보게 된다.

"저걸 넘어간단 말이야?"

무너미고개 전망대에서 신선대를 올려다보며 영빈이는 벌린 입을 다물지 못한다.

"자신 없으면 왔던 길 되돌아가든지."

공룡능선 남쪽 들머리를 마치 에버랜드 입구로 착각하는지 병소는 마냥 들떠있고 자신감이 넘친다. 한때 공룡능선을 경험했느냐의 여부로 산악인의 등급을 가리기도 했었다. 나도 그랬었지만, 친구들도 그런 공룡능선에 경외감을 지니고 온 것이었다.

"나만 진급에서 빠질 순 없잖아."

빼도 박을 수도 없겠다며 체념한 듯한 표정으로 뒤따라온 영빈이의 입이 다시 벌려진 건 공룡 제1봉 신선대에 올라서다. 이쯤에서 귀까지 먹먹해지는 건 대뇌의 모든 사고를 중지하라는 신호다.

오로지 눈으로만 보고, 본 그대로 느끼라는 알람이다. 보고 누리며 감상의 시야와 감동의 폭을 더욱 넓히라는 의미이다.

"아아~ 이 정도였다니. 이게 바로 설악산이었구나."

낙차 심한 절벽을 타고 오르는 반투명 안개가 걷히면서 환히 드러난 천화대에 탄성이 터지고 땀을 식히는 시원한 바람을 맞으며 엄지손가락을 곧추세운다. 멀리 역광 받은 화채능선이 은빛 그림자 드리우고 모습 드러낸 화채봉과 왼편 달마봉이 살갑게 손짓한다.

천화대의 으뜸 범봉을 필두로 왕관봉, 희야봉을 지척에서 접하니 언제나처럼 가슴이 뜨거워진다. 송곳처럼 날 세워 파란 천을 뚫고 쭉쭉 뻗어 하늘 향해 악수를 청하는 역발 산기개세에 감탄하지 않을 수 없다.

마음만 먹으면 언제든 장군봉, 유선대를 접하고 설악골을 내려다볼 수 있다는 건 헤아릴 수 없을 만큼의 큰 기쁨이며 환희다.

지금부터 가야 할 길, 1275봉, 나한봉과 마등령. 힘이 딸리면 마라톤 완주코스가 될 수 있고 즐기면 일품 코스 요리일 수도 있는 곳. 그게 바로 공룡의 극단 양면이다. 오늘 산행을 이끄는 대장으로서 일행들에게 꿀맛 요리를 해주고 싶지만 그건 먹는 이의 입맛이 좌우할 것이다. 아직 많은 길이 남아있음이다.

신선대를 내려서면서 공룡의 품 안으로 파고들게 된다. 아니 빨려들게 된다. 외설악 공룡의 등에 올라탔다는 사실만으로도 특권을 누리는 셈이다. 바삐 가려거든 절대 설악엔 오지 마시라. 설악은 걸음보다 눈이 바쁜 곳이기 때문이다. 가다 멈추길 반복하며 다양한 형태의 공룡 닮은 바위들을 보게 되는 공룡능선의 품 안은 특히 그러하다.

"공룡아! 우리가 무겁다고 너무 심히 꿈틀거리진 말아라."

숱한 너덜 바윗길, 쇠줄 잡고 오르내리길 수차례 반복하며 1275봉 아래에 이른다.

"다들 그 자리에 서봐."

공룡능선의 수많은 봉우리 중에서도 높이 1275m로 가장 높고 훌쩍 마음에 드는 봉우리인지라 1275봉 상단이 잡히는 안부에 일행들을 서게 하고 셔터를 누른다.

공룡능선을 단순히 등산로의 한 구간으로 여겨 그저 걷기만 한다면 더더욱 힘에 겨운 곳이다. 공룡능선은 걸음보다 눈을 움직여 보이는 장면마다 담아두며 부차적으로 걸음을 옮기는 곳이라 할 수 있다. 유람하듯, 소요하듯 느긋하게 말이다.

여길 지나 정면으로 나한봉을 마주하게 되는데 공룡능선에서 가장 힘든 부분이 바로 이 구간부터가 아닐까 싶다. 그만큼 체력소모가 클 즈음이다. 미끄럽기까지 해서 더 버겁지만, 간간이 싱그러운 햇빛과 하늘을 찌르는 암봉들의 자태가 펄펄 기운 넘치는 충만한 생명력을 느끼게 한다.

"저기 넘어서면 공룡 우리에서 벗어나는 거야."

공룡능선을 지나오긴 했어도 아직 갈 길이 멀다. 거리만 놓고 볼 때 오색에서 대청까지 1라운드라 치면, 2라운드 공룡능선을 지나 마등령에서 백담사 주차장까지를 마지막 3라운드라 할 수 있을 것이다. 그

러나 설악산은 아껴 먹는 초콜릿 같은 곳이다. 지나고 나면 아쉬움이 가득 고이는 곳이다. 가야 할 길이 많이 남아

몸이 무거워지고 마음에 부담을 주는 곳이 아니다. 발 닿는
곳마다 탄성을 자아내지 않았던가.

백두대간 마등령은 금강굴, 비선대, 와선대를 지나 신흥사
로 내려가는 외설악과 오세암, 백담사로 내려가는 내설악
그리고 북쪽 미시령으로 뻗는 출입 통제구간의 연결점이자
경계이다. 말 등에 올라 동해와 북면의 황철봉, 지금까지
온 공룡능선을 두루 둘러보다가 예정대로 내설악 백담사
쪽으로 길을 잡는다.

다양한 루트가 있고 특별한 볼거리가 있어 늘 처음처럼
새로운 산행 경험을 할 수 있는 곳이 설악의 품이다. 그 품
속을 오가다 보면 가까운 일가를 들르는 것처럼 다감하고
다복한 느낌이다.

친가가 있는 도심의 외설악에서 수렴동 지나 용대리를 날
머리로 하는 내설악으로 내려가다 다리가 뻐근할 즈음 시
원한 식수를 제공해 주고 감자를 삶아 오가는 이들이 요기
할 수 있게 해주는 오세암五歲庵에 이르자 오늘은 맛깔스
럽게 고구마를 삶아놓았다. 편안한 자리를 골라 나란히 걸
터앉아 고구마를 하나씩 먹는다.

"여기 오세암은 이름처럼 다섯 살과 깊은 관련이 있는 암
자야."

252

조선 중엽, 설악산 관음암에서 수도하던 설정 스님이 부리나케 고향인 충청도 두메산골로 향했다.

"스님! 어서 고향으로 가보시지요."

꿈에서 고향을 찾아가라는 관세음보살의 계시대로 30여 년 만에 찾은 고향은 폐허가 되어있었다.

"시주 때문에 오셨다면 괜한 헛걸음을 하셨소이다. 얼마 전 괴질이 번져 이 마을 사람들 모두 떼죽음을 당하고 세 살 먹은 어린아이만 살아 있다오."

알고 보니 어린아이는 형님의 아들이었다. 설정은 아이를 등에 업고 설악산으로 돌아왔다. 가문의 대를 잇게 하려고 관세음보살이 고향으로 보냈던 것으로 여겼다. 암자 생활에 잘 적응하던 아이가 네 살이 된 이듬해 늦가을 무렵, 설정은 겨우내 먹을 월동준비를 위해 설악산을 넘어 양양에 가야 했다.

"저기 관세음보살 앞에서 손 모아 관세음보살을 부르면 너를 지켜주실 테니 무서워하지 말아라."

어린 조카가 며칠 먹을 밥을 지어 놓고 길을 나섰다. 양양 물치 장터에서 장을 본 뒤 신흥사까지 왔는데 밤새 내린 폭설로 길이 막히더니 날이 가도 그치지 않는 눈은 온 설악산을 하얗게 덮어버렸다.

"그토록 아름답던 대청봉과 소청봉도 그저 원망스럽기만 하구나."

설정 스님은 자신에게 자연의 섭리를 내다보는 혜안이 없었음을 탓하고 조카를 염려하다 병석에 눕고 말았다. 어린 조카 걱정에 시름시름 앓으며 까맣게 속을 태우다가 이듬해 3월 눈이 그치고 겨우 길이 열리자 벌떡 기운을 차려 몸을 일으켰다.

대청봉에 도착하니 관음암이 있는 골짜기에서 한줄기 서광이 하늘로 뻗어 오르는 게 보였다. 빠른 걸음으로 내려가 조카를 불렀는데 법당 안에서 은은히 목탁 소리가 들려오는 것이었다. 죽었을 거라고 여겼던 아이가 목탁을 치면서 가늘게 관세음보살을 부르고 있었고, 법당 안은 훈훈한 기운과 함께 향기가 감돌고 있었다.

"스님 오시기만 기다리며 관세음보살을 외웠더니 매번 관세음보살님이 나타나 저를 돌봐주셨어요. 밥도 지어주고 같이 자고 놀아주셨어요."

감동한 설정 스님은 그날 바로 암자 이름을 관음암에서
오세암으로 고쳐 불렀다.

"다섯 살짜리가 지킨 암자라는 뜻도 있겠지만 진심으로
절실하면 어린 동자도 불법을 깨우칠 수 있다는 의미겠지."
"영빈이도 조금 늦긴 했지만, 머리 깎고 여기서 관세음보
살님이 해주시는 밥 먹고 지내는 게 어때?"
"난 육식동물이잖아."

다섯 살 동자승이 관세음보살과 함께했던 조그만 방을 들
여다보면서 관음 영험 설화의 의미를 새겨보는데 또 한 명
의 옛사람이 떠오른다.

"뜬구름 세월을 살았었구나."

조선 세조 때 생육신의 한 사람인 매월당 김시습은 출가
하여 오세암에 머물렀었다.

"김시습도 이미 다섯 살 때 일을 낸 사람이었지."

"세종대왕 앞에서 한시를 지어 인정받은 때가 겨우 다섯 살 때라지?"

"맞아. 그 후 김시습은 더욱 열심히 공부했고 천재라는 뜻으로 오세五歲라는 명칭이 붙어 다녔다더군."

그러나 세조의 왕위찬탈, 사육신의 비참한 죽음을 겪으며 보던 책을 모두 불살라버렸다니 천재의 속이 얼마나 문드러지고 시커멓게 타들어 갔겠는가.

역모로 죽은 죄인의 시신을 수습하는 건 죽음을 각오한 일이었을 당시 김시습은 비 오는 날 밤, 능지처참당해 길거리에 뿌려진 사육신의 시신을 수습해 노량진에 묻었다.

지금의 사육신 묘소가 있는 곳이다. 다섯 살에 대학까지 통달하여 이름을 떨칠 만큼 재능을 지녔지만, 시대와 궁합이 맞지 않았다.

더러운 세상 오세汚世가 오면서 오세五歲의 학식은 세상에 덧입혀지지 못했다. 역사적으로도 많은 내력을 지닌 오세암은 아늑하기로는 설악산의 사찰 중에서 으뜸이란 생각이다.

그런 오세암을 나서는데 오늘 밤 가을비가 내려 암자의 지붕을 축축하게 적시면서 더욱 아늑한 분위기를 만들어낼 것만 같다.

깊은 산 가을밤에 빗소리 구슬프다
저 스님 무슨 생각에 눈을 감고 앉았는고
나도 따라 눈을 감고 앉아 빗소리를 들어 본다
빗소리 눈감고 듣지 말게 가슴 젖어드느니

   - 오세암의 밤 / 노산 이은상 -

"여기 영시암에도 짚고 넘어갈 한 사람이 있지."

시위를 떠난 화살이 돌아오지 않듯 영시암永矢庵이라는
이름은 이 절에 은거하여 죽을 때까지 세상에 나가지 않겠
다는 맹세의 뜻을 담고 있다.

'내 삶 괴로워 즐거움이 없고 늙어 설악 산중에 들어와 여
기 영시암을 지었네.'

조선 후기 유학자로 성리학과 문장에 능한 삼연 김창흡이
그 주인공이다. 1689년 기사환국己巳換局 때 영의정이던
아버지 김수흥이 파직되었다가 사약을 받고 죽자 설악산으
로 들어왔다.
후궁인 장희빈에게 빠진 숙종이 인현왕후 민씨를 폐비하려
했을 때 이를 반대하던 이들을 유배시키고 이듬해 중전 민
씨를 폐했다.

그 뒤 희빈 장씨의 아들을 세자로 책봉하고 장희빈을 왕
비에 앉히면서 서인 집권 10년 만에 남인에게 정권을 **빼앗**
긴 국면을 기사환국이라 한다.

그러나 권력의 무상함을 일장춘몽 혹은 화무십일홍에 비유
하지 않았던가.

후에 장희빈이 폐위되고 자결하게 되면서 권력은 다시 서
인과 노론에게 넘어가는 붕당정치가 이어진다. 희빈 장씨의
아들 경종은 숙종의 또 다른 후궁 숙빈 최씨의 아들이자
경종의 이복동생 영조에게 정권을 넘기게 되고.

조선 역사를 되짚다가 수렴동 계곡을 끼고 걸어 백담계곡
에 이르러서 땀 젖은 얼굴을 씻는다. 백담사 주차장에서 버
스를 타고 굽이굽이 꺾어지는 도로를 따라 용대리에 이르
면서 길고도 험한 여정을 마친다.

비릿한 황태덕장이 있는 용대리에서 황탯국에 반주를 곁들
이니 긴 여정의 피로가 바로 가신다.

"다들 수고했어. 멋진 산행이었어."
"멋진 역사여행이기도 했어."

동반한 친구들을 보며 그런 생각이 든다. 그렇게 생각하고
싶다.

공룡능선을 함께 걸었다는 건 삶의 동반이다. 인생의 난관을 함께 풀어냈다는 것과 다르지 않다.

때 / 초여름
곳 / 오색 탐방안내소 – 설악폭포 – 대청봉 – 중청대피소 – 중청 – 소청 – 희운각 대피소 – 공룡능선 시점 – 신선대 – 1275봉 – 나한봉 – 마등령 삼거리 – 오세암 – 영시암 – 수렴동 계곡 – 백담사 탐방안내소 – 백담사 주차장 – 용대리

의암호와 북한강 물살 따라 오르내리다, 삼악산

빼앗기기 전에 놓아버리면
계절 바뀌는 과정도 순탄하련마는.
훌훌 털어내면 오늘도 영원이요,
내일도 찰나의 이음에 불과하련마는.

강촌은 영원한 젊음의 장소이다. 수십 년이 흘렀어도 강촌은 여전히 생기 넘치고 젊음이 발랄하게 묻어나는 곳이다.

강원도 춘천시 남산면 강촌리의 강촌교 건너 강마을로 삼악산, 봉화산과 검봉산 등이 마을을 둘러싸고 있으며 강촌천이 북한강에 유입되는 합수 지역에 삼삼오오 젊은이들이 모여들어 MT 또는 캠프 등 휴양 및 야영을 즐길 수 있게끔 조성한 곳이 강촌유원지이다.

"파릇한 청춘은 유원지에 발산하고 노회한 잿빛 기운은 산에 뿌리노라."

한때 젊은 시절이 있었음을 회상케 해주는 강촌유원지를 돌아보며 피식 웃음을 짓는다. 세월 흐름 따라 육신은 노쇠해질지라도 젊은 시절 초롱초롱한 추억은 여전히 파란빛을 띠고 있다.

260

군사정권의 흉측한 정치 합리화에 분노하여 젊은 날의 한 구석 잿빛 같은 그늘이 따라붙긴 했지만, 정태춘의 '시인의 마을'을 화음 맞추며 추억을 쌓아갔었다.

"그랬었지. 통기타 둘러메고 청량리에서 경춘선 열차를 타면 아무리 비좁아도 마음이 들떴었지."
"추억은 오로라처럼 생성되건만 지나간 세월은 점점 더 멀어지기만 하누나."

햇살 푸른 유혹을 뿌리치지 못하고

그렇게 옛 추억을 떠올리고, 그렇게 지난 세월을 아쉬워하며 강촌으로 왔다. 작년 이맘때 지리산 화대 종주를 함께 했던 병소, 계원, 은수와 그날의 긴 여정을 또 추억 삼으면서 삼악산을 찾았다.
강촌교 너머로 정면에 두툼하게 솟은 봉우리를 보게 된다. 삼악 좌봉이다. 다리 건너 경춘 국도를 통과하는 육교 뒤에 산으로 통하는 좁은 들머리가 있다. 밖에서 볼 때와 달리 속은 바위 날카로운 급경사의 산세이다.
삼악산은 강촌유원지에서 강촌교를 건넌 춘천시 서면에 소재하여 삼악산성의 유적과 삼악사 터가 남아있고 남쪽 산

기슭에 높이 15m의 등선폭포가 있어 강원도 시도 기념물 제16호로 지정된 바 있다.

거칠게 숨 내쉬면서 412m 봉에 이르자 등산로 왼쪽 사면으로 기울어 뻗은 소나무들 사이로 길게 이어진 의암호 물길이 시야에 들어온다.

"저게 인공호수라고?"

북한강 중류 수계의 의암호는 그 호수면 너비가 5㎞, 길이 8㎞로 춘천시가지를 둘러싼 형상의 인공호수이다. 1967년 수력발전소를 만들기 위해 의암댐이 조성되면서 춘천호, 소양호와 물살을 맞대고 있다.

"여태까지 북한강 물줄기로 알고 있었어."
"산에 오면 산 이외의 지식도 많이 얻게 되는 법이지."

한여름 이른 오전에 구름은 많지만, 시계가 확연하게 트여 연인산, 명지산, 화악산 등 경기 동북부의 고봉들이 뚜렷하다. 한북정맥에서 나뉘는 명지 지맥과 화악 지맥에 쭉 늘어선 경기 명산들을 가까이 느끼며 산행할 수 있어 다행이다. 내려다보면 출발지 강촌유원지가 한눈에 잡히고 오른쪽으로 강촌을 병풍처럼 둘러싼 봉화산, 검봉산 강선봉이 바로 허리춤에 있다. 멀리 용문산, 중원산 도일봉과 유명산을 조망하는데도 무리가 없다.

"여기서도 내가 갔던 산들이 꽤 많이 보이네."
"8년 차 마니아에 국내 3대 종주를 뚝딱 해치운 병소 형님이신데 어렵하시겠어요."
"그렇군. 나도 초짜는 벗어났지?"

병소와 계원이의 대화가 흥겹다. 산은 보는 곳이지 가는 곳이 아니라던 두 사람이 어느새 부쩍 자란 아이처럼 느껴져 미소를 머금게 된다.
속속 거친 암릉이 이어져 경관에만 한눈팔 수 없게 한다. 표고 570m의 삼악 좌봉에 다다르자 가평을 에워싼 준봉들이 더욱 선명하게 눈에 잡힌다.
시원스럽게 이어진 곡선 가로금을 다시 바라보다가 좌봉에서 내려와 우회로 갈림길을 마다하고 험한 규암 덩어리 바위 구간을 택한다. 삼악산 바위 봉우리들은 대다수 수억 년 전에 퇴적된 사암砂岩이 높은 온도와 압력에 의해 생성된 변성암이라고 한다.
암벽에 매어진 팽팽한 밧줄을 잡고 철제 발 디딤판을 밟아 오른다. 건너편 좌봉을 돌아보고 내려서면 조금 전 우회로와 만나는 지점이다. 여기서 0.4km를 걸어 고도 632m의 등선봉에 닿는다. 나무들에 조망이 가려진 등선봉은 머무름 없이 지나친다.

계획을 바꿔 619m 봉에서 흥국사 방향으로 길을 잡아 청운봉으로 향한다. 등선폭포로 하산할 예정이었는데 시간도 넉넉한지라 네 사람이 의견을 맞춰 조금 더 산에 머물기로 한 것이다.

오봉산의 구성폭포, 문배마을의 구곡폭포와 함께 춘천의 3대 폭포로 꼽히는 등선폭포는 서면 덕원두리 원당마을에서 삼악산 등산코스를 따라 100m 정도 올라가면 기암절벽과 우거진 노송 사이에 있는 1·2·3폭의 아름다운 폭포이다. 다들 등선폭포를 거쳐 올라온 경험이 있어 오늘은 능선 유람에 시간을 할애하기로 한다.

"오늘처럼 조망권이 생생하면 산에서 내려가기 싫을 때가 있더라고."
"병소 형님은 이제 산사람이 다 되셨어요."
"첨부터 죽은 사람은 아니었지."
"헐~"

모든 만남이 걸으며 이루어진다는 산객들의 말처럼 이산에서 저 산으로 또 다른 산으로 마구 건너뛰고 싶어질 때가 있다. 병소의 지금 기분처럼 아마 그때가 가장 산과 친근한 시기인지도 모르겠다.

한가롭게 하늘을 유영하던 구름 떼가 자취를 감추자 조명 밝히듯 햇살이 창창하다. 앞서가던 몇몇 산객들조차 보이지 않아 삼악산 정상부는 햇살 부서지는 묵음默音과 우리 네 사람의 발걸음 소리만 들릴 뿐이다.

"너무 평온하군."
"진짜 그러네요."

막바지 사력을 다해 빛을 쏟아내는 여름의 끝은 평온하지만 처절한 슬픔이기도 하다. 검정 한지를 구멍 낼 듯 치열한 투사投射의 몸부림은 차라리 애절하다.

너무나 고요해서일까, 얼핏 가을 오는 소리를 들어서일까. 딱히 슬플 일이 없는데도 깨질 듯한 푸름, 먼 산까지 시야에 들어차는 청명한 삼악산에서 가는 여름을 부여잡고 싶은가 보다.

온 세상 눈부시도록 발광하며 자신을 태워 붉은 가을로의 인수인계를 게을리한들 누구라서 꾸짖을 텐가. 이미 나무들은 제 살을 도려내고 수풀 여기저기 멍들듯 붉다가 검어지기 시작하는걸.

책장 하나 넘기듯 가벼이 보내기엔 아쉬움 잔뜩 남을지

모르지만 읽은 쪽 넘기고 읽어야 할 쪽 펼쳐야 순리가 아닐까 싶다.

빼앗기기 전에 놓아버리면 계절 바뀌는 과정도 순탄하련마는. 훌훌 털어내면 오늘도 영원이요, 내일도 찰나의 이음에 불과하련마는. 표시 나지 않게, 수선 피지 않고 짧은 인생 인식하며, 그저 불순하지 않고 소신 굽힘 없이 그렇게 하루하루 잇다 보면 책 한 권 덮듯 또 다른 책을 펼치게 되지는 않을까.

너무 평온해서였나 보다. 오랫동안 작은 탈도 없이 시간이 흐르면 오히려 불안해질 때가 있었다. 현재의 온순한 평온을 더 오래 간직하고픈 마음이 생기면 은근히 감성이 두드러지고 만다.

용화봉, 등선봉과 함께 삼악 3봉의 하나인 청운봉(해발 527m)은 삼악산성을 쌓던 바위 더미에 그 높이를 표기해 놓았다. 여기서 이정표 상의 계관산 방향으로 가면 석파령을 지나 화악 지맥을 잇게 된다.

화악 지맥의 저쪽 끄트머리 부근, 화악산 아래 몽덕산에서 시작해 가덕산, 북배산, 계관산을 지나고 석파령 건너 여기이 자리까지 와서 다시 오늘 걸어온 길을 역으로 내려갔었다. 딱 재작년 이맘때다. 마실 물이 떨어져 갈증을 견디고 길을 놓쳐 헤매다가 밤늦게 강촌에 닿아서야 갈증을 해소하고 허기를 채웠었다.

"다시는 혼자서 연계 산행 같은 건 하지 않을 거야."

그때 그렇게 결심했었다.

"훌쩍 떠나자꾸나."

시간이 지나 실바람 살랑이고 햇살 맑은 주말이 다가오면 언제 그랬냐는 듯 몇 개의 산을 잇고자 또 혼자 떠나게 된다. 섬광처럼 번쩍이며 느닷없이 호객행위를 하는 곳이 산이다. 그 푸르른 유혹이 무뎌질 때쯤이면 무릎도, 호흡도 무뎌져 있으리라.

결국엔 혼자 한 결심이 무너졌던 그 방향에 추억 새기듯 눈길 던지다가 또 다른 방향인 최정상 용화봉으로 향한다. 춘천 시내와 의암호가 비스듬히 내려다보인다.

박달재를 지나 용화봉으로 오르는 길목에 산성 터가 있다. 삼한 시대 맥국의 성이었다는 삼악산 성지 안내판에는 궁예가 왕건에게 패해 패잔 군졸들과 피신했던 곳이라고 적혀있다. 험준한 자연 지형을 이용해 암벽과 암벽 사이를 부분적으로 축성했는데 현재는 길이 5km가 남아있다고 한다.

"궁예는 동에 번쩍 서에 번쩍하며 도망 다녔었네."

"하하, 맞아. 그 표현이 적절해."

"이리저리 쫓아다니던 왕건도 꽤 힘들었을 거예요."

싸움에 패해 쫓기는 궁예의 울음은 여기 삼악산뿐 아니라 백운산, 운악산, 명성산에서도 들린다. 패자의 서러운 흔적을 그 산들에서도 본 바 있다.

길지는 않아도 제법 가파른 오르막을 넘자 삼악산 주봉인 용화봉(해발 654m)이다. 햇빛 받은 의암호가 은빛을 반사한다. 종도와 붕어섬을 휘감은 물길 너머로 호반의 도시 춘천이 많은 산을 배경으로 펼쳐있다. 용화산과 오봉산의 이음새가 선명하다. 양평 쪽으로는 용문산 가섭봉이 우뚝 솟아 있다.

가리산과 구절산도 짚어보고 한강기맥의 높고 낮은 산군들을 두루두루 둘러보다가 상원사 쪽 하산로로 내려선다. 햇살은 여전히 창창하다.

어미 멧돼지가 새끼 멧돼지를 업은 모습의 바위를 지나고 다시 돌탑을 지나서 제2지점이라는 팻말을 보게 된다. 정상에서 480m를 내려온 곳이다.

소나무들 틈으로 의암댐을 보면서 철 계단을 내려선다. 깔딱 고개를 지나 상원사에 이르도록 강변의 풍치와 멋들어

268

진 소나무, 조심스러운 바윗길 내리막의 연속이다. 삼악 산
장을 지나 국도로 내려섰어도 햇살은 더욱 잘게 부서진다.

때 / 여름
곳 / 강촌교 - 412m 봉 - 삼악 좌봉 - 등선봉 - 619m 봉 - 청운봉
- 박달재 - 용화봉 - 상원사 - 삼악산장

닿지 않는 점봉산, 곰배령에서 아쉬움을 곱씹다

법석거리지 않은 곰배령에서
훌쩍 넘어서고픈 점봉산은 더욱 애틋하다.
천국을 연상케 하는 정갈한 하늘 꽃밭, 거기서 다시
두 분 부모님을 뵙고 이승으로 돌아가는 기분이다.

푸르디푸른 활엽수림에 온갖 야생화 만발한 지상천국

곰이 하늘 향해 배를 드러내고 누운 형상이라 이름 지어진 곰배령, 혹은 밭을 고르게 일구는 농기구인 고무래의 강원도 사투리 곰배가 그 어원이다.

해발 1100m 고지 약 165,290m²(5만 평)에 형성된 평원에는 계절별로 수많은 야생화가 만발하여 하늘정원을 이루고 있다.

산중 오지여서 6.25 한국전쟁 때도 총소리조차 듣지 못한 곳이란다. 그래서 더욱 찾고 싶었는데 꽤 늦고 말았다. 벼르고 벼르다가 겨우 찾아서였을까. 뒤늦게 찾아뵈어 부모님 산소에 잡초 무성하도록 불효한 느낌까지 든다.

지금 곰배령으로 향하며 가슴이 저리고 심히 울렁인다. 한계령을 넘어올 때마다, 오색에서 설악산 오르며 뒤돌아볼 때마다 손짓하며 부르던 점봉산 자락이라 더욱 그러하다.

점봉산을 떠올리노라면 군사분계선 너머의 금강산보다 더 애틋한 그리움이 생긴다. 짙은 모성애에 젖게 한다. 하늘 가까이 점봉산 능선 걷다 보면 거기 두 분 부모님이 웃고 계실 것만 같은데.

산은 어머니의 품이다.
기다림과 그리움 가득 담게 하는 충직한 본능
한 방울 물기마저 없애려 빨래 비틀 듯
세월에 영혼 담아 당신 몸 사르는 기도
산은 뒤늦게 불효에 통한케 하는
떠나신 어머니의 뒷모습이다.

"동익아, 고마워."

"뭐가?"

"곰배령 예약한 건 여태까지 네가 했던 일 중에 가장 잘한 일일 거야."

메아리 산방의 회장이자 산악 대장인 동익이가 쉽지 않은 곰배령 탐방을 예약했다. 남영이까지 세 명이 별러왔던 곰배령으로 향하게 된 것이다. 곰배령은 설악산국립공원 점봉산 분소가 있는 귀둔리 주차장에서 오를 수도 있는데 이곳은 국립공원을 통해 예약하게 된다.

우리는 또 한 곳의 오름길인 산림청에서 관리 예약하는 강원도 인제군 기린면 진동리 218의 주소에 있는 점봉산 생태관리센터로 향한다. 어느 곳으로 가든 곰배령을 탐방하고 들어온 곳으로 원점 회귀하여야 한다.

이곳의 곰배령 입구는 단목령으로 갈라지는 삼거리로 그쪽은 출입을 제한한다. 그래서 막힌 점봉산이 더욱 애틋하다.

"마누라 없이는 살아도 설피 없이는 못 살아."

진동 2리 일대는 설피 밭이라고 불러왔는데 겨울이면 너무 많은 눈이 내려 설피가 없으면 이동할 수 없었기 때문이란다. 강우량도 많아 다른 지역에 가뭄이 들어도 이 계곡에는 물이 넘쳐났다고 한다.

예약 확인을 마치고 들어서면서부터 이슬에 젖었던 수풀 내음이 향긋하다. 순도 높은 음이온이 몸속 깊이 스며들고 다른 지역에서는 보기 힘든 가느다란 대나무 모양의 속새가 무성하다. 물소리 들으며 소나무와 잣나무 쑥쑥 뻗은 숲속 오솔길을 따라 걷다가 소담한 산골 마을에 이르렀다.

강선마을엔 군데군데 와이파이존도 있고 먹거리 집도 있다. 과학과 상업은 사람이 있으면 그곳이 어디든 따라붙는 게 세상 섭리인가 보다. 마을을 지나 큼직한 바윗덩이를 눕혀 만든 다리를 건너 초소에서 출입증 확인을 받고 본격

곰배령을 탐방하게 된다.

2.8km 거리의 곰배령 방향으로 낮고 완만한 경사로를 걷는다. 빼곡히 들어차 곧고 푸른 활엽수림의 연속이다. 곰배령 정상 일대 너른 초원지대에 이르면 지금까지 오솔길 양옆에 이어진 통제 밧줄 대신 나무 데크로 만든 길이 나온다. 그 위로는 낮게 깔린 파스텔톤 하늘이 곰배령의 지붕이 되고 만발한 야생화들의 온실 역할을 한다.

늘 구름안개에 덮여있기 일쑤라는데 오늘은 그나마 시계가 양호한 편이다.

"산소 밭을 걷는 기분이야."

"산소 밭? 그런 밭이 있다한들 이만큼이나 싱그러울까."

"와보고 싶었던 곳이었어."

곰배령 정상석에 천상의 화원이라는 수식어가 적혀있고 해발고도 1164m라는 걸 표시하고 있다. 하단에 적힌 곰배령의 명칭 유래를 읽고 고개를 들면 제일 먼저 우측으로 볼록 솟은 봉우리가 눈에 잡힌다. 작은 점봉산이다.

작은 점봉산에서 주봉인 큰 점봉산을 지나 망대암산과 한계령까지 가고 싶지만, 생태계 보전을 위해 출입을 통제한 구역이다. 출금 기한인 2026년까지 인내로 버텨야 할까. 백두대간을 종단하는 산객들이 출금으로 인해 화중지병처럼 여기는 코스지만 아마도 그림 속의 떡을 끄집어내는 이들이 적잖이 있을 것이다.

탐방로 오른쪽으로 새로 조성된 산길을 따라 오르면 중턱쯤에서 곰배령을 한눈에 담을 수 있다. 동자꽃, 노루오줌, 물봉선 등의 야생화 감상과는 또 다른 풍광이 묘한 매력을 느끼게 한다. 웅장하다거나 수려하다고 할 수는 없지만 소박하고 수더분한 자연미를 지닌 곳이다.

올라와 살피니 명불허전이다. 천상의 화원이라는 비유가 조금도 어색하지 않다.

만지려 하면 손에 닿을 듯하고 느끼려 하면 가슴에 스며들 듯한 청정 기운이 마냥 상큼하다. 산들거리는 바람에 몸을 맡긴 채 걷노라면 영혼마저 유체 이탈하여 천상의 화원을 자유롭게 떠다닌다. 그리 멀지 않은 곳에 설악산 마루금이 있어 더더욱 친근하다.

정상에서 생태관리센터까지 5.4km의 내리막 능선 길에도 제각기 다른 야생화들이 무궁무진 만발해있다. 들꽃 내음 맡고 새소리, 실바람 속삭임을 들으며 쉽지 않게 찾아온 곰배령에서 아쉬움을 남기고 오던 길로 걸음을 되돌리게 된다. 급하게 경사진 길도 있고 바윗길도 있으며 수량 풍부한 물소리까지 산행의 묘미를 살짝 첨가한다.

하루 300명으로 제한하여 입산시킨다는데 입산 때도 그보다 훨씬 적은 수의 탐방객만 보았고 새로 조성한 내리막길

에는 한적할 정도로 탐방객이 줄었다. 법석거리지 않은 곰
배령에서 훌쩍 넘어서고픈 점봉산은 더욱 애틋하다. 천국을
연상케 하는 참한 하늘 꽃밭, 거기서 다시 두 분 부모님을
뵙고 이승으로 돌아가는 기분이다.

때 / 여름
곳 / 점봉산 생태관리센터 - 강선마을 - 곰배령 정상 - 원점회귀

대암산, 하늘 위 경이로운 용늪을 거닐다

세계 유일의 정전 중인 국가라 해도 군부대가
명산 명소에 위치하여 접근을 막는다는 게
늘 탐탁지 않았었다.
시대에 전혀 맞지 않는 전통 고수 방식이다.

나팔수가 나팔을 불면서 앞서가자 고을 백성들이 길을 비켜주며 머리를 조아린다. 하급 지위의 나팔수가 원님 덕에 덩달아 백성들로부터 절을 받게 된다. 이번 대암산행은 철저히 원님 덕에 나팔 부는 격으로 득을 본 셈이다.

"오늘은 내가 널 원님으로 모시……겠습니다."

나도 모르게 내 몫까지 예약 탐방 허가를 받아낸 입대 동기이자 그때부터 친구인 승호에게 원님 대접이라도 해야 할 것 같았다.

용이 승천하는 우레를 들으며

사전 약속된 집결지에 24명의 탐방객이 모였다. 해발고도

700m 정도에 있는 탐방안내소에서 숲 해설가에게 개략적인 설명을 듣고 탐방 길에 나선다.

1973년 용늪을 포함해 대암산과 인근 대우산이 천연기념물 246호로 지정된 바 있다. 1997년에는 자연 자원과 서식지의 보전 및 현명한 이용에 관한 최초의 국제협약인 람사르Ramsar 협약 습지로 최초 등록되었다. 그 이후 두 번째로 경남 창녕군의 우포늪이 등록된다.

가을 정취 저무는 낙엽 밟으며 강원도 전방의 산길에 들어서니 오래전 강원도 고성의 최전방에서 군 생활했을 때가 떠오른다.

"그땐 정말 산이라면 지긋지긋했었는데."

둘 다 고개를 끄덕이며 웃는다. 자빠지고 굴러야 하는 장소, 그땐 유격이나 동계 훈련 같은 게 산과 동일시되는 개념이었다. 시켜서 수동적으로 가게 되면 노동을 넘어서지 못하고, 좋아서 능동적이면 운동이 되며 힐링이 되는 곳이 산인 듯하다.

탐방로 오른쪽 암반을 타고 보기만 해도 시린 계류가 물소리 우렁차게 내며 흐른다. 커다란 너럭바위들이 듬성듬성 놓인 계곡을 가로질러 10여 m 남짓한 출렁다리를 건넌 후 삼거리에서 2.6km 거리 표식의 큰 용늪 방향으로 오른다.

왼쪽은 큰 용늪을 지나 대암산에서 내려오는 길이다.

울긋불긋 낙엽 수북한 바닥과 헐벗기 시작하는 나목들, 그 위로 파란 물감을 뿌려놓은 하늘뿐이다. 물소리도 그쳤고 새소리도 들리지 않는다.

바람마저 고요해 탐방객들의 낙엽 밟는 소리만 들리는 중에 용이 승천하는 우레를 듣게 된다. 용늪에 살던 물고기가 그 소리에 놀라 여기까지 도망쳐왔다는 곳, 10리에서 1리 모자란 9리의 거리이다.

어주구리魚走九里의 어원이 적힌 팻말을 보며 그제야 동행하는 탐방객들이 소리 내어 웃는다. 널찍하고 완만한 육산에 날씨까지 좋아 트레킹 하기엔 안성맞춤이다. 일행들의 행렬이 마치 소풍 나온 학생들 같다. 한 줄로 쭉 늘어서서 걷는 것도 오랜만이다.

옹기종기 단체로 모여 앉아 점심을 먹고 조금 더 오르자 능선 너머 대암산 정상이 보인다. 큰 용늪 가기 얼마 못 미쳐서 양구 팔랑리에서 오르는 길과 만나게 된다.

해발 1280m의 고지대에 용늪이라 적힌 자연석이 세워져 있고 그 앞으로 긴 나무 의자 몇 개가 가지런히 놓여있다. 의자에 앉아 해설사의 명료하고 능숙한 설명을 듣는다.

용늪 상류에 있는 군부대의 연병장과 작전도로, 헬기장 등에서 용늪으로 토사가 쓸려와 육상식물이 침투하는 등 용늪의 육지화가 가속되자 이를 방지하기 위해 군부대를 용늪과 수계를 달리하는 지역으로 이전하였다고 한다.

탐방로가 구불구불 길게 놓인 용늪 안이 이채롭다. 한라산 백록담 외에 제주도에 분포하는 단성 화산인 오름과 흡사하다. 안에 들어서서 보면 늦가을 용늪 지대는 철 지난 억새 군락지와 많이 닮았다. 승

천하던 용이 쉬어가던 용늪이라더니 용이 꼬리 담그고 쉬기에 딱 좋은 습지도 보인다. 해설사는 이곳이 연중 170일 이상 안개가 끼고 강우량도 많은 곳이란다.

"오늘처럼 청명한 날을 택한 여러분들은 행운을 잡은 겁니다."

그러면서 엄지를 치켜세운다. 수강생들이 환하게 웃으며 감사를 표한다. 연중 5개월가량이 영하의 기온이라니 습하고 한랭한 기후 때문에 지표면의 암석들 사이로 수분이 스며들어 얼었다가 녹는 과정이 반복되면서 결국 습지로 형성된 것이다.

습지식물이 낮은 온도에서 분해되지 않고 지속해서 퇴적되어 만들어진 이탄층泥炭層은 해마다 0.5~1mm 정도의 소량이 쌓이는데 용늪은 그 깊이가 최대 1.5m에 이르는 것으로 보아 약 4000~5000년 전부터 형성되었다는 걸 유추할 수 있다.

멸종 위기 1급에 해당하는 산양을 비롯해 조류, 포유류, 양서류, 파충류 등 수많은 동물과 산사초, 뚝사초 등 수많은 희귀 식물이 자생한다고 한다.

상식을 훌쩍 넘어서는 경이로움에 자꾸만 뒤를 돌아보게 된다. 숫자 계산에 골몰하다 머리가 무거워지는 것 같아 고개를 젓고 만다.

용늪 출구에 이르자 양구 도솔산이 친근한 정감으로 다가온다. 용늪을 나와 대암산 정상으로 가는 길에 가로 세 줄로 친 철조망에 지뢰가 묻혀 있다는 표지가 줄줄이 걸려있다. 전방은 전방이다.

작은 돌 위에 큰 바위가 올려져 있어 명명된 장사바위를 지나자 화채 그릇 모양의 해안리 마을 펀치볼이 보인다. 그 왼쪽 봉우리에 세운 을지전망대와 군사분계선이 손에 잡힐 듯 가깝고 그 뒤로 북한지역도 그리 멀지 않다.

정상 일대는 거친 바위 지형이다. 뾰족하고 협소한 바위 구간을 넘어 정상에 닿는다. 1312m라고 적힌 정상석이 바위에 용접한 듯 세워져 있다.

지역적으로 강원도 북단의 양구군과 인제군에 접한 대암산 大巖山인지라 한국전쟁 때도 격전지로 치열했던 곳이며 숱한 사상자가 생긴 곳이다.

향로봉에서 대청봉과 중청으로 마루금이 또렷하게 그어져

280

있다. 그 뒤로 금강산까지 첩첩 산군을 눈에 담는다. 대암산에 올라 이북까지 사방 고루고루 강원 영동의 산맥들을 파노라마로 잡는다는 게 직접 경험하면서도 실감 나지 않는다.

정상에서 내려가며 저만치 거리를 두고 보는 작은 용늪은 이제 수풀 지대가 되고 말았다.

"이제 군대가 산을 점령해서는 안 된다고 봐."
"동감이야."

승호의 말에 맞장구를 친다. 세계 유일의 정전 중인 국가라 해도 군부대가 명산 명소에 위치하여 접근을 막는다는 게 늘 탐탁지 않았었다. 시대에 전혀 맞지 않는 전통 고수 방식이다.

"그런 의미에서 우리 만세 삼창할까?"
"그런 건 원님이 나서는 게 아니라 나팔수가 하는 거야."
"통일 대한민국 만세! 만만세!!"

아니나 다를까, 대암산 용늪 트레킹의 뒤끝도 최전방의 다른 산에서처럼 분단된 허리로 말미암아 아린 통증을 느끼게 한다.

때 / 늦가을
곳 / 서흥리 생태탐방안내소 – 출렁다리 – 삼거리 갈림길 – 큰 용늪
– 용늪 관리소 – 대암산 정상 – 삼거리 갈림길 – 원점회귀

볏가리, 보릿가리, 밀가리의 세 봉우리, 가리산

언제부턴가 산에 오면 빛의 정기를 받으며
자아실현의 고요한 기도를 하는 습관이 생겼다.
우주와 대자연은 성취를 위한 강렬한 실현 욕구에
동화한다는 걸 믿으면서부터다.

3월 말, 아직 쌀쌀한 기운이 남아있기는 하지만 계절은 분명 봄으로 기우는 중이다.

친구 태영, 후배 계원과 아침 일찍 만나 가리산 자연휴양림에 내비게이션을 맞춘다. 산에 입문할 무렵, 가는 산이 어딘지도 모르고 따라온 적이 있는 가리산이다. 산세가 어떤지도 기억에 남아있지 않아 다시금 찾게 되었다.

홍천과 춘천에 모두 접한 가리산은 홍천강의 발원지이면서 소양강과 화양강의 수원水源을 이루고 있다. 가래나무가 많아서 가래산이라고도 불렀다는데 지금은 가래나무를 보기 힘들고 참나무가 울창한 숲을 이루고 있다.

다른 설에 의하면 산의 정상부가 수북하게 쌓아 놓은 볏가리, 보릿가리처럼 생겼다 해서 가리산이라 이름 지었다고도 한다.

겨울 산정, 봄 휴양림

휴양림 주차장에 차를 세우고 아스팔트 길을 지나면 잣나무 숲 사이사이로 꾀꼬리, 뻐꾸기, 종달새 등 새 이름으로 문패를 붙인 펜션형 방갈로가 눈에 띈다. 내부를 들러보니 콘도 못지않게 갖출 건 다 갖춰졌다.

"아기자기한 게 하룻밤 연인들의 장소로 딱이군."
"다음에 형수님이랑 같이 오시죠."

태영이의 말을 계원이가 받았는데 되받는 두 사람의 말이 걸작이다.

"이런 곳은 가족이랑 오는 데가 아니지."
"그럼 그림의 떡이겠네요."
"얘가 날 띄엄띄엄 보는군."

우중충한 사내 셋이 싱숭생숭한 기분을 정화하고 오르막으로 걸음을 내디딘다. 지난달 축령산과 서리산을 함께 다녀오고 한 달여 후에 다시 셋이 가리산을 왔다. 졸졸졸, 계곡에 겨울 녹는 소리 들으며 해동解凍의 질척한 자국을 내면서 오르는 걸음이 경쾌하다.
30여 분 오르다가 아이젠을 꺼내 등산화에 채운다. 오를수록 겨울로 되돌아가고 있다. 올겨울은 참으로 많은 눈을 밟았다. 무릎까지 빠지는 눈을 헤치고 눈밭 다지는 러셀 산행도 여러 번 경험했다.

봄 마중하러 나왔는데 가리산은 아직도 겨울이다. 양지는 질척하고 음지는 눈길이다. 참으로 질긴 계절이다. 오래도록 입은 소복을 벗어 던질 만도 한데 갈아입을 봄옷이 없는지 때가 묻도록 걸치고 있다. 합수곡 기점을 지나 무쇠말재 쪽으로 올라가면서는 무척 가파르다.

"1호선 전철 타고 가리봉동 가는 것보단 힘들어."

태영이의 썰렁한 농담에 땀을 훔치고 겉옷도 벗을 겸 잠시 쉬기로 한다. 계절이 바뀌면 울창한 숲을 이룰 참나무 군락에서 막 떠오른 태양이 나뭇가지 사이로 눈부시게 빛을 뿌리고 있다.

언제부터인가 산에 오면 빛의 정기를 받으며 자아실현의 고요한 기도를 하는 습관이 생겼다. 우주와 대자연은 성취를 위한 강렬한 실현 욕구에 동화한다는 걸 믿으면서 부터였다.

"동반한 이들에게도 강한 실현 의지를 심어주소서."

조금 더 지나자 잔설 얹은 연리목이 한눈에 봐도 죽고 못 살 정도로 정이 깊어 보인다. 대개 같은 수종의 나무가 엉켜 연리목이 되는데 지금 보는 연리목은 침엽수인 소나무와 활엽수인 참나무가 세 번 상대의 둥지를 휘감고 자랐다. 소나무 송진에 죽지 않고 위로 솟구친 활엽수의 생명력이 대단하다. 태영이가 그냥 지나치지 않는다.

"사랑하면 안 되는 게 없는 거야."

정상인 1봉과 그 옆으로 2봉이 나란히 솟아있다. 산은 대체로 육산인데 정상 일대 봉우리는 바위벽이다. 마구 흐트러진 나무계단을 오르자 무쇠말재라는 이정표가 세워져 있다. 홍수가 났을 때 배가 떠내려가지 않도록 무쇠로 말뚝을 박아 묶어놓았다고 해서 그렇게 불리는 거란다. 언제인지는 모르지만 이만한 높이까지 물이 찼었나 보다.

무쇠말재에서 정상 오르는 길이 여간 만만치 않다. 길도 미끄럽거니와 상당히 추켜세워진 고도인지라 무척 조심스럽다. 1봉 아래 바위벽부터도 가파르기가 꽤 고약하지만 그나마 철제 손잡이가 지그재그로 설치되어 막바지 정상 등극을 도와준다. 자그마한 자연석에 1051m를 표시한 1봉에 도달하였다.

기상 탓에 오대산에서 설악산으로 이어지는 백두대간까지 시야에 담을 수는 없지만, 춘천 쪽의 오봉산과 용화산이 멀

지 않고 뒤로 화악산도 보인다. 산 밑 물노리 마을에는 청
나라 천자의 선대 묘가 있었다고 한다. 저들 넓은 땅 놔두
고 왜 여기까지 와서 묏자리를 썼는지 이해가 가지 않았는
데 '한 천자 이야기'라는 설화가 적힌 팻말을 읽으면서 더
더욱 난해해진다.

"계란이 있으면 세 개만 얻읍시다."
"겨우 삶은 달걀 세 개가 있습니다만."

이 산기슭에 사는 한 씨 부부 집에서 하루를 묵은 도승이
그 집 아들에게 삶은 달걀 세 개를 얻어 그날 밤중에 산을
오르더니 하나는 산 정상에, 하나는 산 중턱에, 하나는 산
밑에 묻고는 조용히 산에서 내려와 아들 방에 누웠다. 동틀
무렵이 되자 삶은 달걀을 묻은 자리에서 각각 닭 우는 소
리가 들렸다. 그러자 누워있던 도승은 혼잣말로 중얼거리는
것이었다.

"축시에 울어야 제대로 된 묏자리인데 시가 맞지 않는구
나, 천자는 못 하고 임금은 하겠다."

몰래 도승을 뒤따라가 달걀 묻는 광경을 목격했던 아들은
몇 년이 지나 아버지의 묘를 제일 먼저 닭이 운 산 중턱에

묻고 중국으로 떠났다. 마침 중국에서는 천자를 뽑는 시험을 치르는 중이었는데 과제가 짚으로 된 북을 짚으로 만든 채로 쳐서 쇳소리를 내게 하는 것이었다.

많은 사람이 도전했으나 성공하지 못하였다. 그 광경을 지켜보던 아들은 자신이 치면 꼭 쇳소리가 날 것만 같아 도전하였다. 아들이 짚으로 만든 채로 북을 쳐서 쇳소리를 내어 천자에 올랐다고 적혀 있다. 이때부터 이곳의 묘소가 명당이라고 알려져 암매장이 성행했고 암장을 하다가 수많은 시체를 발굴했다고 전해진다.

"나라의 통치자를 수수께끼 풀이 같은 거로 뽑았다고?"
"암매장을 조장하는 설화가 되고 말았어."
"날계란을 묻었으면 청나라에서 병자호란을 일으키지는 않았을 텐데."

2봉으로 가려고 내려가는 길은 눈이 녹지 않은 음지의 미끄럼 길이다. 2봉에서 1봉으로 올라오는 산객들과 겹쳐 좁은 눈길이 정체되고 만다.

2봉의 측면 바위는 알려진 대로 사람 얼굴과 흡사하다. 가리산 아래 두촌면에 살던 선비가 여기 2봉에서 호연지기를 키우며 공부하여 스무 살에 장원급제하고 판서까지 오르게 되었단다.

그 후 선비가 앉았던 2봉 암벽이 얼굴 모습으로 변하자 사람들이 큰 바위 얼굴이라 불러왔다고 한다. 최근에는 각종 시험을 준비하는 수험생들과 학부모들이 이 바위벽 밑에서 절을 하고 기도도 올리는 진풍경이 생겼다니 큰 바위 얼굴을 다시 한번 더 대면한다.

"우리 조카가 운전면허를 취득하려고 한다는데 꼭 합격하게……."

왠지 낯간지러워 기도를 얼버무리고 3봉으로 건너간다. 볏가리 1봉, 보릿가리 2봉을 거쳐 밀가리 3봉까지 세 군데의 가리봉을 모두 올랐다.

3봉에서의 하산길은 겨우내 내린 눈이 그대로 쌓인듯하다. 종아리까지 빠지는 설원 지대를 천천히 조심스레 내려서자 나뭇가지 사이로 저만치 소양호가 보인다.

다시 젖은 흙길을 지나 닿은 합수곡은 휴양림까지 1.6km를 남겨둔 지점이다. 세 봉우리 넘어 내려오자 훌쩍 계절까지 건너뛰었다. 오후의 가리산 휴양림은 봄이다.

파르르 떨며 다가온 실바람이 간신히 겨울 넘긴 잎사귀에 연민 가득 애무한다. 짙게 묻어난 봄 향내에 살 추스르지 못하고 그예 고개 숙이고 만다. 나비라도 일찌감치 날아와 젖어 드는 이파리 끄트머리에 꽃술이라도 떨구어 겨우내

목말랐던 갈구 조금이라도 해소해주었으면 싶어진다.

"수고들 하셨네."
"가리산에서 겨울 잘 보내고 봄까지 맞았어."

때 / 초봄
곳 / 가리산 자연휴양림 – 무쇠말재 – 가리산 1봉 – 2봉 – 3봉 – 합
수곡 – 원점회귀

구름 맞닿은 화악산에서 석룡산으로 건너 뛰다

우리나라 열 손가락 안에 드는 높은 산임에도
화악산은 왠지 모르게 소외된 것처럼 느껴진다.
산은 군인보다 스님하고 더 어울리는 곳인가 보다.
그래서 그런 느낌이 드는 건지도 모르겠다.

"멀고, 높고, 거친 데다 또 너무 추워서……."

하얗게 덮였던 눈이 세찬 바람에 쌀가루 흩어지듯 휘날리던 겨울에 딱 한 번 다녀오고 화악산은 그렇게 안티anti로 밀려나 있었다.

화악산과 대성산은 최전방이라는 수식어와 가장 추운 곳이라는 이미지 때문인지 묘한 공포와 거부감을 준다. 게다가 6·25 격전지여서 봉우리와 능선마다 매몰되어 있을 숱한 죽음과 고통이 영기靈氣처럼 깃들어 현장에 가면 우울을 강요당할 수도 있다는 인식이 생겼었다.

그럼에도 지난달 춘천 대룡산에서 북쪽 하늘을 온통 장악하고 있던 화악산의 웅지를 보고는 언제 그런 인식이 있었냐는 듯 바로 오르고 싶어졌다.

대개 악岳 자가 들어가는 산은 산세가 험하고 암괴가 거칠게 드러나 있다. 화악산 역시 육산임에도 사면이 가파른

험산이다. 관악산, 운악산, 감악산, 송악산과 함께 경기도
다섯 악산에 속하는 화악산華岳山은 그중에서도 가장 높은
경기도 최고봉이다.

전방이긴 하지만 살짝 2선으로 물러나 있는데 응봉(해발
1436m)과 중봉이 어우러져 고산준령다운 산악으로서의 면
모를 유감없이 보여준다. 사방으로 뻗친 골과 능선이 웅장
하고도 중후하다.

정감록의 화악 노정기華岳路程記편에 지리적으로 화악산
이 우리나라의 정중앙이라고 서술하고 있다. 그래서 정상을
중봉中峰(해발 1446m)이라 불러왔다.

또 중봉에서 800여 m 거리의 신선봉을 포함한 화악 3봉
이 한북정맥에서 뻗어 나와 경기도와 강원도를 구분 짓는
화악 지맥 정상부를 형성하고 있다. 한북정맥 산들의 고도
를 능가하고 그 품새도 광활하다.

최전방이 아닌 국토 정중앙의 산

화악산을 오르는 여러 갈래의 길 중 오늘은 물길 수려하
고 비교적 편안하게 오를 수 있는 화천 사내면 삼일리 쪽
을 들머리로 골랐다.

가평 화악리에서 사내면 사창리 쪽으로 가다가 341번 지
방도로로 들어서면 길옆으로 맑은 계류가 길게 흐르는 삼

일계곡을 끼고 점차 구불구불 고도를 높여 화악터널에 닿게 된다. 해발 870m 위치에 개통한 터널이다.

여기서 실운현으로 보다 빠르게 접근하는 가파른 경사로가 있긴 하지만 군사 보급로였던 길을 택해 초반 에너지를 축적하기로 한다. 석룡산까지 갔다가 내려가려면 제법 긴 시간을 걸어야 한다.

붉은 병꽃과 철쭉 만발한 숲길은 무척 한적하다. 아니 산악회에서 이곳을 찾은 일행 여덟 명이 없었다면 여긴 옅은 봄 햇살과 실바람만 내내 봄꽃들과 어우러졌을 듯하다.

숲길 지나면서 조망권이 생기자 사창리 너머 대성산이 눈에 들어온다. 대성산 너머 이북 땅까지도 볼만한 건 그다지 눈에 띄지 않는다. 여기서 조금 더 걸어 실운현 사거리에 닿는다. 널찍한 콘크리트 포장 공터에서 응봉 군부대 길이 아닌 북봉과 중봉을 향해 열려있는 포장도로로 가야 한다.

헬기장을 지나 중봉으로 바로 가는 포장로가 있지만 완만한 오솔 숲길로 들어선다. 모처럼 온 화악산인지라 북봉을 외면하고 지나가기가 꺼림칙하다. 숲길 들어서자 연초록 봄물이 뚝뚝 떨어졌다가 금세 마르고 만다.

올라갈수록 초봄이다. 진달래, 양지꽃, 노랑제비꽃이 이구동성으로 우린 이제 겨울을 막 보내고 갓 피어난 새 생명임을 강조한다. 산 아래에 활짝 핀 철쭉과 달리 여기선 아직 꽃잎을 펼치지도 못하고 있다.

하늘 열려 시야가 트이면서 정상부 군 기지가 보이고 실운현에서 중봉으로 구불구불 이어진 군사 보급로가 허연 곡선을 긋고 있다. 곧 이어가게 될 석룡산도 살짝 웅크려 몸을 낮추었다.

촛대봉 뒤로는 몽덕산, 가덕산, 북배산, 계관산까지 이른바 몽가북계 4 산 마루금이 펼쳐 졌고 석파령을 꺾어 삼악산까지 라인이 이어진다.

곧이어 바위 지대에 시멘트 기둥이 세워진 걸 보게 되는데 여기가 군부대 100m 정도 아래의 북봉이다. 환히 트인 시계에 북으로 두륜산, 대성산과 고개를 돌려 한북정맥 광덕산, 복계산, 복주산, 명지산, 운악산이 쭉 늘어섰다.

설악산이 보이려나 두리번거리다가 끝내 형체를 짚지 못한다. 군부대 철조망까지 오르고 나서야 화악산에 절이 귀하다는 걸 인식하게 된다.

명산대찰이라 했는데 이처럼 웅장한 산에 군부대가 정상을 점령했는데 흔한 절이나 암자 하나 없어 불교 유산이나 문화재가 있을 리 만무할 것이다.

정상부에 와보니 더 그런 생각이 든다. 우리나라 열 손가락 안에 드는 높은 산임에도 화악산은 왠지 모르게 소외된 것처럼 느껴진다. 산은 군인보다 스님하고 더 어울리는 곳인가 보다. 그래서 그런 느낌이 드는 건지도 모르겠다.

함께 오르기 시작한 일행들이 모두 모이자 함께 식사하고 헬기장 삼거리로 내려선다. 사창리 쪽이 아닌 석룡산 방향으로 길을 잡아야 한다. 완만한 내리막 숲길을 따라 내려가다가 바위 지대를 우회하고 방림 고개에 닿는다.

석룡산 들머리 삼팔교에서 올라오다 보면 석룡산과 화악산으로 갈라지는 길이 바로 이 지점이다. 석룡산 정상까지 700m의 거리이다.

능선을 따라 경기도와 강원도의 경계를 이루는 석룡산은 전 사면이 대체로 급경사이다. 화악산보다 바위가 많고 수림이 우거진 데다 계곡이 수려하다. 올라서도 딱히 조망권이 없는 석룡산 정상(해발 1147m)인지라 정상석 앞에서 인증 사진만 찍고 걸음을 옮긴다.

산꼭대기에 용처럼 생긴 바위가 있어 석룡산이라 부르게 되었다는데 아마도 다른 유래처럼 바위가 용으로 변해 승천하였는지 그런 바위를 보지 못하고 내려간다.

무척 가파른 내리막이 이어진다. 화악산 정상부 능선을 보며 내려서는 외에는 평범한 나무숲 길이다. 그러다가 계곡으로 접어들면서 산객들이 눈에 띈다.

그리고 바윗길의 이어짐. 아래 조무락골과 함께 석룡산의 명소인 복호동폭포伏虎洞瀑布를 그냥 지나칠 수는 없다. 호랑이가 엎드린 형상이라 하여 그렇게 이름 지었단다.

여기서 내리막으로 이어지는 약 6km의 계곡이 새들이 지저귀고 춤춘다는 조무락鳥舞樂골이다. 가평천 최상류의 계곡답게 연이어 맑고 시원한 담과 소가 이어진다.

아직은 일러 한기를 느끼게 하는 조무락골의 골뱅이소, 가래나무소를 밟고 건너뛰며 내려오면 어느덧 두 산의 날머리 용수목에 이르게 된다. 겨울 산, 여름 계곡의 최상이라는 표현에 걸맞은 화악산과 석룡산, 그리고 조무락골이지만 그 계절이 아니더라도 여기는 찾아온 이를 실망시키지 않는 청정자연의 중심에 있다.

삼팔선 경계점에 이르러 표지판을 보면서 앞으로는 이곳이 머나먼 격지가 아니라 국가 중심지역으로 교통상의 요지가 되리라는 생각을 하고 또 그렇게 되기를 염원하게 된다.

때 / 봄
곳 / 화악터널– 실운현 사거리 – 헬기장 – 북봉 – 헬기장 삼거리 –
방림 고개 – 석룡산 – 방림 고개 – 복호등폭포 – 조무락골 – 삼팔교
– 용수목 종점

남북 분단의 기적적 신드롬, 도솔산 펀치볼

전망대 안보전시관 창밖으로 군사분계선 이북 지역이
바로 코앞이다. 금강산으로 이어지는 남쪽 능선이라고
하는데 금세라도 총성이 울리고 포화가 날아들 것처럼
일촉즉발의 위기감을 느끼게 한다.

강원도 양구의 펀치볼punch boul 마을은 해발 1100m
이상 고산지대의 분지이다. 한국전쟁 때 외국 종군기자가
가칠봉에서 내려다보니 노을 물든 해안면 지역이 칵테일
유리잔 속의 술 색깔과 흡사하고 마을 형상이 화채 그릇과
유사하다고 해서 붙여진 명칭이다.

해안면은 변성암으로 이루어진 세계 3대 침식분지로서 분
지를 에워싼 변성암 산지와 산 아래 화강암 지역으로 인해
차별 침식이 이뤄진 탓에 형성되었고 한다.

마을 이름을 바꾸어 땅꾼들도 거처를 옮겼을까. 원래 바다
해海자를 썼는데 조선 초, 마을에 뱀이 득실거려 고승 한
분이 뱀은 돼지와 상극이니 바다 해 대신 돼지 해亥 자를
쓰라고 일러주어 지금의 해안면亥安面이 되었다.

그 후 마을 이름을 바꾸고 집마다 돼지를 기르면서 뱀이
모두 사라졌다고 한다.

이념의 온도 차는 환절기의 일교차보다 훨씬 벌어졌다.

막상 펀치볼에 오니 오랜 기간 정전상태이긴 하지만 어렴풋이 한국전쟁 당시의 치열한 전황을 느끼게 한다. 이 지역은 현재 3군단 예하 21사단의 위수 담당 지역으로 DMZ를 끼고 대암산, 도솔산 등이 마을을 둘러싸고 있다.

함께 온 친구 진관이와 함께 숲길 안내인의 인솔에 따라 12.9km 평화의 숲길로 들어선다. 도솔산 지붕은 아직 안개를 걷어내지 못했다. 위로 을지전망대가 보인다. 저 너머가 바로 남방한계선GOP이고 군사분계선GP과 북방한계선이 그 뒤에 가로놓여있다. 숲길 트레킹을 마치고 올라갈 곳이다.

여의도의 여섯 배 정도라는 해안면 분지에는 1953년 휴전 후 난민 정착 사업의 일환으로 재건촌을 조성하여 100세대씩 입촌했다. 정착 농민들의 부단한 개척으로 현재는 엄청난 규모의 고랭지 채소와 인삼, 더덕, 포도, 멜론, 사과, 오미자, 고추 등을 재배한다.

"저 많은 농작물을 누가 다 지은 거지?"

이리저리 둘러봐도 한적하고 조용하기만 한데 농사 규모를 보면 저걸 누가 다 짓는지 고개를 갸웃거리게 된다. 아우산 전망대에서 내려다봐도 마을 사람들은 보이지 않고 검정 인삼밭을 포함하여 잘 다듬어진 농경지만 가득 눈에 띈다. 볼수록 깊은 산중의 외딴섬 같은 느낌이 들면서도 눈에 들어오는 정경마다 온화하다.

"전방이란 느낌이 전혀 안 들지?"
"정말 그렇네."

지뢰가 연상되고 가끔 포탄 소리도 들릴 법한 위치인데 마을 분위기만 놓고 볼 때 그런 것들과는 딴판인 세상이다. 이 산 어딘가에 고즈넉한 암자가 있어 아직 봄볕 남은 석양 녘에 풍경 소리 가늘게 들려오거나 검게 그을린 초가 굴뚝에서 저녁밥 짓느라 모락모락 군불 연기라도 피어오르면 여긴, 비록 날 서서 냉랭한 최전선이지만 초록과 연홍으로 버무린 한 폭 수채화의 캔버스, 제법 잘 그려진 그림 속이다. 군사분계선이 지척이라는 인식만 지운다면 여기야말로 온화하게 채색된 아름답고 평화로운 마을이다.

마을 너머로 보이는 정중앙의 봉우리가 가칠봉加七峰인데 금강산에 속하는 봉우리로 지금은 우리 지역에 위치한다. 금강산 일만 이천 봉에 일곱 봉우리를 더해야 한다는 산술적 의미의 이름이다.

숲길 트레킹을 마치고 다시 마을로 내려왔다가 을지전망대로 올라왔다. 내려다보니 역시 화채 그릇처럼 보인다.

"생맥주잔이라도 들고 있으면 안주처럼 느껴지겠는데."
"하하하!"

전망대 안보전시관 창밖으로 군사분계선 이북 지역이 바로 코앞이다. 금강산으로 이어지는 남쪽 능선이라고 하는데 여기는 마을과 달리 금세라도 총성이 울리고 포화가 날아들 것처럼 일촉즉발의 위기감을 느끼게 한다.

"다시 입대한 기분이다."

왼쪽으로 고개를 돌리면 길게 누운 대암산 능선이 보인다. 대암산에서 그리 멀지 않은 이곳을 바라보았었는데 그때 보지 못했던 상반된 이념의 서슬 퍼런 모습을 지금 직접 보면서 체득하는 중이다.
여기는 태양마저 외면하나 보다. 구름 뒤로 숨은 건지 아니면 구름이 가린 건지 따사로이 봄볕 뿌리던 해는 자취를 감추었다.
서로 다른 이념의 온도 차는 환절기의 일교차와는 비교할 수 없을 정도로 심하게 벌어져 있다.

"여기서 내려가 제4땅굴을 들어가 보겠습니다."

안내에 따라 을지전망대에서 내려와 찾은 곳이 제4땅굴. 그 격차는 땅속에서 더더욱 벌어져 언젠가 좁혀질 거란 생각을 아예 거둬간다. 1990년 3월 3일에 발견된 땅굴이다. 북한이 파 들어온 땅굴 중 네 번째로 발견되어 제4땅굴이라는 명칭이 붙여졌다.

북한은 10년에 걸쳐 이 땅굴을 파 들어왔는데 귀순한 북한 병사의 증언으로 발견하게 되었다.

입구로 들어오면서 어깨가 움츠러든다. 땅굴 안은 소름 돋을 정도로 춥다. 땅굴을 네 개씩이나 팠다는 것도 경이롭지만 온통 화강암 덩어리를 파낸 노력이 가상하고도 가련하다. 우리가 역으로 판 370m를 걸어 들어가 전동차를 타고 북한군이 파고 들어온 DMZ 라인까지 구경하게 된다.

'육군 소위 헌트'

육군 제21보병사단 소속 수색 탐지견 헌트Hunt는 수색팀 선두에서 폭발물 탐지 중 화약 냄새를 맡고 북한군이 설치해둔 목함지뢰로 달려갔다가 그 자리에서 폭사했다.

헌트의 희생으로 1개 분대원이 생명을 구할 수 있었다. 이 공로를 인정받아 인헌 무공훈장을 받고 소위로 추서된 헌

트는 죽어서도 나라를 지키기 위해 북쪽을 바라보는 모습으로 제4땅굴 옆에 동상으로 세워졌다.

지하 145m 깊이에 폭 2m, 전체 길이가 2052m로 군사분계선에서 1502m나 남쪽으로 내려와 발견되었다. 제4땅굴은 제2땅굴이나 제3땅굴에 비해 규모도 작고 허름한 편이라 제1땅굴과 비슷한 시기에 파 들어온 초기의 땅굴로 추정하기도 한다. 발견 시기가 늦었을 뿐이라는 것이다.

천만다행으로 땅굴을 파 들어오는 중에 발견했는데 제4땅굴의 발견으로 북한은 동서로 늘어선 군사분계선 전 지역에 걸쳐 남침용 땅굴을 팠다는 게 입증되었다.

"이건 관람이라기보다 우리 현실의 통증을 체험하는 거라고 밖에는……."

"괜히 서글퍼지지?"

역시 입맛 씁쓸하게 하는 땅속이다. 얼른 나와 하늘을 올려보았는데 이념의 틀에 엮이기 싫다는 듯 구름 뒤로 숨은 태양은 아예 고개를 내밀지 않는다.

때 / 봄
곳 / 양구 해안면 펀치볼 마을 – 양구 통일관 – 평화의 숲길 – 을지전망대 – 제4땅굴

비로봉, 상왕봉, 두로봉과 동대산, 오대산 환종주

북쪽으로 점봉산과 설악산을 보게 되고
동쪽으로 노인봉과 황병산, 남쪽의 가리왕산,
서쪽 방태산 등 내로라하는 강원도의 명산들이
두루 눈에 잡힌다.

 3년 전 겨울, 오대산 상원사에서 주봉 비로봉과 상왕봉을
올라 두로령 삼거리에서 원점 회귀한 적이 있었다. 친구 셋
과 신년 일출 산행을 겸해 비로봉, 상왕봉, 두로봉, 동대산
등 1400m 고지 이상의 오대산 환 종주를 계획했는데 혹한
과 폭설로 두로봉으로 향하지 못하고 중도 포기하고 만 것
이다. 다시 생각해도 당시 완주 목표를 달성하는 게 열정
같은 거로 착각하지 않길 잘했다는 생각이다.

 "완벽한 등산은 평지에 안전하게 되돌아오는 것이다."

 1953년 처음으로 에베레스트를 등정한 에드먼드 힐러리가
한 말이다. 동감이다. 그래야 또 산에 갈 수 있지 않겠는
가. 그는 또 이렇게 말했다.

 "세계 최고봉 에베레스트는 이미 다 자랐지만 내 꿈은 계

속 자라나고 있다. 다시 돌아와 반드시 정복할 것이다"

1952년 에베레스트 등정에 실패한 그는 바로 그 이듬해 자신이 한 말을 행동에 옮겼다. 힐러리의 위대한 업적에 슬쩍 빗대는 게 민망스럽기는 하다.

상원사에 머문 세조의 혼

3년이 지나서야 날 좋은 초여름에 다시 왔다. 그때 포기했던 그대로의 코스, 상원사에서 비로봉으로 올라 상왕봉, 두로봉을 거쳐 동대산을 지나 원점 회귀하는 환 종주 코스이다. 446번 지방도로를 타고 가다 월정사 부도를 지나면서 비포장도로로 바뀌자 맑고 수려한 오대천 계곡에 이르게 된다.

신선골, 동피골, 조개골에서 흐르는 물이 합수하면서 오대천 상류를 형성하여 남한강의 시원始原이 되며, 역시 오대산 골짜기에서 시작된 내린천은 북한강의 시원이 되니 곧 한강의 발원이다. 동피골 야영장을 지나 상원사 입구에 주차한 후 등산화 끈을 조여 맨다.

이른 아침인데도 햇빛이 창창하다.

"땀깨나 흘리겠군."

그래도 체감온도 영하 20도가 넘었던 3년 전의 추위를 떠올리면 이코노미석에서 비즈니스석으로 옮겨 앉은 거나 다름없다.

오대산은 지리산, 설악산에 이어 세 번째로 크고 넓은 산이다. 월정사 지구, 소금강지구, 계방산 지구의 셋으로 나뉘는 오대산 영역은 각각의 산세가 판이하다. 다섯 개의 연꽃잎에 싸여 연꽃의 마음을 품었다는 월정사 지구의 오대산이기에 이번엔 홀로 산행이지만 보살핌이 있을 거로 믿고 주봉인 비로봉을 다시 오른다.

"이번 산행엔 폭염으로 포기하는 일이 생기지 않기를."

네 번째 이 길을 오른다. 상원사 들머리에서 비로봉까지의 길은 늘 만만치 않았다. 급경사 오름길을 숨 몰아쉬며 땀범벅이 되어 버겁게 올랐던 기억이 새록새록 떠오른다. 겨워하면서도 다시 찾고 또 찾는 것은 그만큼 멋진 곳이기 때문이다. 마음을 사로잡는 아름다움은 대개 험상궂은 곳에 자리를 잡고 있다.

월정사 스님들은 여름철 비 오는 풍광은 월정사에서 바라보고, 겨울 설경은 오대산에서 느끼라는 의미로 우중 월정 설중 오대雨中月精 雪中五臺라는 말을 했는데 사시사철 월정사와 오대산의 아름다움에서 한 치 어긋남이 없는 표현이란 생각이다.

육중한 산세를 병풍 삼은 상원사는 월정사와 함께 유서 깊은 불교 성지이다. 두 사찰 모두 자장율사가 창건했다고 한다.

무수한 암자 등 산 전체가 불교 성지를 이룬 곳은 국내에서 오대산이 유일하다니 얼마나 많은 국보급 문화재를 보유하고 있겠는가. 상원사에도 예술적 가치가 높은 역사유물이 많이 소장되어 있다. 그중 문수동자 좌상(국보 제221호)을 보고 자신도 모를 표정을 짓게 된다.

오대산 상원사에 와서 경기도 남양주 운길산의 수종사를 언급하는 게 뜬금없기는 하다. 피부병을 고치려고 금강산을 다녀오던 조선 7대 세조가 운길산 밑에서 하룻밤을 묵던 중 바위굴에서 떨어지는 물소리가 종소리처럼 들려 그 자리에 절을 짓고 수종사水鐘寺라 이름 지었다고 한다.

그 일화와 맥락을 같이 하는 상원사 문수동자를 보며 또 하나의 일화가 떠올려진다. 종기로 고생하던 세조가 이곳 오대천 계곡에서 지나가던 동자승을 불러 등을 씻어달라고 한다.

"누구에게든 임금의 등을 씻어주었다고 말하지 말아라."

목욕을 마친 세조가 동자승에게 당부하자 동자승이 정중히

말을 받았다.

"대왕께서도 어디 가서 문수보살을 보았다고 말씀하지 마시지요."

오대 신앙을 정착시킨 신라의 보천태자가 근처 수정암에서 수양 중이던 문수보살에게 매일 물을 길어다 친히 공양했는데 바로 그 문수보살이 씻겨주었으니 불치병인들 고쳐지지 않겠는가.

보천태자가 공양한 물이 속리산 삼파수, 충주 달천수와 함께 조선 3대 명수에 속한다는 우통수于筒水이며 그 샘터가 한수의 발원이라고도 전해진다.

그 후 세조의 종기는 깨끗이 치유되었고 세조는 허름했던 상원사를 번듯한 사찰로 증축시켜 임금의 원당 사찰로 만들었다. 거기 더해 기억을 되살려 화공에게 동자로 나타난 문수보살의 모습을 그리게 하였다. 그 그림을 표본으로 조각한 것이 상원사 본당인 청량선원에 모셔진 목조 문수동자 좌상이다.

청량선원 앞에 두 마리의 고양이 석상을 보면서도 야릇한 미소를 흘리게 된다. 상원사를 방문한 세조가 법당에 들어가 예불을 드리려 하는데 별안간 고양이가 나타나 세조의 옷소매를 물고는 들어가지 못하게 하는 것이었다.

"기이한 일이로다. 법당 안팎을 샅샅이 뒤지어라."

결국, 불상을 모신 탁자 밑에 숨어있는 자객을 잡았다. 고양이 도움으로 목숨을 건진 세조는 은혜에 보답하기 위해 상원사에 묘전描田을 하사하였다. 또 봉은사 등 한양 근교의 여러 곳에 묘전을 설치하고 고양이를 기르게 했다.

불교를 배척한 조선 시대에 들어서서 전국의 사찰이 황폐해졌지만, 왕의 원찰이 되는 등 오히려 상원사는 승승장구 거듭 발전하였다.

여러 차례 중창을 거듭하다가 1946년 화재로 전소되고 말았는데 당시 월정사 주지였던 이종욱 스님이 그 이듬해에 금강산 마하연의 건물 형태를 본떠 청량선원을 지으면서 다시 중창되기 시작했다.

막 지나온 관대걸이라는 안내판에도 세조가 목욕할 때 의관을 걸어둔 곳이라고 적혀있는 걸 보면 세조가 피부병 때문에 금강산을 다녀오다가 결국 오대산에서 고치고 한양으로 가던 중 수종사를 지었다는 일화가 연결되는 맥락일지 모르겠다. 어쨌거나 왕위를 찬탈하고 조카를 죽이면서 그 업보로 얻었을 피부병을 절 두 채의 값으로 고쳤으니 세조는 부가가치가 높은 거래를 한 셈이다.

오대산의 다섯 개 대臺는 중대를 비롯해 방위에 따라 동대, 서대, 남대, 북대를 가리키고 대마다 사자암, 관음암,

수정암, 지장암, 미륵암의 암자가 있다.

중대 사자암을 가리키는 길로 진입하기 전에 돌아보다가 이명처럼 은은하고도 청아한 종소리를 듣는다. 불교에서는 사찰에서 울리는 범종梵鐘 소리를 진리를 설하는 부처님의 열변과 같으므로 귀가 아닌 마음으로 들어야 한다고 가르친다. 모든 중생의 각성을 촉구하는 부처님의 음성이며 정신을 일깨우는 지혜의 울림이라는 것이다.

상원사 동종(국보 제36호)이 우리나라에서 가장 오래된 범종인데 이 종 또한 세조에 의해 상원사로 옮겨졌다. 전국에서 가장 소리 울림이 좋은 종을 찾게 해 안동에 있던 3300근이나 되는 종을 찾아 이리로 옮긴 것이다.

"세조랑 상원사는 절대 궁합이야."

무얼 해도 상생의 결과를 도출하는 세조와 상원사의 인연을 새겨보다가 중대 사자암 쪽으로 진입하면서 비로봉으로의 산행을 본격적으로 시작한다.

혹한 대신 불볕더위를 감내하고

이전엔 없었던 돌계단이 깔끔하게 깔려있다. 적멸보궁까

지 계속되는 계단이다. 풍수지리상 적멸보궁이 자리한 곳이 용의 정수리 부분이란다.

샘터 하나가 있는데 마시면 눈이 맑아진다는 용안수이다. 용안수를 지나 국내 5대 적멸보궁의 하나인 이곳의 적멸보궁을 왼쪽으로 두고 지나가게 된다. 두 번이나 다녀왔으므로 오늘은 들르지 않고 바로 올라간다.

없던 공원 지킴터 막사가 생기고 가파른 오르막이 이어지더니 다시 나무계단이 나타난다. 비로봉 오르는 이 길은 그리 급경사도 아니고 긴 길이 아닌데도 좀처럼 속도가 나지 않는다. 올 때마다 그랬던 것 같다.

아름드리나무들이 햇빛을 가려주어 크게 덥지는 않아 좋다. 처음 보는 버섯이 고목에 피었고 둥근이질풀, 투구꽃 등이 눈에 띄는가 싶더니 아기자기한 야생화 군락이 보인다. 그리고 곧 비로봉에 다다른다. 해발 1563m의 오대산 주봉과 네 번째의 해후이다.

대관령 삼양목장의 초지가 푸릇푸릇하다. 오대산 다섯 봉우리 중 위치상 외떨어져 있어 가지 못하는 효령봉이 푸른 능선을 따라 이곳 비로봉까지 부드럽게 다가온다.

북쪽으로 점봉산과 설악산을 보게 되고 동쪽으로 노인봉과 황병산, 남쪽의 가리왕산, 서쪽 방태산 등 내로라하는 강원도의 명산들이 두루 눈에 잡힌다.

"벌써 네 번이나 뵙는군요. 언제 봐도 이곳은 멋집니다."

"자네는 볼 때마다 주름 하나씩 느는 것 같구먼."

경우 없는 비로봉의 인사말에 얼른 상왕봉으로 발길을 돌린다. 많은 돌탑과도 건성으로 눈만 맞추고 보폭을 넓힌다. 평탄한 길 오른쪽으로 지천에 야생화가 널려있다. 수줍어 고개 들지 못하는 금강초롱을 접사하려 허리를 굽혔다가 동자꽃을 보려 또 고개를 숙인다.

보호수 명판이 붙은 주목이 보이더니 다시 누울 듯 기울어지다가 가지를 추켜올린 기이한 모양새의 백양나무가 눈길을 잡아끌기도 한다. 3년 전 겨울엔 싸리나무와 고사목 군락에 핀 새벽 눈꽃이 절경이었었다. 조금 더 지나 동상 걸릴 만큼 추웠지만 멋진 일출을 보았던 상왕봉(해발 1491m)에 닿는다.

"역시 오대산에서의 조망은 모자람이 없어."

비로봉에서 효령봉을 거쳐 계방산으로 이어지는 국립공원 일대와 두타산, 청옥산에서 함백산과 태백산을 연결하는 백두대간을 눈에 가득 담고, 굽이치며 산허리를 휘감는 응복산과 구룡령 너머로 점봉산에서 설악산 서북릉까지 눈길을 주다가 30여 분 내리막을 걸어 북대 삼거리까지 당도한다.

311

햇빛 받아 더 창백하게 보이는 백양나무군락을 지나고 두어 개의 무명봉을 오르내려 백두대간 두로령 표지석(해발 1310m)을 다시 보게 된다. 여기서 진행을 포기하고 상원사로 내려갔었다. 지금부터는 초행길이다.

두로봉 들머리로 들어서며 살짝 가슴 설레는 걸 느끼게 된다. 가고 싶었던 곳, 가려 했으나 늦게 온 곳, 그런 곳이 산일 때 설렘이 생긴다.

기둥 줄기가 벗겨진 몇 그루의 거대한 주목을 매만지며 작은 숲길을 걷는데 간간이 멧돼지 흔적이 보이기도 한다. 비포장 산간 도로를 건너 완만한 능선에는 사람도 없고 멧돼지도 없고 부는 바람에 나뭇잎 떠는소리만 들린다. 간간이 금강초롱이 고개 숙여 인사한다. 조망이 열리면서 동해가 보이는데 가까이 보이는 물빛은 주문진 앞바다이다.

헬기장이기도 한 두로봉 정상(해발 1421m)에 이르자 선자령의 풍력발전기가 빙글빙글 돌아가는 듯하고 황병산도 그리 멀지 않다. 울타리를 넘어와 지나온 비로봉 5.8km, 동대산 6.7km의 거리가 표기된 두로봉 이정표를 보고 동대산으로 향한다.

조금씩 버거워지나 보다. 고도가 낮아지는 게 반갑지 않다. 그만큼 고도를 높여 다시 올라가야 한다. 두로봉과 동대산의 표고 차가 크지 않기 때문이다. 자작나무 숲을 거쳐 신선목이 이정표를 지나게 되고 두로봉 출발 4km 지점에 몇 개의 커다란 차돌 바위가 널브러진 차돌박이라는 곳까지 오게 된다.

매끈한 차돌의 촉감을 느끼면서 물 한 모금 마시고 내처 2.7km를 당겨 동대산 정상(해발 1433m)에 당도한다. 오대산 다섯 봉우리 중 동쪽의 만월봉이 지금의 동대산이다. 노인봉이 가깝고 그 왼쪽으로는 백마봉, 오른쪽으로 황병산을 또 보게 된다.

이제부터는 하산길이다. 이마에서 눈으로 흐르는 땀을 훔치고 동대산 삼거리에서 진고개 반대 방향인 동피골로 걸음을 내디딘다. 노루오줌꽃이 지천에 깔린 길을 내려와 동피골에 닿았으니 상원사까지 2.6km를 남겨두었다. 네 개의 봉우리를 넘으면서도 체득하지 못했던 지혜를 구하고자 선재길로 들어선다.

선재길은 지혜를 구하기 위해 천하를 돌아다니며 53명의 현인을 만나 결국 깨달음의 경지에 이르렀다는 화엄경의 선재동자에서 유래한 길이다. 선재동자가 문수보살을 찾아갔다는 이 길은 널찍한 암반 위로 쉴 새 없이 맑은 물이 흐르는데 월정사 계곡의 양옆으로 울창하게 우거진 숲 덕분에 더욱 아늑하게 느껴진다.

섶다리, 출렁다리, 나무다리 등을 건너며 지나온 길을 돌아보고 다가올 삶을 명상한다. 월정사 일주문부터 상원사까지 잘 조성된 9km의 아름다운 숲길, 활엽수의 푸름과 맑은 계류가 흐르는 쾌적한 숲길에서 지혜의 자취를 발견하지 못한 채 그저 길고, 무덥고, 외로운 산행을 마치는 것에 만족하고 만다.

때 / 초여름
곳 / 상원사 – 사자암 – 비로봉 – 상왕봉 – 두로령 – 두로봉 – 신선목이 – 차돌박이 – 동대산 – 동피골 – 선재길 – 원점회귀

때 묻지 않은 원시림, 백두대간 길목 석병산

프랑스의 다국적 기업인 라파즈사에 의해
국내 으뜸의 석회암 식물 보고인 자병산 정상이
싹둑 잘려 나간 현장을 직접 바라보면서
가슴이 막히고 불끈 주먹을 움켜쥐게 된다.

벽지 처녀 산행은 감성을 풍부하게 한다

짙푸른 산자락 아래 맑은 실개천이 흐르고 그 사이로 평온하게 자리 잡은 옥계면 산계리까지 차를 몰고 들어간다. 강릉 옥계에서 골짜기를 따라 깊이 들어와 마을을 이룬 성황뎅이라는 곳이다.

버스 정류소가 있고 보건진료소가 있고 마을회관도 보인다. 그리고 흔히 방사탑防邪塔이라고 부르는 돌탑을 지난다. 마을 한쪽에 어떤 불길한 징조가 있거나 어느 한 지형이 부실해서 허虛하다고 판단했을 때 그 허한 방위를 막아야 마을이 평안하게 된다는 토속신앙에 근거하여 쌓아 올린 돌탑이다.

오늘 가기로 한 석병산 정상 일대가 살짝 구름에 덮여있다. 정상부의 바위가 병풍을 둘러친 것 같다고 하여 석병산 石屏山이란 이름을 갖게 되었다. 성황교를 지나 오른쪽 상

315

황 지미 방향을 날머리로 잡고 왼쪽 고병이재 방향으로 오름길을 잡는다. 초행길 원점회귀인지라 순간 끌리는 마음대로 길을 가게 된다. 옥계항으로 흘러드는 주수천을 옆에 끼고 긴 포장도로를 걷노라면 저도 모르게 산골 마을 푸근한 정취에 푹 빠져든다.

"이리 오너라."

하산할 즈음 아궁이에 지핀 불이 굴뚝으로 모락모락 연기라도 뿜어 올린다면 허기진 시장기에 아무 대문이나 열고 한 끼 시골 밥을 청하고픈 분위기다.

한여름인데도 그다지 덥지 않다. 둘러보니 이곳은 연중 계절의 변화가 그리 크지 않을 듯하다. 어딘지 모르게 늘 그대로일 것만 같은 느낌, 세월의 흐름을 과학 혹은 문화의 변화와 동일시하지 않는 곳. 그래서 정겨움이 진하게 묻어나는가 보다.

영글기 시작하는 청포도밭을 지나고 절골 다리를 건너면서 석화 동굴 길로 진행하게 된다. 가지런히 잘 쌓아 올린 방사탑을 또 보게 되고 꿀벌 꼬인 무궁화, 철 이른 코스모스, 군침 돌게 하는 산딸기 핀 길을 걷다 보면 마을 가장 안쪽에 산계리 3층 석탑이 나타난다.

약 2.6km의 포장길이 끝나면서 왼편 등산로로 들어서면 석병산으로 오르는 실질적 들머리이다. 여기서 정감 가득한 마을을 뒤돌아보는데 왠지 모르게 입대하면서 고개 돌려 집을 돌아보는 느낌이다. 어머니와 동생이 손을 흔들던 아스라한 시절이 지금 여기서 떠오르다니.

산이기 때문일 것이다. 처음 와보는 산, 그것도 벽지의 먼 산을 혼자 처녀 산행하면 늘 그랬던 것 같다. 입대하는 기분뿐 아니라 지나온 시절 곳곳, 추억의 마디마디들이 한 단면처럼 떠오르곤 했다.

"아직 감성이 살아있어서 그럴 거야. 감성이 살아있다는 건 아직 젊다는 증거야."

마지막 민가를 지나 잡목 무성한 숲길을 감성 넘치는 젊은이답게 힘차게 걸어 오른다. 길은 좁고 엉성하지만 비교적 뚜렷한 편이어서 코스를 놓칠 염려는 접어도 될듯하다. 하얀 물봉선이 수줍음 띤 모습으로 다소곳이 외지 손님을 반겨준다.

소담한 새 며느리밥풀꽃 군락 인근에는 뭇짐승들이 드나들며 땅을 파헤친 흔적이 확연하다. 멧돼지는 물론이고 여우나 스라소니도 보게 될 것 같은 분위기다.

차단 울타리를 넘어 잠시 석화 동굴 입구를 들여다본다. 커다란 바위 아래 굴 입구를 철망으로 막아놓았다. 뒤마의 소설, 삼총사의 쌍둥이 왕자를 가둬놓은 장소가 연상되고 암굴 왕, 몽테크리스토 백작의 한 장면도 떠오른다.

석화 동굴, 강릉 옥계 굴이라고도 불리는 이 굴은 약 600m의 길이에 총연장 1km나 되는데 거대하고 화려한 종유석, 석회화폭石灰華瀑 등을 볼 수 있다고 한다. 지방기념물 제37호로 보존되고 있다.

석화 동굴을 지나 능선 쉼터까지 가파른 나무계단이 이어지고 능선 쉼터의 이정표가 가리키는 고병이재 방향으로는 잠시 고도를 높이게 된다.

분홍 솔나리들 다소곳이 반기는 비탈 숲 지대를 지나다 모처럼 시야가 트인 조망 장소에 이르러 아래로 들머리 산계리 마을의 민가들을 내려다본다. 우측 위로는 가까이 백봉령에서 석병산으로 이어지는 백두대간 능선이 길게 늘어져 있다.

다시 걸어 백두대간 정기를 받아 성균관 유생이 되고자 많은 문인이 찾았다는 유생 바위를 만난다.

"여기까지 올라와 공부했다고?"

살펴보니 학습 분위기가 좋아 보이기는 하는데, 바람 솔솔 일어 낮잠 주무실 유생 후보들도 많을 거란 생각이 든다. 유생 바위를 지나 바위 너덜지대를 넘어서서 송곳처럼 삐

죽 솟은 바위가 있는 전망대에 이른다. 처음 접하는 제대로 된 조망 장소인지라 눈이 밝아지고 속이 열리려는 기분은 건너편 자병산의 잘려 나간 정상부를 보면서 사그라지고 만다.

"자연 그대로의 순수함을 만끽하러 여기 온 건데."

백두대간 훼손 지역 중 가장 손꼽히는 현장이 광산이다. 산업자원공급이라는 핑계로 수많은 기업이 광산개발을 위해 백두대간 자락으로 몰려들었다는 기사를 본 적이 있다.

석회석 광산, 채석광산, 금속 광산, 석탄 광산들이 그 대상인데 그중 석회석 광산이 심각한 지경이고 가장 큰 문제가 되는 곳이 라파즈 시멘트사의 동해시 자병산 석회광산이라는 것이다.

프랑스의 다국적 기업인 라파즈사에 의해 국내 으뜸의 석회암 식물 보고인 자병산 정상이 싹둑 잘려 나간 현장을 직접 바라보면서 가슴이 막히고 불끈 주먹을 움켜쥐게 된다. 백리향, 솔나리, 가는 대나물 등 희귀 식물의 터전인 자병산 정상 일대가 지도상에서 지워져 버리고 말았다.

"나쁜 놈들, 몹쓸 놈들."

광산개발을 위해 이토록 넓은 산을 절개지로 훼손시켰는데 이러한 작업과 수거를 위한 산림파괴형 도로는 얼마나 광범위하고 심각할 것인가.

백두대간 백봉령과 삽당령 사이에 아직 때 묻지 않은 원시림을 지닌 석병산을 찾아와 지척의 뭉개진 자병산을 보다가 등을 돌리지만 끔찍한 산림 훼손과 생태파괴의 현장을 가까이에서 눈에 담은지라 욕이 절로 나오고 오르는 걸음이 무겁다.

환경과 연계하여 산에 대한 중요성이 크게 인식될 무렵인 1992년, 유엔 환경 개발 회의는 산의 보존관리에 대해 논의하기 시작했다. 이후 2002년 유엔총회는 그해를 '산의 해'로 선언했고, 2003년부터 매년 12월 11일을 '국제 산의 날'로 제정한 바 있다.

산에 대한 인식을 높이고 산악문화를 발전시킴과 동시에 산을 보호하기 위함이다. 세계적으로 심각한 환경문제 해결 대안 중 하나로 산을 주시했고 산림에서 나오는 다양한 자원과 그 가치에 주력하기 시작한 것이다.

유엔을 통한 캠페인이 아니더라도 세계 각국의 수많은 민족이 청정 환경자원을 보존해야 하는 책임감을 지니고 산을 삶의 터전으로 생각하며 환경의 낭비를 극소화해야 할 것이다. 산은 인간 삶의 질을 높임과 동시에 문화적으로도 가치가 높기 때문이다.

몰상식한 개발을 보면서 지구가 더욱 빨리 온난화되고 금세라도 엘니뇨가 반복될 것처럼 느껴지더니 갑자기 후덥지근하기 시작한다. 노란 금마타리와 보라색의 솔체를 보면서 엉킨 기분이 살짝 풀어진다.

정글처럼 좁은 숲길을 뚫고 지나자 이름 그대로 병풍 같은 바위가 보인다. 석병산 정상이다. 일월봉이라고도 부르는 정상에 해발 1055m의 정상석이 낮게 세워져 있다. 자병산을 건너뛰어 만덕봉과 대화실산을 대면하고 어느 쪽인지 정선과 동해를 연결하는 백복령을 가늠해본다.

지척에 뻥 뚫린 바위틈으로 건너편 수림이 보이는데 이곳이 석병산의 상징이라 할 수 있는 일월문이다. 바위 건너로는 고개를 내밀어서도 안 된다. 깎아지른 낭떠러지이기 때문이다.

정상에서 약 1.5km 쉰길폭포까지의 하산길은 급경사의 연속이다. 가이드 로프가 있어 따라 내려가며 수월하게 도움을 받기도 하지만 여기에 등산로를 개척했다는 게 대단하다는 생각이 들 만큼 난도 높은 길이다.

하산하며 다시 바위 하나를 만나게 되는데 아들바위라고 불린다. 소원을 빌면 들어준다고 적혀있다.

"소원을 빌러 여기까지?"

여기까지 소원을 빌고자 올라올 정성이면 이미 그 소원은 이뤄졌을 거란 생각이 든다. 기도란 속에 지닌 열정의 발산이므로.

"산에 올라온 이의 소원이 달리 무엇이 있을까."

안전하게 하산하는 것 외에 무얼 더 등에 지고 내려갈 것인가. 그래도 다시는 우리나라 백두대간이 어떤 명목으로도 더는 훼손되지 않길 소망하며 아들바위 앞에서 손을 모아 본다.

"그리고 하나만 더…… 머리카락 백발 되고 파 뿌리 되어서도 산과 가까이할 수 있게 하소서."

결국, 소원의 개념을 욕심으로 폄하시키고 만다. 굵지 않은 물줄기가 빠르지도 않게 길게 떨어지는 모습이 마치 연출해놓은 것 같다. 50명의 신장과 그 높이가 같다고 해서 유래된 쉰길폭포이다. 폭포 주변과 계곡 곳곳에 푸릇하게 자라는 이끼는 다른 곳에서 본 것과 달리 생명력이 넘친다. 그만큼 순수한 자연 그대로이다.

좀 더 내려가자 초라한 움막 하나가 을씨년스레 세워져 있는데 삼신당이라는 안내판이 옆에 있다. 이곳 마을 노인의 꿈에 나타난 산신령이 이르는 대로 이 움막에 왔더니 주변에서 산삼 세 뿌리를 캤고, 그 후 그 자리에 있던 움막을 헐어 정성껏 건물을 지었더니 다시 서른여섯 뿌리의 산삼을 캐어 그때부터 여길 삼신당이라고 불렀다는 것이다. 삼신당三神堂이라 하면 천天 · 지地 · 인人의 삼신을 모시는 곳으로 통하는데 여긴 산삼을 캐기 위한 삼신당蔘神堂인가 보다.

"서른여섯 개 모두 튼실한 산삼이었을까."

허름하게 나무판자로 움막을 세우고 산삼 서른여섯 뿌리를 얻었으니 아무리 작은 뿌리였어도 절대 밑지지는 않았을 거였다. 다시 더 큰 빌딩을 세워 더 많은 산삼을 수확했다는 후일담이 없어 다행이다.

계곡으로 들어서 흐른 땀을 씻는다. 맑고 찬 물, 풍부한 수량, 크고 작은 다양한 폭포들. 지루할듯하면서도 아기자기한 석병산을 즐기다가 성황뎅이 날머리에 닿았는데 아직 한여름 오후의 태양이 더욱 기승을 부리며 작열한다.

때 / 여름
곳 / 산계리 마을 – 산계리 3층 석탑 – 석화 동굴 – 고병이재 – 석병산 – 쉰길폭포 – 원점회귀

단풍산과 매봉산에서 산 찾는 명분을 세우다

실패를 무서워하지 않는 것,
비록 험한 길 돌아갈지라도 궁극에 다다르는 길을 택하는 것.
작은 눈, 편협한 시각으로는 절대 볼 수 없는 산의 가르침.
교실 칠판에서의 배움만으로는 교정시키기 힘든 무제한의 시야.

K 산악회에서 마련한 오지 산행, 버스가 고속도로에 접어들자 산악 대장이 오늘 산행 일정에 대해 안내한다. 논평을 마치고 마이크를 내려놓자 옆자리에 앉은 젊은 친구가 몇 마디 말을 건네더니 대뜸 묻는다.

"산엔 왜 가시는 거예요?"

자신은 산에 다닌 지 얼마 되지 않아 아직 산에 대한 매력을 느끼지 못한다면서 머리를 긁적거린다. 산악회 버스에 꽉 찬 인원, 먼 거리를 마다하지 않고 모처럼의 휴일에 산으로 모여든다는 게 사뭇 의아한 모양이다.

아무 생각 없이 일행을 따라왔다는 옆자리의 새내기 친구에게 "거기 산이 있으니까."라고 대답해 줄 수는 없었다.

1924년 에베레스트 등반 도중 실종되었다가 75년이나 지난 1999년에야 시신이 발견된 조지 맬러리의 말을 패러디

하는 건 질문의 진솔함에 견줘 적절치 않다는 생각이 드는
거였다.

"산이 자꾸만 끌어당기거든."

그렇게만 답하고 말았으나 구체적으로 속마음을 알려주고
픈 생각이 든다.

"산의 분신이 되고 싶어서, 바위에서 분리된 돌 부스러기
가 되고 싶어서, 그러다 한 줌 흙 되어 밟으면 소리 내는
마른 땅이고 싶어서."

그렇게 말하면 다시는 산을 찾지 않을 것 같아 웃음 흘렸
을 뿐이지만.

거친 암릉의 우중 산행

버스가 31번 국도에서 태백 방면으로 향하다가 영월 솔고
개에 섰을 때는 오전 11시 무렵이다. 습한 안개에 하늘빛
도 탁한 재색으로 변해 금세 비라도 올 것 같은 날씨다.
옆자리에 앉았던 신참이 일행들과 합류해 스틱을 펴면서도

불안한지 자꾸 궂은 하늘을 올려다본다.

"안전 산행하면서 아까 질문에 적당한 답을 찾아보시게."

 신참의 어깨를 다독이며 엄지를 추켜세우자 순한 웃음을 머금으며 고개를 끄덕인다. 살아가면서 느낄지 모르겠지만 삶의 진정한 가치를 산 아래에서는 찾기가 쉽지 않더라. 고뇌의 삭힘과 환희로의 변화, 바로 그 원천을 지독한 산행 후에야 어렴풋이 발견하게 되더라.
 그래서 험산 준령엔 산신山神이 있지 않고 사람들 발길이 끊이지 않는 거지. 산이 언제 그들에게 왜 오느냐고 묻던가. 산에 왜 가느냐고 묻고 나름대로 대답하는 건 오직 사람들뿐. 산은 늘 거기 그 자리에 있되 오는 이들을 한껏 품는 게 다 아니던가.
 온 산야를 초록에서 갈색으로 변색시키는 계절의 시간 이동을 둘러보는데 한 그루 소나무가 눈길을 끌어 세운다. 300년 수령의 명품 소나무가 단풍산을 배경으로 의연한 자태로 중심을 잡고 있다. 처음 만나는데도 어디선가 본 듯한 낯익은 품새다. 반신불수가 되기 전 속리산의 정 2품 송을 닮은 모양새다.

"그것 참!"

326

참으로 기이한 역사의 엮임을 여기서 접하게 된다. 조선 세조가 속리산 법주사에 행차할 때 소나무 가지를 들어 올려 가마가 제대로 통과할 수 있도록 하자 세조가 정 2품의 벼슬을 하사했다는 설은 이미 잘 알려진 얘기다.

여기 솔고개 소나무는 숙부인 세조에게 왕위를 빼앗기고 영월에서 시해된 단종의 영혼이 태백산으로 넘어가던 도중 그의 영혼을 달래기 위해 배웅을 했다는 전설이 있다.

왕권을 잡아 승자가 된 세조로부터 벼슬을 받은 소나무와 패자의 서러운 영혼을 달래준 소나무, 이 소나무들과 함께 경상남도 청도 운문사의 처진 소나무가 우리나라 3대 명품 소나무라고 한다. 아이러니한 일화를 더듬다가 소나무의 우아한 자태에서 눈을 떼고 등산로로 진입한다.

청솔식당을 지나 포장된 농로 옆으로 큼직한 율무밭이 있고 여름부터 피었을 코스모스들이 더는 서 있기 버겁다는 양 고개를 푹 수그리고 있다.

단풍산 들머리이자 양짓말이라고 불리는 동네에 접어들자 뿌옇게 흐린 하늘이 결국 비를 뿌린다. 모처럼 우중 산행을 하게 됐다. 나뭇가지에 리본이 수북하게 매달린 걸 보니 꽤 많은 산악회에서 다녀간 곳이다.

송신탑을 지나면서 드문드문 늘어선 커다란 노송들이 빗물을 막아준다. 초가을 우거진 숲길이지만 단풍나무는 도통

보이지 않는다.

 다듬어지지 않은 등산로는 급경사의 연속이다. 다소 버겁게 주능선 절벽 밑에 올라서서 거푸 절벽 아랫길을 걷게 된다. 무척 거친 바위 능선길이다. 아래 솔고개에서 보았던 솔나무 뒤로 병풍처럼 둘러친 단풍산 정상 일대. 그 절벽군 아래를 걷는 중일 것이다.

 첩첩 주름 깊어 아주 잠깐 볕 들다 만 암벽의 어깻죽지는 막 맞은 가을비로 인해 올리브유를 잔뜩 발라 몸을 돋보이게 하는 보디빌더처럼 우람한 근육을 자랑한다. 초록에 시들해져 붉게 치장하고픈 나무들은 치렁치렁한 이파리들을 채색시키려 안달이다.

 어느 산이든 능선이 바뀌고 봉우리 하나 또 넘으며 음지와 양지를 들락거릴 때마다 산은 거침없이 주어진 환경에서 독특한 매력을 발산한다.

 시간의 흐름에 따라 수시로 정지되곤 하는 현상에 대한 고정관념을 철저히 깨부수는 곳, 편협한 시각을 새로이 자각시키는 곳. 거기가 바로 산이다.

 라식하러 안과에 가는 것처럼 산도 그래서 가는 거지

 절벽 끄트머리에 이르러 설치된 밧줄을 잡고 좁은 경사로를 오르자 바로 주 능선이다. 좌측 조망터에서 버스로 달려

왔던 31번 국도를 내려다보고 태백산에서 뻗어 소백산으로 이어지는 흐릿한 백두대간을 눈에 담는다.

무성한 활엽수 틈으로 수년간 쌓였을 낙엽에 덮인 엉성한 등산로를 헤쳐 나가 겨우 단풍산 정상에 도착한다. 영월군에서 세운 아담한 정상석에 해발 1150m라 적혀있다. 3km 남짓 걸어왔다. 1000m 넘는 산으로서는 그리 길지 않은 거리이다. 조망이 좋은 주변 바위에 올라가야 할 매봉산과 주변 사방을 살펴본다.

여전히 비가 뿌리지만 주변의 견고한 산세와 푸근함을 안겨주는 조망 때문에 걸음을 재촉할 수가 없다. 사방 원근 두루 시선을 두고 느끼노라면 수시로 자태를 달리하는 곳, 그 달라짐이 새로운 조화의 모습임을 깨닫게 하는 곳. 사계절 다름없이 산은 가슴 한복판을 톡 쏘아 속을 산뜻하게 해 준다.

맑고도 신선한 산만의 특유한 정기이다. 아까 산에 가는 이유를 물었던 새내기 친구가 옆에 있다면 덧붙이고 싶은 사족이 떠오른다.

"아까 아래에서 느꼈을 때의 산과 지금 올라와 느끼는 산이 다르지?"

수학 공식이나 과학원리 같은 걸 통해 이해한다면야 얼마나 쉬울까.

"아름다우면 그냥 아름다운 것처럼 그 이유는 이해하는 게 아니거든. 그냥 다가와 가슴에 꽂히는 거거든."

결국, 이해를 돕기 위해 떠벌린 사족으로 그 친구는 더더욱 산이라는 곳이 이해 난의 장소가 될지도 모르겠다. 멋쩍게 모자를 고쳐 쓰고는 걸음을 재촉한다. 빗줄기가 굵어지고 있다.

시야가 가려져 더욱 지루한 매봉산으로의 능선은 고만고만한 오르막과 내리막을 반복하게 되는데 때론 등산로가 옅고 좁아 자칫 길을 놓칠 수도 있겠다. 축축한 산죽과 잡풀더미를 밟으며 서봉에 이르자 비가 가늘어진다.

첩첩이 산, 골과 골 사이의 작은 마을, 강원도 오지의 산에서 보는 여느 조망과 크게 다르지 않은 풍경이다. 그러나 보이는 것만 보는 데가 아닌 곳이 산이잖은가. 물리적으로 감탄을 자아내게도 하지만 보는 이의 관점에 따라 감동을 당겨올 수 있는 곳이 바로 산이 아닌가.

이름 모를 저 산 중 어딘가에서 여기 단풍산과 매봉산을 보게 될 것이고 그 너머로도 내가 가야 할 산이 기다리고 있을 터이다.

욕심이라 할 만한 것들을 버리고 정작 필요한 그 무엇을 채우는……, 내던짐과 새로운 채움은 작은 것에 연연하지 않는 것, 눈앞의 이해타산에 급급해하지 않는 것.

실패를 무서워하지 않는 것, 비록 험한 길 돌아갈지라도 궁극에 다다르는 길을 택하는 것. 작은 눈, 편협한 시각으로는 절대 볼 수 없는 산의 가르침. 교실 칠판에서의 배움만으로는 교정시키기 힘든 무제한의 시야.

"그래서 사람들은 산으로 가는 거지. 라식을 하러 안과에 가는 것처럼."

명산은 명산대로의 우아함과 기품이 있지만, 브랜드를 갖지 못한 산일지라도 산으로서의 존재감을 지니지 못한 산은 본 적이 없다. 산은 산이다. 그러한 산이, 접하지 못한 산이 아직도 너무나 많기에 산을 향한 일정은 언제나 잡혀 있다. 또한, 그러하기에 열정이 식지 않는 거라고 말할 수 있다.

매봉산 정상으로 오르는 길도 만만치 않다. 날카로운 바윗길이 미끄럽다. 해발 1286m의 매봉산 정상석도 단풍산의 그것과 같은 모양이다. 아마도 같은 석수 공이 만들었을 거라는 엉뚱한 의식을 하게 된다.

주위 산군들이 태백산, 함백산, 백운산, 두위봉, 소백산 들일 텐데 뿌연 연무와 나무들 때문에 제대로 확인하기가 어렵다. 그들 산으로 인해 비록 재야에 묻혀 이름 떨치지 못한 단풍산과 매봉산이지만 그럼으로써 더더욱 자연 그대로의 백치미를 간직하고 있음을 보는 중이다.

하산, 멧뎅이재를 지나면서 무척 가파른 내리막이다. 허연 속살 드러낸 자작나무 군락지를 지나 큼직한 바위들 수북한 멧뎅이골을 통과하고 물가의 통나무 다리를 건너가면서 산행은 마무리된다.

강원도 오지의 두 곳 연계 산행, 자연을 주제로 하여 라르고Largo의 느릿한 리듬에 장중한 멜로디로 이어지는 다큐멘터리 한 편을 본 듯하다.

때 / 초가을
곳 / 산술마을 술고개 – 송전탑 – 1072m 봉 –1150m 봉 – 단풍산 – 섬지골 안부 – 매봉산 안부 – 서봉 – 매봉산 – 멧뎅이골 – 아시내

공작산, 활짝 펼친 공작의 날개에 깃들다

인적이 있건 없건 적막한 산사에 바람 스치면 어김없이
정적을 깨뜨린다. 두드리는 이 없이도 그렇게 풍경은
울리고 만다. 그 소리는 마치 오욕된 세상에
경종을 울리는 것처럼 묵직한 메시지를 담고 있다

바람 한 점 되어 공작의 날개에 얹히다

수타사를 산행 들머리로 잡아 홀로 공작산 종주를 하려니
교통편이 여간 복잡한 게 아니다. 원점회귀 코스가 아니면
지방의 다른 산들도 교통 불편하긴 마찬가지지만 그때처럼
방안 찾기에 골몰하게 된다.

홍천으로 가자. 홍천 터미널로 가서 시간 잘 맞춰 수타사
행 버스를 타자. 그럼 하산 후 서울로 올라올 때는? 으음,
그건 그때 가서 풀기로 하자. 이렇게 수타사 입구에 도착한
다. 절정은 아니지만, 드문드문 단풍이 물들기 시작하는 이
른 가을, 평일 하루 휴가를 내고 공작산을 찾았다.

오래도록 비가 내리지 않아 그럴 거다. 수타계곡이 예전에
왔을 때만큼 물이 많지는 않다. 그래도 물가 수림을 그대로
되비추는 거로 보아 물 맑기는 여전해 보인다.

수타사 입구는 한산하고 경내 또한 한적하여 고요하다. 공
작산의 날개깃이 푸근히 감싸 안은 천년고찰 수타사는 708

년 우적산 아래에 일월사라는 이름으로 처음 지어졌는데 지금의 자리인 공작산 아래로 옮기면서 이름을 바꾸었다.

작은 바람 한 점이 경내를 돌다가 추녀에 매달린 풍경을 건드린다. 인적이 있건 없건 적막한 산사에 바람 스치면 어김없이 정적을 깨뜨린다. 두드리는 이 없이도 그렇게 풍경은 울리고 만다.

그 소리는 마치 오욕된 세상에 경종을 울리는 것처럼 묵직한 메시지를 담고 있다. 그윽하고도 내면을 휘젓는 풍경소리에 듣는 이, 그 누가 무심하게 흘려 넘길 수 있으랴.

다른 사찰과 달리 본전 법당이 대웅전大雄殿이 아닌 대적광전大寂光殿(강원도 유형문화재 제17호)이다. 대웅전은 석가모니를 큰 영웅이라 한 데서 유래하여 석가모니 부처를 주불로 모신 법당이고, 부처님 좌우에 조상의 극락왕생과 내 생의 행복이 직결되는 아미타불, 그리고 빈자의 구원과 자비의 상징인 약사여래까지 삼존불을 봉안하면 그 격을 높여 대웅보전大雄寶殿이라 부른다.

이런 내력에 비해 대적광전은 더러움에 물들지 않는 연꽃으로 장엄된 연화장 세계蓮華藏世界의 교주로서 영원한 진리의 본체이자 법을 상징하는 비로자나불을 봉안하는 법당이라고 한다. 주로 화엄종 계통의 사찰에서 대적광전을 본전으로 건립한다.

세종대왕의 한글 창제 직후인 1459년, 부처의 일대기를 우리말로 번역한 최초의 불교 서적인 월인석보(보물 제745호)가 이곳 수타사에 소장되어 있다.

심우 산방 옆에 강원도 보호수로 지정된 5백 년의 주목 한 그루가 있는데 여기서도 지팡이 설화가 등장한다. 1568년 사찰 이전을 관장하던 노스님이 짚고 다니던 지팡이를 땅에 꽂았는데 자라난 주목에 스님의 얼이 깃들어 있어 귀신이나 잡귀로부터 수타사를 지킨다는 설화가 그것이다.

사찰 규모는 그리 크지 않은데 안쪽으로 생태공원을 조성하였다. 수타사의 일원의 넓은 산림에 자생식물과 향토 수종을 심고 복원한 역사문화 생태숲이다. 다양한 숲속의 주제를 체험하고 탐구할 수 있는 교육 및 체험의 장소로 구성되어 있다.

약 40여 분 생태숲을 따라 거닐며 둘러보고는 공작산으로 향한다. 수타사를 산행기점으로 잡아 공작산을 오르는 코스는 많이 이용하지 않는다고 들었다. 그래서 더더욱 이 코스를 택했는데 역시 등산객 한 명 보이지 않는다.

수타사에서 계곡을 끼고 올라 1.2km 지점에 이르러 궝소라는 계곡에 닿는다. 아름드리 통나무를 파서 만든 소 여물통을 궝이라 하는데 협곡이 궝의 모양이라 그렇게 부른다고 적혀 있다. 다시 보니 그런 것도 같고 아닌 것도 같은데 아무튼 소가 물 먹기엔 충분한 수량이다.

다시 소나무와 여러 종의 활엽 수목이 총총 어우러진 빽빽한 숲길을 오른다. 고도를 높일수록 나무들은 갈색으로 혹은 붉게 옷을 갈아입는 중이다. 계절이 변신하는 모습을 보며 올라오다 보니 약수봉(해발 558.6m)이다.

구름이 뗏목처럼 맑은 하늘을 가볍게 얹고 흐른다. 높고 엷은 하늘엔 어젯밤 머물던 자국처럼 희뿌연 보름달이 있었는데 그 위로 꽤 친숙한 얼굴 하나가 포개진다.

활짝 펼친 공작의 양쪽 날개에 얹혀 함께 하늘을 날고 싶었는데 그러지 못했다. 공작산 정상 일대의 양 날개를 바라보니 갑자기 스케줄이 생겨 같이 오지 못한 친구가 생각난다. 문경지교刎頸之交, 공작이 날개를 활짝 펼쳤을 때 그 우아한 자태에서 멋지고 아름다운 것들을 연상하고 비교하겠지만, 서로 죽음을 함께 할 수 있는 막역한 사이 혹은 그 사람을 대신해 죽을 수 있다는 깊은 우정을 의미하는 사자성어를 떠올리게 된다.

옛 중국 조나라의 명장 염파는 한때 충신 인상여의 출세를 시기하여 불화하였으나 올곧게 나라를 위하여 참는 인상여의 넓은 도량에 감격한다. 염파는 인상여에게 진정으로 사과하면서 거듭 친한 사이가 되어 죽음을 함께해도 변하지 않는 우의를 이어나간다.

"나한테도 그런 친구가……."

날개를 활짝 펼친 공작의 찬란한 아름다움에 입을 다물지 못한 적이 있었다. 그저 긴 꼬리를 늘어뜨린 모양새로 거닐 때, 온몸을 다 펼친 공작의 자태를 직접 보지 않고는 그 아름다움을 표현할 수 없을 것 같았다.

그 공작의 날개 펼친 모습만큼 눈에 보이지 않는 우정이 아름답다고 여겼었다. 그런 친구에게 마음으로 썼던 오래전의 서신을 둥근 낮달을 보며 펼쳐본다.

그 불길이 삶의 의미로 끝도 없이 이어지기를

의와 인과 덕이 있는 자네는 멋지기도 하네만 참으로 아름답다고 생각한 적이 많았네. 가끔 느닷없이 물결을 일렁이게 하고 때론 밝고 청초한 웃음으로 기쁨을 소리 내 기도 했네. 스스로보다 상대를 더욱 아끼고 배려하는 자네는 친구라는 말, 우정이란 표현의 진정한 의미를 새삼 일깨워 주곤 했지.

자신의 이기심을 채우려 세상을 하찮게 여기는 자가 수두룩한 이 세상에 자네는 친구로서 정녕 촛불이고 소금이나 다름없었네. 빛이고 소금인 친구를 둠으로 해서 나는 종종 형언키 어려운 환희를 느낄 수 있었다네.

세상의 악을 증오하는 만큼 자네는 선과 순수를 사랑하지. 아직도 더 많은 시간 동안 자네의 선함과 순수함을 볼 수 있기에 난 지금 감사드리고 있단 말일세.

자네의 덕을 떠올릴 때마다 난 이 세상을 살아가는 기쁨

337

을 느끼고, 자네를 만날 때마다 의와 인을 마주하는 행복을 만끽하기에 나는 자네와 만남을 약속하고 나면 가슴이 뛰고 설레기까지 하는 걸 의식한다네.

그 설렘은 가득 채워진 우정의 에너지로 인해 가끔은 나를 미어지게도 한다네. 살아오는 동안 너무나 많은 이기심과 동물적 본능을 보아왔기에 더더욱 감동하는 건지도 모르지만 말일세.

우울함이 극에 달했던 어느 날이었네. 자넬 만나 술 몇 순배에 바로 세상에 우울하단 단어가 왜 생겼나 싶었다네. 넘어서서 탐내는 짓 안 하고 남의 맘 쓰라리게 아니하여 물 흐르듯, 서로의 가슴에 정 흐르게 했던 자네는 늘 다시 시작할 수 있다는 기분을 갖게 했지.

애써 가꾼 난초에서 꽃이 필 때의 환희로움에 견주겠는가. 까만 하늘에서 희미하게 점멸하던 별들, 자네를 만나 악수할 때 그 조그만 점들이 불야성처럼 반짝거림을 본다네. 그렇기 때문에 자네는 이제 미세하여 이름조차 없는 별이 아니라네.

자넨 나뿐 아니라 모든 친구에게 있어 부서지듯 흐르는 은하수일세. 적어도 나는 찬란하게 내 주변을 밝히는 영롱한 빛을 자네한테서 보았다네.

내게 있어 절절한 소망 중 하나는 그 별빛의 흐름을 오래도록 바라보는 일이네. 자네의 섬세한 배려심이, 그리고 한결같은 마음씨가 자네 인생에서 큰 화염 일구기를 또한 소망한다네. 그 불길이 삶의 의미로 끝도 없이 이어지기를 늘 기도한다네.

만일 한쪽 문이 닫히면 언제나 다른 쪽 문이 열리듯 그곳에 나는 자네의 친구로서 존재하고픈 심정이라네. 자네에게 주어진 삶, 자네가 소망하는 삶에 자네가 충분히 만족하기만 한다면 자넨 이미 완전한 존재라고 해도 지나침이 없을 걸세.

자네가 늘 커다란 웃음소리를 내며 눈빛을 더욱 빛내기를……, 그렇게 되기를 진심으로 원하네.

죽어서도 자네의 친구가 고마움을 잊지 않으려 끼적거려 보았네.

지금은 함께 산행하는 산우이기도 한 병소와의 우정을 떠올리다가 엉덩이를 툭툭 털고 일어선다. 많이 지체하고 말았다. 이정표에 4.6km라고 표기된 공작산 정상으로 걸음을 옮긴다.

다시 우거진 숲길을 내려서서 공작산 양편으로 신봉로와 굴운로로 갈라지는 사거리 임도에서 수타사 반대편의 공작산 쪽으로 이어간다. 활짝 날개를 펼친 형상이라 하여 지은 이름이 공작산이다. 멀리 다른 산에서 보면 실제로 그렇게 보이기도 한다.

간간이 쇠로 박은 발 디딤대도 밟고 밧줄도 잡고 올랐다가 다시 내려서며 정상에 다가선다. 정상 주변은 더욱 가을을 닮아가고 있다.

경사진 바위 구간 몇 곳을 올라 정상에 다다르자 정상에도 인적 없이 바람만 스쳐 지나간다. 해발 887m의 산정은 사방이 훤하게 트여있다. 정상부 소나무에 가려 치악산이 보이지 않지만 다른 쪽은 조망에 문제가 없다. 날씨도 청명한 편이어서 산그리메 넘고 또 넘어 마루금 짚어가는 재미가 쏠쏠하다.

강원도의 여느 산에서와 마찬가지로 휘하 고봉들을 거느린 가리왕산이 제일 먼저 눈에 들어온다. 오대산과 계방산이 하나처럼 붙어서 아스라하고 레이더 기지를 품은 가리산, 그리고 춘천 쪽으로 금병산, 삼악산이 먼 이웃처럼 느껴진다. 북동으로 흐릿한 설악산에 눈길을 던지다가 풀었던 배낭을 멘다.

"오늘 유일한 길손이신데 벌써 가신다니 서운하구먼."
"여름에 친구랑 다시 오겠습니다. 무탈하시기 바랍니다."

내려가는 길은 주 등산로인 공작현 방향으로 잡는다. 군업리를 날머리로 잡고 내려가야 종주에 걸맞겠지만 교통편이 맞지 않는다.

지름길이 탈출로이자 제대로 귀가할 수 있는 길일 듯싶다. 내리막길도 울창한 숲길이 많다. 잣나무 숲을 지나 노천저수지를 또 지나고 다행히 등산로 입구에서 만난 산객의 도움으로 홍천 터미널까지 동승하게 된다.

"잘하면 병소하고 약속한 시간에 맞출 수 있겠는걸."

때 / 초가을
곳 / 수타사 입구 – 수타계곡 – 궝소 – 약수봉 – 작은골 고개 – 수리봉 – 안공작재 – 공작산 – 공작현 입구 – 삼거리 – 노천저수지 – 공작골 등산로 입구